AN LITIR

An Chéad Eagrán 2011
An Dara hEagrán 2014
© Liam Mac Cóil 2011, 2014

ISBN 978-1-909907-42-3

Íomhá ar leathanach 3 ó *La Scherma* le Francesco Alfieri (1640)

Clóchur, dearadh agus pictiúr clúdaigh: Caomhán Ó Scolaí
Clódóireacht: Clódóirí Lurgan

Foras na Gaeilge
*Tugann Foras na Gaeilge
tacaíocht airgid do Leabhar Breac*

*Tugann an Chomhairle Ealaíon
tacaíocht airgid do Leabhar Breac*

Leabhar Breac, Indreabhán, Co. na Gaillimhe.
www.leabharbreac.com

IMLEABHAR 5
Aguisín A

AN LITIR

Liam Mac Cóil

LEABHAR
BREAC

CLÁR

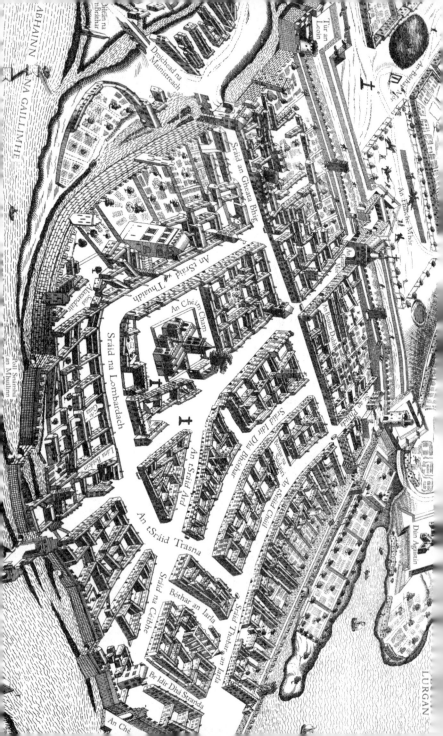

I

Réamhobair

Bhreathnaigh sé suas ar an gcruth dubh a bhí ina shuí in airde ar an trasnán. Ba gheall le préachán é murach na cosa fada a bhí faoi. Chorraigh an cruth é féin; fear a bhí ann ar ndóigh. Rug sé ar bharr an dréimire agus thosaigh ag dreapadh anuas. Nuair a tháinig a ghlúna cothrom le cloigeann liath an tseanfhir a bhí ina sheasamh thíos faoi ar an dréimire céanna, shín sé a lámh amach agus rug ar an rópa a bhí ag sileadh anuas ón trasnán, slat nó mar sin amach ón dréimire. Tháinig sé anuas, tuilleadh, go raibh a lámha cothrom le guaillí an tseanfhir. Thóg sé an dol idir a dhá láimh agus chuir thar chloigeann an tseanfhir é. Ghlan na scamaill agus tháinig an ghrian amach. Bhí sé ina thráthnóna breá, an chéad lá den earrach, sa bhliain 1612.

Bhí an fear ard téagartha tar éis a bhealach a ghuailleáil tríd an slua. Anois agus radharc maith aige uirthi, níor fhéad sé a shúile a bhaint den chroch, an dá chuaille thiubha adhmaid, ceann ar gach taobh, agus an bíoma mór trasna orthu. Ar nós gach duine eile sa slua mór ar an gcnocán faoi bhun na croiche, bhí a shúile sáite sa dráma beag a bhí ar bun idir an dá chuaille úd. Bhí gach saghas duine ag brú ar a chéile ann, giollaí capaill agus mná tí, lucht ceirde i léinte olla agus fir ghnó i seircíní dubha, bhí leanaí ar an gcíoch ann is seandaoine ar mhaidí siúil, iad uile ag plódú isteach sa spás leathan féaraigh idir tithe beaga sraithe Bhaile na Lochlannach agus ballaí arda maola na seanmhainistreach. Is fada ó bhí oiread daoine in aon áit amháin ar an taobh ó thuaidh d'abhainn na Life agus iad ar fad ag féachaint suas san aon treo amháin. Bhí líne de shaighdiúirí Sasanacha ag iarraidh iad a choinneáil siar agus faoi smacht, a gcuid pící agus halbard le feiceáil mar a bheadh fál spící iarainn os cionn cloigne na ndaoine. Bhí daoine eile crochta as fuinneoga na dtithe arda ar an taobh thuaidh den fhaiche, ach ní raibh aon duine, saighdiúirí nó eile, ag tabhairt aon airde orthu sin.

Má tá éadáil le breith agam as na himeachtaí seo, arsa an fear ard téagartha leis féin, is fearr dom a bheith chun tosaigh; ach ní chomh mór sin chun tosaigh is go dtarraingeoinn suntas orm féin. Bhreathnaigh sé ar na giollaí ina n-éadaí donna taobh thiar d'fhál na saighdiúirí. Chonaic sé an lucht dlí agus an lucht riaracháin ina róbaí dubh agus bán. Chonaic sé an sagart ina sheasamh in aice leis an gcuaille ar dheis, a lámha ceangailte, é siúd freisin i mbéal a chrochta agus ag fanacht go ciúin ar a sheal féin an dréimire ard a dhreapadh. Chonaic sé an bord íseal chun tosaigh agus an tine dhearg i gciseán iarainn i ngar dó. Bhí saighdiúirí gach áit agus gan aon leisce orthu duine a shá nó a scoilteadh dá gcuirfidís as don obair oifigiúil.

Ba thír faoi dhaorsmacht í Éire anois, murab ionann agus an chaoi ar fhág sé í beagnach scór bliain ó shin. Ach bhí sé ar ais anois agus é socraithe aige a shaol a leasú agus a chuid a dhéanamh ar a son. Déan do chuid ar son do mhuintire, ar son na saoirse, ar son an chreidimh chóir, arsa an sagart rúnda leis sa teach ósta i Cheapside. Cinnte d'airigh sé níos fearr ó d'fhreagair sé an glaoch. Bhí sé in am aige a shaol á leasú. Bhí an rud ceart á dhéanamh aige, sa deireadh.

Ach bhí airgead uaidh. Bhí obair mhór roimhe agus ní íocfaí é go mbeadh gach rud curtha i gcrích aige. Theastaigh cúpla scilling idir an dá linn. Éadáil bheag agus imeacht sciobtha. Bhí turas fada roimhe. Dul i measc an tslua, a bheith deabhóideach, agus is cinnte go n-éireodh leis éadáil éigin a bhreith leis as an seó seo. Ar mhaithe le leas na hÉireann a bhí sé.

Ba gheall le gleacaí stáitse é an crochadóir, leithéidí na n-áilteoirí a bhí feicthe go minic i Londain aige, é á réiteach féin leis an gcleas dubh deireanach a dhéanamh. Os a choinne sin, bhí an crochadh seo éagsúil le haon rud a bhí feicthe thall aige, agus bhí go leor feicthe aige, idir chroch-adh, dhrámaí stáitse, ghríosadh béar, abhlóireacht sráide, thithe léime. B'ionann iad uile: seónna, drámaí, plotaí áiféise, agus magadh agus maslú. Ach bhí an saol suarach sin fágtha ina dhiaidh aige. Ar son na córa a bhí sé anois.

Dar Dia, níor chosúil a raibh ar siúl anseo le haon cheann de na nithe a bhí feicthe thall aige. Ní ag magadh faoin suarachán a bhí i mbéal a chrochta a bhí an slua seo. Ní á mhaslú a bhí siad ar chor ar bith, ach ag lorg a bheannachta. Ná ní hé an Sax-Bhéarla a bhí na daoine timpeall air ag labhairt ach a theanga féin. B'aoibhinn leis í a chloisteáil arís ag na daoine. Cinnte, bhí sé san áit cheart sa deireadh agus cúis mhaith aimsithe aige. A Mhaighdean Bheannaithe, is amhlaidh a bhí cuid acu ag breith bráillíní línéadaigh chun tosaigh. Chun fuil an duine mhairbh a cheapadh, céard eile; an fhuil a bhí le doirteadh nóiméad ar bith anois.

Ach fan go fóill. Bhí an seanfhear ag labhairt leis an slua arís. Rinne an fear ard téagartha mar a rinne na fir eile thart air agus bhain sé an hata leathan dá cheann. Tar éis an tsaoil má b'easpag é fear beannaithe na haibíde is é is dócha go mbeadh beannacht éigin sna focail dheireanacha a thiocfadh as a bhéal.

'Imigí abhaile anois, a dhaoine chóra,' arsa an seanfear go hard is go piachánach i nGaeilge ghonta an tuaiscirt. 'Go bhféacha Dia anuas oraibh agus ar mhuintir Bhaile Átha Cliath agus go dtuga sé maiteachas daoibh agus go dtuga sé maiteachas do na heiricigh ainbhiosacha agus go n-osclaí sé súile na saoibhchléire agus na muintire a leanann iad. Imigí faoi shíocháin agus ná smaoinigí ar dhíoltas ach bíodh solas an chreidimh chóir in bhur gcroíthe i dtólamh.'

Murach na saighdiúirí agus a gcuid brúidiúlachta bheadh sé saortha ag an slua faoi seo, é féin agus an sagart bocht a bhí in éineacht leis. Is ea agus ainneoin fhocal an tsagairt, bhainidís díoltas amach chomh maith.

Ligeadh béic ar an seanfhear sa Sax-Bhéarla ó bhun an dréimire á rá leis gan a bheith ag gríosadh na ndaoine. Thost sé.

Tost uile a bhí ann anois amhail is gur aon duine amháin an slua agus an duine sin balbh. Is mó go mór a chuaigh an tost i bhfeidhm ar an bhfear ard ná an scréach mhór chaointe a lig na daoine astu nuair a chonaic siad cloigeann an Easpaig ag teacht os cionn an tslua cúpla nóiméad roimhe sin agus é ag dreapadh an dréimire.

Ghearr na daoine comhartha na croise orthu féin. Thosaigh an bhean a bhí brúite suas lena thaobh clé ag paidreoireacht arís.

'A Mhuire Mháthair, in uain seo na hanachana agus an dobróin, fóir ar do phobal brúite agus éist lenár nguí agus go dtuga Dia an tEaspag beannaithe chun na bhflaitheas agus sinn uile....'

Ba mhór an crá croí a cuid cráifeachais. Ach chaithfeadh sé a bheith carthanach. Bhí a shaol á leasú aige. Leag sé lámh go héadrom ar ghualainn na mná.

'Áiméan,' ar seisean.

Lean sise uirthi.

'An chroch dhubh seo ar an gcnocán gurb é a ngeata chun na bhFlaitheas é. Is beannaithe é a thrasnán agus is beannaithe iad an dá phosta a bhfuil sé ina luí orthu, is beannaithe an rópa is is beannaithe an dréimire mar is ríbheannaithe an té atá á chur chun báis orthu agus is beannaithe faoi dhó an sagart óg atá in éineacht leis.'

Ligeadh béic eile ó bhun an dréimire. Chonaic sé an crochadóir á dhíriú féin. D'fháisc sé an dol ar mhuineál an tseanfhir. Ansin le neart iomlán a dhá láimh, bhrúigh sé amach ón dréimire é.

Lig an slua cnead mhór as. Ansin bhí tost ann. De réir a chéile, tosaíodh ar an gcaoineadh agus ar an screadach agus ar an ngolfairt. Fiú agus é ina fhear óg i nGaillimh, níor chuala sé gol nó uaill chaointe chomh géar ard nó chomh truamhéileach leis an gceann a raibh sé ag éisteacht anois léi ag bun Chnoc Sheoirse ar an taobh ó thuaidh de Bhaile Átha Cliath. D'fhéach sé suas ar ábhar an chaoineacháin: an tseancholainn chaol san aibíd dhonn ag luascadh san aer mar a bheadh bábóg mhór bhriste. B'fhacthas dó go raibh an seanchnámharlach ag gáire. Sin nó go raibh meangadh ar a bhéal.

'Tá sé fós beo. Tá sé fós beo,' a bhí daoine a rá timpeall air.

Dhún na scamaill arís agus d'imigh an ghrian. D'éirigh an slua míshocair. Thosaigh siad ag brú chun tosaigh. Chuir sé a hata ar ais ar a chloigeann agus choinnigh air ag faire ar an dráma os a chomhair. Ba é seo a dheis.

D'oibrigh na giollaí ag bun na croiche go sciobtha, beirt acu ag breith ar an gcolainn, duine eile ag scaoileadh an dola, ansin an corp á leagan ar an mbord fada íseal. Bhí fear na tua ina sheasamh réidh.

Ba gheall le comhartha don slua é. Bhrúigh siad ar aghaidh d'aon mhaidhm amháin. Ní raibh aon choinne ag na giollaí ná ag na saighdiúirí leis. Is beag nár baineadh dá gcosa iad. An fear ard mar a chéile, baineadh dá threoir é. Bhí na mná uaisle tagtha chun tosaigh leis na bráillíní bána. Chaithfeadh sé slacht a chur air féin nó bheadh sé ró-dhéanach. Bhrúigh sé chun tosaigh.

Bhí an crochadóir tar éis teacht anuas. Bhí sé ina sheasamh anois os cionn cholainn an tseanduine agus scian mhór ina lámh. Ghearr sé trí aibíd an Easpaig leis an scian agus ansin sháigh sé an scian ina bholg agus ghearr suas go dtí an cliabhrach é. Thóg sé an scian fola amach agus sháigh sé a lámh isteach ina háit. Tharraing amach na putóga. Bhí ar ghiolla eile iad a thógáil uaidh le caitheamh ar an tine mar bhí an slua ag brú chun tosaigh i gcónaí agus ní raibh ag éirí leis na saighdiúirí iad a choinneáil siar ón gcorp. Rinne an tine giosáil agus thosaigh boladh bréan an ionathair dhóite ag éirí san aer.

Thosaigh an fear ard ag guí faoina anáil san am céanna is a bhí sé ag guailleáil chun tosaigh. Cúpla duine curtha de aige agus bhí sé ina sheasamh san áit a theastaigh uaidh a bheith: in aice leis an mbord íseal ag breathnú anuas ar an gcolainn stróicthe fhuilteach. Bhí an crochadóir ar an taobh eile den bhord, a lámh á sá arís isteach i gcliabhrach an fhir mhairbh aige agus an croí á stróiceadh amach. D'ardaigh sé os a chionn é. Bhí a lámh lán fola sa chaoi is nach bhféadfaí an croí a aithint ón dorn a bhí ag breith air agus braonacha fola ag sileadh ó bhun a uillinne.

'Behold the heart of traitor,' ar seisean go hard.

D'aithin an fear ard Béarla Londan. Ach, mar a chéile leis an gcuid eile den slua, ní raibh aon aird aige air. Bhí na mná ag leagan na mbráillíní bána timpeall an bhoird idir cosa na daoine. Lig na saighdiúirí leo agus leisce orthu bean uasal a shá nó a chlipeadh. Ba ghearr go raibh na bráillíní á ndorchú leis an bhfuil a bhí ag sileadh anuas ón mbord. Fad a bhí na daoine ag paidreoireacht bhí siad ag stróic-eadh píosaí éadaigh le tomadh san fhuil. Thóg sé a scian féin amach as a phóca. Go sciobtha anois, ar seisean leis féin.

Rug sé ar lámh thanaí an fhir mhairbh. Go láidir agus go sciobtha theasc sé an lúidín di. Chuir sé an lúidín ina phóca. Rinne sé iarracht breith ar an lámh arís le méar eile a bhaint ach bhí an bhean in aice leis tar éis í a sciobadh uaidh agus bhí sí á pógadh go díocasach.

'Lámh an Easpaig a bheannaigh na mílte, tabhair dúinn leigheas ar ár gcuid aicídí, leigheas ar an mbrón, leigheas ar an anró, agus solas na bhflaitheas dár n-anamacha bochta ag deireadh ár saoil áiméan.'

Bhí a béal smeartha le fuil agus deora lena súile. Bhí na daoine thart uirthi smeartha mar a chéile agus ba chuma leo mar dar leo gur fuil naoimh í agus gur beannacht í teagmháil léi. Ná habair go bhfuil abláil déanta agam, ar seisean leis féin agus rinne sé iarracht breith ar an lámh arís. Ach bhí tuilleadh de lucht deabhóide ag brú timpeall air. Bheadh sé ina raic dá leanfadh sé air. Ba é an trua nach ndearna sé iarracht an lámh ar fad a bhaint. Ba chuma; b'fhearr dó a bheith ag imeacht. Bhí dóthain ama curtha amú cheana aige.

Bhí na saighdiúirí ag brú na ndaoine siar le sáfacha a gcuid pící. Bhí siad ag éirí mífhoighneach leo agus duine eile acu le cur chun báis. Thosaigh siad ag maslú na mban agus ag leagan na bhfear go talamh.

'Push them back to hell,' a bhí duine den lucht riaracháin ag rá. 'Animals. Push them back.'

Ainneoin a chruadhéanta a bhí sé níor thaitin a bhfaca sé leis an bhfear ard. Éire féin a bhí brúite faoi chois ag saighdiúirí Shasana. Bhí an ceart ag sagart Cheapside. Ba ghá rud éigin a dhéanamh.

Bhí fear na tua ina sheasamh ag ceann an bhoird anois. D'ardaigh sé an tua agus d'aon bhuille amháin bhain an cloigeann den cholainn. Thit an cloigeann anuas ar bhráillín bán agus thosaigh an fhuil ag sileadh anuas ón mant. Ba ghearr go raibh bráillín bán eile á dhorchú. Sa ruaille buaille chonaic sé buachaill óg ag dul faoi chosa na saighdiúirí, ag breith ar an gcloigeann agus á sciobadh leis. Dá mhíle buíochas, rinne sé gáire.

Chas sé thart. Chuir sé an scian ar ais ina phóca agus thosaigh ag déanamh a bhealach ar ais tríd an slua. Ag dul in aghaidh na taoide a bhí sé anois. Nuair a bhain sé imeall an tslua amach, chuaigh sé díreach chuig an áit ar fhág sé a chapall ar phlásóg bheag féir os comhair sraith de thithe beaga ceann tuí. Bhí an capall fós ann agus an malrach caol ar thug sé an cúram dó fós ag breith ar a shrian.

'Maith an fear,' ar seisean leis an ngiolla agus é ag cur a láimhe ina phóca agus ag tabhairt dhá phingin dó.

'Go raibh maith agat. Chonaic tú gach rud?'

'Chonaic. Tá sé garbh go maith thuas ansin.'

'Naomh eile ar na Flaithis anois,' arsa an buachaill.

'Más in a chaithfidh tú a dhéanamh le dul ar na Flaithis, táim ag ceapadh nach mbeidh an áit róphlódaithe. Ach buíochas le Dia tá bealaí eile ann.'

Bhí sé ar tí an srian a thógáil as lámh an ghiolla nuair a labhair duine taobh thiar de.

'Gabh mo leithscéal,' arsa an glór. 'Chonaic mé faoin gcroch thú.'

Chas an fear ard thart. Fear beag cruinn a bhí roimhe, gléasta i gculaith dhubh. Duine de cheannaithe Bhaile Átha Cliath gan aon amhras.

'An bhfuil aon seans gur éirigh leat aon taise a bhreith leat, aon chuid den cholainn bheannaithe, an sanctum corpus, abair?'

Níor shíl sé go mbeadh brabach ar a chuid oibre chomh sciobtha sin. Is é Dia féin a chas an fear seo ina threo.

'D'éirigh, mar a tharlaíonn.'

'B'in a shíl mé. Tá mo bhean tinn — an dtuigeann tú? — agus táim cinnte, an naomh nua seo againn féin, go leigheasfaidh sé í.'

'Ach is chun m'úsáide féin é, a dhuine uasail. Tá turas fada le déanamh siar agam agus bhí mé ag brath ar an Easpag beannaithe mé a threorú agus mé a thabhairt slán, mar is iomaí baol idir seo is Gaillimh agus tá an aimsir seo a bhfuilimid ag maireachtáil ann lán contúirtí agus mioscaise.'

Bhí sin uile fíor. Go pointe. Ach theastaigh an t-airgead uaidh. Cén chaoi a bhféadfadh sé cabhrú le cúis na hÉireann mura raibh airgead aige?

'Abair é. Céard go baileach a fuair tú?'

'Ó a dhuine uasail, cuid dhlúth den fhear beannaithe. Nach leis a bheannaíodh sé na mílte. Nach leis a d'ardaíodh sé an chomaoin naofa gach uile lá ó rinneadh sagart de. Nach leis a bheannaigh sé muid agus é ag dreapadh na croiche ansin ar ball beag.'

Ghearr sé comhartha na croise air féin.

'Lámh an Easpaig! Solas na bhFlaitheas dá anam glégheal.'

Ghearr an ceannaí comhartha na croise air féin chomh maith céanna.

'Thabharfainn airgead maith air sin a bheith agam mar tá mo bhean an-tinn agus is gaire dom í ná m'anam féin.'

'Cé méad?'

'Thabharfainn trí scilling air.'

'Seacht scilling.'

'Ó a Mhaighdean. Níl sé ceart a bheith ag margaíocht faoi thaisí naoimh. Comhairlítear dúinn gan brabach a dhéanamh ar nithe beannaithe.'

'Sé scilling mar sin agus ní dhéarfaimid níos mó faoi.'

'Ó a Mhaighdean Bheannaithe.'

Chuir an ceannaí lámh ina phóca agus thóg amach sparán. D'oscail béal an sparáin. Ba cheann costasach é de leathar marún, breacadh air agus ruóigín de shíoda buí ann.

'Anois,' ar seisean, 'Taispeáin dom an lámh bheannaithe.'

Thóg fear ard an hata leathain an mhéar amach as a phóca agus thaispeáin an stuimpín smeartha don cheannaí ar a bhos oscailte.

'Ach níl ansin ach méar.'

'Tusa a dúirt gur lámh a bhí agam. Ní dúirt mise gur lámh í. Ach is í méar an Easpaig í chomh cinnte is gur liomsa an bhos a bhfuil sí ina luí uirthi.'

'Is cuid den Easpag í, cuid den cholainn talmhaí agus d'áras an Spioraid Naoimh. Seo seo, margáil faoi nithe beannaithe níl sé ceart ná cóir. Seo, seo, tóg an sparán uile,' ar seisean.

Shín sé an sparán chuig an bhfear eile go mífhoighneach amhail is go raibh sé trí thine.

'Tá do chúig scilling ann agus fuílleach.'

'Sé scilling a dúirt mé.'

'Cúig scilling. Sin a bhfuil agam.'

'Taispeáin dom.'

D'iompaigh an ceannaí an sparán agus chroith an t-airgead amach ar chroí a bhoise chun go bhfeicfeadh an fear eile é; cúig scilling agus sláimín toistiún agus pingineacha. Chroith an fear ard a cheann mar chomhartha go raibh sé sásta. Chuir an ceannaí an t-airgead ar ais sa sparán agus thug don fhear eile é.

Thóg fear an hata an sparán i lámh amháin fad a bhí an ceannaí ag tógáil an lúidín ó bhos na láimhe eile. Thóg an ceannaí ciarsúr glégheal línéadaigh amach as a phóca agus d'fhill an mhéar go cúramach isteach ann. Ghearr sé comhartha na croise air féin arís, thug póg don chiarsúr, agus chuir an chiarsúr isteach ina phóca.

'Go bhfága Dia do shláinte agat,' ar seisean.

Shíl an fear ard an ceannaí a thomhas. Anois agus é ar ais in Éirinn níor mhór dó eolas a chur ar thuairimí na ndaoine.

'Tá a fhios againn anois cé hé an namhaid,' ar seisean, geall leis i modh ceiste.

'Tá a fhios. Níl aon amhras faoi sin anois. Tá na Sasanaigh inár n-aghaidh ar bhealach nach raibh riamh roimhe seo, feictear dom, agus sin go míthrócaireach. Tá rud damanta déanta ag Chichester inniu, agus an riarachán uile. Damanta amach is amach. Is iad síol Ifrinn iad go cinnte.'

Le linn don cheannaí a bheith ag tabhairt na cainte sin in aghaidh na Sasanach bhreathnaigh an fear ard uaidh i dtreo na croiche. Bhánaigh a aghaidh. D'aithin sé duine a bhí ag siúl amach ón slua agus ag dul i dtreo na dtithe ísle ar imeall thall na plásóige. Rug sé go sciobtha ar an srian agus sciob as lámha an ghiolla é.

'Lá maith agaibh,' ar seisean go grod agus léim in airde ar an gcapall.

Chaith sé féachaint sciobtha thar a ghualainn agus chonaic an giolla óg ag féachaint aníos air, a bhéal ar leathadh le teann iontais.

'Tabhair aire, a mhaicín,' ar seisean anuas leis agus thug sé na spoir don chapall agus d'imigh leis amhail is gurb é Béalsabub féin a bhí ina dhiaidh.

Ainneoin gur baineadh geit as, gur cuireadh an croí trasna ann, le bheith fírinneach, bhí sé sásta. Ní cosúil go bhfacthas é. Agus bhí airgead faighte aige i gcomhair an turais. Dá mbeadh sé stuama go leor, ar ndóigh, d'fhéadfadh sé tuilleadh a fháil. Ach ní raibh an t-am aige. Bhí a chuid ordaithe faighte aige agus an chuma air go raibh sé díreach in am. Ná déan moill. Táthar ag súil leat thiar. Ná loic orthu.

Ná ní loicfeadh. Den chéad uair le fada bhí cúis aige. B'in é a dúirt sagart Cheapside leis. Tá cúis na hÉireann anois agat, ar seisean. Agus den chéad uair le fada bhí cúrsaí ag breathnú go maith. Cibé rud a dhéanfadh sé feasta ba ar son na hÉireann é, ar son na hEaglaise fíre, ar son na córa. Ba chomhartha maith é gur éirigh leis an mhéar a dhíol chomh sciobtha sin agus praghas réasúnta a fháil uirthi freisin. Má ba pheaca é bhí sé cinnte go bhfaigheadh sé maithiúnas ann nó 'maifeachas', mar a dúirt an tEaspag. Theastaigh an t-airgead uaidh. Agus bheadh tuilleadh ann ach é déanamh mar a dúradh leis. Agus cá bhfios dá n-imreodh sé an cluiche i gceart an uair seo, nach n-éireodh leis Ceathrú na gCaorach féin a fháil. Rud nár éirigh lena athair bocht a dhéanamh. Ach dhéanfadh seisean é, le cúnamh Dé.

Chas an giolla ar ais i dtreo na dtithe ísle ceann tuí ar imeall na plásóige. D'fhéadfadh sé go raibh seisean é féin buíoch. Bhí an naomh nua tar éis cúpla pingin a chur ina threo. Theastaigh siad go géar agus a mháthair ina baintreach le bliain agus lán tí de ghasúir aici níos óige ná é féin. Chuaigh sé síos lána cúng idir dhá bhinn tí i dtreo an tí aige féin, le súil, is dócha, go mbeadh a mháthair tagtha ar ais ón gcroch-adh chun go bhféadfadh sé an dea-scéala a thabhairt di.

Ní raibh sé imithe trí choiscéim síos an lána nuair a cuir-eadh lámh timpeall a mhuiníl agus sracadh siar i ndiaidh a chúil é.

'Cá bhfuil a thriall?' arsa glór garbh tuaisceartach taobh thiar de.

Scanraigh an giolla. Bhí an lámh á fháisceadh mar a bheadh banda iarainn ar stéibh bhairille.

'Níl a fhios agam. Níl a fhios agam,' ar seisean de ghlór beag tachtaithe.

Is dócha gur thaitin an fear ard téagartha leis. Bhí sé fial. Ba dhuine gnaoiúil é. Agus b'fhacthas anois dó go raibh sé tar éis foláireamh a thabhairt dó. Ródhéanach. Fáisceadh tuilleadh é. Bhíothas á thachtadh.

'Siar. Siar a dúirt sé.'

Cuireadh bior scine lena bhráid.

'Cén áit thiar?'

Phrioc an scian é.

'Gaillimh,' arsa an giolla.

Fiú i ndorchadas an lána chúing, d'fhéadfadh sé go bhfaca an buachaill an bhricne fhairsing ar an lámh a bhí á fháisceadh. Is cuma an bhfaca nó nach bhfaca. Baineadh an scian dá bhráid agus in aon rop millteanach amháin sádh isteach faoina easnacha í.

Lig fear na scine don leadhb chaol cholainne titim go talamh.

'Geospaláin Bhaile Átha Cliath,' ar seisean ag tabhairt cic don chorp i gcaol a dhroma. 'Níl maith do thadaí iontu.'

Bhreathnaigh sé anuas ar an marbhán caol sa léine smeartha a raibh an fhuil dhubh ag dathú an chuid uachtair di agus ag sileadh amach ar láib an lána.

Ansin shiúil sé leis go réchúiseach go dtí a chapall féin a bhí ceangailte ag bun an lána aige. Scaoil sé an srian, léim sé in airde, agus amach leis as an lána ar cosa in airde. Siar.

2

An Cnag ar an Doras

'Caithfidh sé a theacht anois. Tar éis a bhfuil déanta ag na Sasanaigh.'

'Tá sé ar a bhealach cheana féin. Tá gach uile dhuine á rá. Agus leathchéad míle Spáinneach leis.'

'Ó Néill,' arsa leath de na scoláirí as béal a chéile.

'Nár lige Dia,' arsa an leath eile.

Caint ard agus go leor argóna a bhí faoi réim ag sos na maidine an lá cinniúnach úd, in earrach na bliana 1612. Chuala cuid acu na ráflaí ar an tsráid, cuid eile chuala siad iad ó Mhichael, giolla an Choláiste, giolla na feadaíola agus na scéalta uafáis. Bhí ciorcal mór déanta acu ag bun an ranga, cuid acu ina seasamh ar na binsí chun go mbeadh radharc acu ar an gcuid a bhí ag argóint i lár an chiorcail.

Mar b'iondúil leis, bhí Lúcás Ó Briain istigh ina measc. Chuir sé clannóg dá ghruaig fhionn siar lena lámh agus é ag faire ar a dheis an díospóireacht a chasadh treo eile, i dtreo an mhagaidh dá mb'fhéidir leis, mar níorbh annamh díospóireachtaí gan bonn agus foclaíocht gan taca ag cur leadráin ar Lúcás.

'Ar éigean a chreidim é,' ar seisean agus deis faighte sa deireadh aige a ladar a chur isteach.

I bprionsabal, is ar thaobh Uí Néill a bhí Lúcás. Ach is mó ná sin a bhí sé ar son an spraoi agus na háilteoireachta.

'Ná mise ach an oiread leat, a Lúcáis,' arsa Risteard Máirtín nach raibh aon amhras faoina thuairim gurbh fhearr leis an diabhal féin a theacht ná Ó Néill. 'Ba bhocht an scéal é ligean d'Ó Néill an tír a scriosadh an darna huair.'

Ní raibh aon seans ag Lúcás breith ar an íoróin bheag a bhí i gceist le Risteard a bheith ag aontú leis. Rinne an Máilleach an ráiteas a theastaigh ar son na nGael.

'Mharaigh siad easpag dár gcuid. Gael deabhóideach ceithre scór bliain d'aois nach ndearna aon lá dochair riamh ina shaol. Caithfidh Ó Néill a theacht anois. Murab é Ó Néill é, cé a throideas ar ár son?'

'Nílimid ag iarraidh cogadh eile,' arsa Risteard. 'Tá Séamas i gcoróin agus bá aige linn.'

'Is ea agus Chichester i mBaile Átha Cliath agus an ghráin dearg aige orainn.'

'Scéal eile ar fad é anois,' arsa an Máilleach agus an Flaitheartach as béal a chéile. 'Tá gach uile rud athraithe anois, athraithe ó bhonn.'

D'ardaigh Pádraig Ó Dorchaigh a lámh.

'Is iad is mó is trua liomsa,' ar seisean go húdarásach, 'na daoine. Tá siad fágtha gan taoiseach gan treoir. Tá siad mar chaoirigh gan aoire. Lordless peasants, lacking not only patronage and but also protection.'

Ba bhéarlóir den scoth é Ó Dorchaigh agus laidineoir, agus ní bhíodh leisce riamh air é sin a chur in iúl dá chomhscoláirí. Ar an ábhar sin ba mhinic Lúcás ag magadh faoi, mar ba bhéarlóir maith é Lúcás freisin. Chonaic Lúcás a sheans anois an díospóireacht a chasadh arís. Tháinig mianach an aisteora in uachtar ann.

'Léigear! Ionsaí! Ó Néill is at the gates. The city is betrayed!' ar seisean i nglór piachánach Andromeda — an dráma a bhí na scoláirí ag réiteach le cur ar an stáitse an téarma sin — agus mar gheall ar a ghruaig fhionn, Lúcás féin i ról an bhanlaoich. 'I say, soldiers, I say,' a lean sé air agus aithris á déanamh aige ar bhean uasal de chuid na mBlácach ar Shasanach í.

Bhí súile na scoláirí uile anois air agus iad ag súil leis an spraoi nárbh annamh le Lúcás a chur ar fáil dóibh, fiú is Ó Dorchaigh, an Máirtíneach agus an Máilleach réidh le gáire a dhéanamh.

Ach ní raibh deis ag Lúcás an abairt a chríochnú. Go tobann bhí an Luínseach ina sheasamh ag an léachtán agus fearg air. Ní raibh aon duine tar éis é a thabhairt faoi deara ag teacht isteach sa seomra ranga.

'Ciúnas,' ar seisean go hard is go húdarásach. 'Fágaigí caint na sráide amuigh ar an tsráid le bhur dtoil.'

Thit gach duine ina thost. D'éalaigh Ó Dorchaigh agus na scoláirí as na ranganna agus na campaí eile amach. D'fhill a raibh fágtha go ciúin, ceann fúthu, ar a gcuid áiteanna féin sna binsí. Ach ní shásódh rud ar bith Lúcás ach a raibh tosaithe aige a chríochnú. Labhair sé go híseal leis an bhFlaitheartach a bhí ar an taobh istigh de sa bhinse. Chuir sé an chlannóg siar.

'I say soldiers, when does the ravishing begin?' ar seisean leis faoina anáil.

Níor fheil an glór íseal don scéal ach chuir sé go mór le

héifeacht an ráitis mar a tháinig sé as béal Lúcáis. Chuir an Flaitheartach bos lena bhéal féin leis an ngáire a mhúchadh. Níorbh é an scoláire ab fhearr sa rang é Lúcás ach bhí éirim sciobtha nádúrtha aige a thaitin le daoine. Thaitníodh an aisteoireacht leis féin agus teangacha, ach ba chéasadh leis an fhoghlaim de ghlanmheabhair, an staidéar pleanáilte. Agus dá mbeadh a rogha aige féin, b'fhearr leis thar aon rud eile rang maith pionsóireachta le Jacques Brochard. B'in í an áit a raibh scóp iomlán ag an aclaíocht a bhí ann agus ag an intleacht phraiticiúil a bhí aige. Nuair a bhí sé níos óige, thaitníodh sé leis a bheith á shamhlú féin ag déanamh pionsóireachta ar son Uí Néill agus chúis na nGael. Ba bhrionglóid gan dochar é, go háirithe agus a fhios aige go maith, má bhí aon bhaint ag a sheanathair leis, gur le gnó a rachadh sé i ndeireadh báire agus gur ar éigean a bheadh mórán deise aige pionsóireacht a dhéanamh lasmuigh de seomra mór Le Brochard.

Bhí cuid acu fós tógtha faoi scéal Uí Néill. Chuir an Máilleach a lámh in airde. Ba é dearcadh an Mháistir Alasandar Luínseach gurbh fhearr ligean do dhaoine smaoineamh dóibh féin ach ábhar a chur ar fáil dóibh chun gurbh fhéidir leo smaoineamh, mar a deireadh sé, faoi sholas an chreidimh agus an réasúin.

'Glacfaidh mé le ceist amháin ón Máilleach,' ar seisean.

'An fíor go bhfuil Aodh Mór tar éis an Róimh a fhágáil agus go bhfuil sé ag seoladh ar ais go hÉirinn?'

Ba léir cén dearcadh a bhí ag an Máilleach agus Aodh Mór á thabhairt aige ar Ó Néill. Níor leis an Luínseach ab fhaillí é.

'Céard dúirt mé leat a Eoghain? Caint na sráide. Má tá pleananna rúnda ag Aodh Mór, nó ag Ó Néill, nó ag Iarla Thír Eoghain, nó cibé cén t-ainm is maith le daoine a thabhairt air agus é thall sa Róimh, táim ag ceapadh gur muidne is déanaí a chloisfidh iad. Ná héistigí le ráflaí ach tugaigí aire do bhur gcuid leabhar. Sin é an fáth a bhfuil sibh anseo agus ní ar aon chúis eile.'

Leag sé béim bheag ar an bhfocal 'cúis'.

'Anois,' ar seisean le húdarás Cheannaire an Choláiste Mhóir, 'An cúigiú díochlaonadh.'

Ach bhí leisce ar an rang — Lúcás chomh maith le duine — géilleadh don ghnáthrud agus éirí as an ngriothal a chruthaigh na ráflaí.

'Ach a mháistir,' arsa an Flaitheartach, 'Deir siad gur go Gaillimh a thiocfaidh sé.'

Sula raibh deis ag an Luínseach pléascadh leis an bhFlaitheartach, bualadh cnag láidir ar dhoras an tseomra ranga. Thit ciúnas ar gach duine.

Cnag ar dhoras; ba é an cnag ar dhoras é a d'athraigh saol Lúcáis Uí Bhriain. Téann bunús na heachtra seo siar, agus sin go guaiseach gabhlánach go seomraí dorcha i Londain, i mBaile Átha Cliath, i nGaillimh agus sa Róimh féin. Ach chomh fada is a bhaineann le Lúcás de, is leis an gcnag sin ar dhoras an tseomra ranga, i gColáiste na Luínseach, i nGaillimh, a thosaíonn gach rud. Tharlódh go measfadh duine ionadh sa méid sin, gur féidir le rud beag mar chnag ar dhoras éifeacht mhór a bheith aige. Ach is fíor é, is fánach an ní a chuirfeadh saol duine ar malairt cúrsa ach é a ligean leis. Chuaigh an Máirtíneach leis an doras a oscailt.

'Duine anseo ag iarraidh Lúcáis Uí Bhriain,' ar seisean i nglór ard tar éis dó labhairt leis an té a bhí sa phasáiste amuigh.

'Cé atá á iarraidh?' arsa an Luínseach.

Sháigh Risteard a chloigeann amach arís.

'A uncail,' arsa Risteard sa ghlór ard céanna, ag iompú ar ais arís chun freagra a thabhairt ar an Máistir.

Chuir gach duine sa rang sleabhaic air féin ag iarraidh radharc a fháil ar uncail Lúcáis. Ní raibh a fhios acu a leithéid a bheith aige mar bhí sé ina chónaí lena Dhaideo sna fobhailte ó thuaidh agus an scéal a bhí ann gur maraíodh a athair agus a uncail ag troid ar son Uí Néill sa chogadh. Ach bhí uncail Lúcáis ina sheasamh ró-fhada siar ón doras. Ní fhaca duine ar bith é.

Stad an Máistir nóiméad ag breathnú anuas ar an ógánach fionn. B'fhéidir gurb aisteach leis nár iarradh ar uncail Lúcáis fanacht sa seomra mór mar b'iondúil nuair a thagadh cuairteoirí chuig an gColáiste. Ansin sméid sé ar Lúcás.

'Tá cead agat imeacht,' ar seisean.

3
Murchadh Shéamais

Calamity or (handwritten annotation)

Murroch (handwritten annotation)

D'imigh Lúcás amach. Dhún sé an doras taobh thiar de. Bhí fear mór ard ina sheasamh os a chomhair i meath-dhorchadas an phasáiste. Bhí Lúcás ard go maith dá aois ach b'éigean dó breathnú suas ar an bhfear seo.

'Go mbeannaí Dia dhuit, a Lúcáis.'

'Dia is Muire dhuit,' arsa Lúcás agus an strainséir á bhreithniú go cúramach aige.

Bhí claimhreach breac féasóige cúpla seachtain air agus aghaidh dhearg. Bhí seircín trom d'ollann dorcha air agus léine bhán. Bhí hata leathan idir a dhá lámh.

'Níl aon aithne agat orm is dócha. Murchadh Shéamais atá orm. Col seachtair liom thú. B'fhéidir gur chuala tú fúm?'

'Níor chuala.'

'Murchadh mac Séamais mhic Dónaill Chaoil Uí Bhriain. Aisteach liom nár dhúirt t'athair leat mar gheall orm. Ceathrú na gCaorach?'

'Tá m'athair marbh.'

'Tá ar ndóigh. Go ndéana Dia trócaire ar na mairbh. Agus d'uncail Máirtín freisin. Trócaire ar an mbeirt acu. Ar son Dé agus son na tíre.'

'Áiméan.'

Chuimhnigh Lúcás ar a chuid béasa. Agus gáire ar éigean ar a bhéal, chrom sé a chloigeann de bheagán.

'Tá áthas orm bualadh leat,' ar seisean — ba mheascán deas é de dhea-bhéas nádúrtha na nGael agus de chúirtéis íorónta na hEorpa ar chuid de mhúineadh an Choláiste é.

'Seo téanam ort,' arsa Murchadh Shéamais, ag cur an hata ar a cheann.

Rug sé ar uilleann Lúcáis agus threoraigh síos an pasáiste é i dtreo an halla tosaigh.

'Ach níl cead agam imeacht ón rang,' arsa Lúcás.

'Ná bac leis sin. Labhróidh mise leis an Máistir ar ball.'

Chuaigh siad amach an príomhdhoras agus síos na céimeanna. Agus iad amuigh faoi sholas na gréine, bhí deis ag Lúcás radharc níos fearr a fháil ar a 'uncail'. Gruaig thiubh bhreacliath faoi bhileog an hata leathain, craiceann donn garbh, leicne séidte dearga, féasóg cosúil le fionnadh broic; é leathanghuailleach ropach, ar uireasa cúirtéise. Ach san am céanna, bhraith Lúcás carthanacht éigin ann, séimhe nach raibh ag dul leis an gcuma a bhí air, croí maith i gcraiceann crua. Níl aon duine freagrach as na gaolta a bhíonn aige.

'Tá trioblóidí go leor ar an tír, a Lúcáis. Tá tusa óg, bail ó Dhia ort. Ní thuigeann tú na rudaí seo. Ach tá trioblóidí móra ann. Seo leat.'

Ba é dícheall Lúcáis coinneáil suas le truslóga móra an fhir eile agus iad ag dul síos Sráid an Iarla idir na seantithe stórais.

'Tar éis mharú an Easpaig Uí Dhuibheannaigh go háirithe. Tá an tír uile i gcoinne an Rialtais. Bhí mé ann, bíodh a fhios agat.'

'I mBaile Átha Cliath? Dé Sathairn? Chonaic tú an crochadh?'

'Chonaic. Barbartha, a Lucáis. Barbartha. Ní fhaca mé a leithéid riamh i mo shaol. Ach deabhóid na ndaoine! Dochreidte, a mhaicín, dochreidte.'

Go tobann d'fhéach Murchadh Shéamais thar a ghualainn.

'Nílim ag iarraidh go mbeadh aon duine ár leanúint. Táim ionann is a bheith cinnte nach bhfuil.'

Chas siad thart ag barr na sráide isteach ar Shráid Thobar an Iarla. Bhí an tsráid seo níos leithne agus bhí níos mó daoine uirthi agus fairsingeacht idir na tithe arda liath ar gach taobh di.

'Cá bhfuilimid ag dul?'

'Fóill, anois, a Lúcáis chroí. Beidh a fhios agat gach uile rud i gceann nóiméid. Lean mise agus beidh a fhios agat.'

Shiúil an fear ard ar aghaidh. Ba í an Aoine a bhí ann, lá geal earraigh, fuar gan a bheith feannaideach, mar a bhíonn go minic mí Feabhra. Mar sin, ainneoin cuid mhaith den tsráid a bheith faoi scáth, níor airigh Lúcás aon fhuacht. Bhí culaith dhorcha de ghlas na caorach air agus ba leor é. Shiúil Murchadh Shéamais soir Sráid Thobar an Iarla. Sheas daoine i leataobh as an mbealach air. Lean Lúcás é.

Bhí Margadh an Éisc faoi lán tseoil. Rinne an bheirt acu a mbealach tríd an bplód: mná tí, mná lóistín, mná uaisle in éadaí daite sróill san fhaisean gallda ach gan mórán de sin le feiceáil mar bhí brat á chaitheamh ag cuid mhaith acu nó bhí fuacht san áit a bhí faoi scáth, agus giolla nó cailín aimsire sna sála ag an gcuid is mó acu lenar cheannaigh siad a iompar abhaile dóibh. Bhí go leor cailíní óga ann agus giollaí cistine freisin ach ní raibh brat ar bith á chaitheamh acu sin. Thaitin boladh an éisc úr le Lúcás — boladh éadrom mealltach murab ionann agus an boladh gránna trom a bhíonn ar an seaniasc. Bhí na mangairí ag reic a gcuid: langa, faoitín agus leathóga bána, trosc is pollóg, an bollán is an bráthair, agus a leithéid á screadach acu. Thaitin Gaillimh na margaí le Lúcás — na daoine, na hearraí a bhí á reic, na torthaí úra ach gur torthaí triomaithe is mó a bhí ar díol an tráth sin den bhliain, im buí Bhearna, cáiseanna crua agus cáiseanna maotha, an boladh úr ar gach rud, agus an gleo, an sárú, deisbhéalaíocht bháirseachaí an bhaile, a gcaint bhlasta, gan trácht ar an Spáinneach nó an Francach a dtaitníodh sé le Lúcás breith ar a chuid cainte agus é ag eascainí ina theanga féin ag iarraidh margadh a dhéanamh le lucht díola.

Ach ní raibh aon deis aige lántaitneamh a bhaint as an margaíocht an mhaidin sin, as an sciolladóireacht, abair, ná as an tsaoirse a bhí aige éisteacht léi; bhí air coinneáil suas le fear an hata a bhí ag dul mar seo is mar siúd i measc na ndaoine agus gan focal as.

Go tobann d'fhéach an fear ard thart arís. Bhí sé amhail is go raibh sé cinnte go raibh duine á leanúint. Ansin bhrostaigh sé ar aghaidh arís. Thóg Lúcás cúpla coiscéim sciobtha le teacht suas leis. Taobh thiar d'altóir sráide na nDoiminiceánach mhoill'igh an fear ard sa siúl agus chlaon a chloigeann le cluas Lúcáis.

'Tá fear ag iarraidh thú a fheiceáil, a Lúcáis. Ní dhéar-faidh mé níos mó.'

Bhrostaigh sé ar aghaidh. D'fhág siad an slua ina ndiaidh agus thug Lúcás boladh faoi deara nárbh é boladh úr an éisc é ach boladh trom na cathrach féin. Is rud é an boladh trom úd a dtéann gach duine i dtaithí air, ach an uair sin, toisc is dócha go raibh sé in éineacht le duine strainséartha, thug Lúcás rudaí faoi deara, geall leis, as an nua. Faoi láthair ba é boladh bréan an chaca agus an mhúnlaigh é, go háirithe múnlach na mbeithíoch anoir an tSráid Chúil chucu ó Shráid an Phluda. Bhí súil aige nach isteach ar Bhóthar an Phluda féin a bhí Murchadh Shéamais á thabhairt mar bhí an áit i gcónaí ina shlaod cac bó tar éis mhargadh na mbeithíoch. Níor theastaigh uaidh a bheith ag filleadh ar an gColáiste agus cac bó ar a bhróga.

Bhí Gaillimh lán de chúirteanna agus de dhoirse agus de phóirsí beaga agus de ghiotaí de lánaí ag tabhairt isteach chuig cúirteanna agus lánaí eile, cuid acu chuig tithe cónaithe agus tithe stórais. Cathair ghríobháin í a raibh croí Lúcáis istigh inti. Bhí cuid mhór de na háiteanna cúlráideacha sin ar eolas aige agus bhí sé lán d'fhiosracht, féachaint cén áit a dtabharfadh an fear ard isteach ann é. Mhoillbhligh sé seo sa siúl arís. D'fhéach sé thart arís agus ansin chas go sciobtha ar clé. Shiúil sé chun tosaigh agus chuaigh síos lána cúng dorcha. Bhí balla ard ar thaobh na láimhe deise agus tithe arda ciúine ar thaobh na láimhe clé. D'aithin Lúcás Bóithrín na Súdairí.

'Caithfimid rud éigin a dhéanamh ar son na tíre, a Lúcáis,' arsa Murchadh Shéamais agus iad ag siúl síos le taobh an bhalla aird. 'Táimid in anchaoi má ligimid do na Sasanaigh siúl orainn agus a rogha rud a dhéanamh linn. Is naimhde gan trócaire iad. Chonaic mé sin i mBaile Átha Cliath.'

Stad sé agus bhreathnaigh thart go sciobtha arís. Rug sé greim bíse ar lámh Lúcáis.

'An fear seo atá ag iarraidh thú a fheiceáil, is fear tábhachtach é. Caithfidh tú éisteacht le gach rud dá ndeir sé. Go han-chúramach. Tá d'anam ag brath air. Tá ár n-anamacha uile ag brath air.'

Bhain sin geit as Lúcás.

'Cén chaoi anam?'

Bhí sé in amhras arbh é slánú a anama a bhí i gceist aige nó a bheo. Bhí an bua sin ag Lúcás, géire intinne agus cumas í a cheilt.

D'éirigh an fear ard mífhoighneach den chéad uair. Dar leis gur dúire nó daille intinne a bhí ar Lúcás. Scaoil sé a ghreim agus bhreathnaigh sé anuas ar an bhfear óg.

'Cén chaoi anam? Do bheathasa, a Lúcáis. Do bheathasa. Ní cluiche scoile é seo, a mhaicín. Nár inis mé dhuit a ndearna na Sasanaigh leis an Easpag beannaithe Dé Sathairn seo a chuaigh thart. Ceist báis nó beatha é. Dúinn uile. Ná déan dearmad air sin.'

Shiúil Murchadh Shéamais ar aghaidh. Bhí áirse cloiche ar thaobh na láimhe deise leathbhealach síos an lána, an chéad cheann i ndiaidh an bhalla aird. Shiúil Murchadh Shéamais isteach faoin bpoirse agus lean Lúcás é.

4

An tIosánach

Is éard a bhí os a gcomhair anois, faoin áirse, staighre cloiche, mar a bheadh ar an taobh amuigh de theach, ach amháin gur istigh faoin teach a bhí an staighre seo. Is é an chuma a bhí ar an teach féin, nach teach cónaithe go baileach a bhí ann ach ceann de na seantithe sin a raibh seomraí ann a ligtí amach do lucht gnó, do cheannaithe, agus do dhaoine difriúla mar sin, le haghaidh gnó, nó le haghaidh stórais, nó le searbhóntaí a chur ar ceathrú.

Dhreap siad na céimeanna cloiche go tostach. Bhí casadh coirnéil sa staighre a thug suas chuig chéad urlár an tí iad. Sheas an fear ard amach ar an léibheann agus d'fhéach thart sa mheathdhorchadas. Bhí doirse ar gach taobh den phasáiste. Idir an dá dhoras ar dheis bhí staighre eile, staighre adhmaid. Chuaigh an fear ard go dtí an staighre agus chuaigh in airde. Bhí Lúcás sna sála aige.

Chas an staighre seo ar ais air féin agus thug sin chuig an dara hurlár iad. Pasáiste níos lú a bhí ar an dara hurlár agus é, geall leis, dorcha ar fad. Bhí ceithre dhoras anseo: ceann ar gach taobh den léibheann agus ceann ar gach taobh den staighre. Stad Murchadh Shéamais ag ceann an staighre. Ansin chas ar clé agus bhuail cnag ar an doras ba ghaire dó.

'Tar isteach,' arsa glór ard ón taobh istigh.

Bhain Murchadh Shéamais an hata dá chloigeann agus d'oscail an doras.

'Monseigneur,' ar seisean de ghlór umhal agus chrom go híseal. 'Lúcás Ó Briain.'

Sheas sé i leataobh, an chomhla lena dhroim, agus shín amach an lámh a raibh an hata ann mar chomhartha do Lúcás dul thairis isteach sa seomra.

Seomra dorcha a bhí ann, gan de sholas ann ach a raibh ag teacht ó dhá choinnleoir mhóra chraobhacha ar gach ceann de bhord fada ar an taobh thall. Ar an taobh eile den bhord seo, i lár báire idir an dá choinnleoir, bhí fainge ard de shagart, é díreach tar éis éirí ina sheasamh. Bhí casóg fhada dhubh air agus clóca ríghearr thar a ghuaillí a raibh ciúmhsóg dhearg air. Bhí cros órga ar shlabhra ar a bhrollach. Taobh thiar den sagart bhí cuirtín trom de veilbhit dhúdhearg. Sin a bhí ag clúdach na bhfuinneog ba chosúil. Shín an sagart a lámh amach chuig Lúcás thar fheilt throm dhúghlas an bhoird.

'A Lúcáis, tá fáilte romhat,' ar seisean go croíúil gan gháire.

Shiúil Lúcás suas go dtí an bord. Chroith an lámh shínte. Bhí sí láidir cnámhach. Bhí an sagart féin maolcheannach dubh, aghaidh fhada chaol air faoi mar a bheifí tar éis breith ar a dhá chluas agus a chloigeann a fháisceadh. Aghaidh bhán bhrácáilte an duine bhuartha a bhí air.

'An-áthas orm thú a fheiceáil, a Lúcáis,' ar seisean i nGaeilge mhaol Bhaile Átha Cliath.

Bhreathnaigh sé thar ghualainn Lúcáis agus labhair le Murchadh Shéamais.

'Déanfaidh sin, a Mhurchaidh,' ar seisean go grod. 'Go raibh maith agat.'

Chomharthaigh sé cathaoir dhíreach os comhair an bhoird do Lúcás.

'Suigh síos, a Lúcáis.'

'Go raibh maith agat.'

Shuigh Lúcás. Chuala sé Murchadh Shéamais ag imeacht amach taobh thiar de agus an doras á dhúnadh aige ina dhiaidh.

Bhí cros mhór ornáideach práis ina seasamh in aice leis an gcoinnleoir ar cheann deas an bhoird, gan aon slán-aitheoir uirthi, agus leabhar ochtábhó i gclúdach leathair dhuibh ina aici léi. Chuir sé sin uile le hatmaisféar trom sollúnta an tseomra. Ba gheall le séipéal é nó ceann de na seomraí cúlráideacha sin a n-éistítí an tAifreann iontu.

'Ní móide go ndúirt Murchadh Shéamais — is col ceathar leat é de réir mar a thuigim?'

'Col seachtair,'

'Hea. Tuigim. Ní móide go ndúirt sé leat cén fáth a bhfuil tú anseo?'

'Ní dúirt.'

'Is maith sin, mar bheadh súil agam nach bhfuil a fhios aige. Ach is dócha gur inis sé duit faoi thrioblóidí an ama seo a bhfuilimid ag maireachtáil ann.'

'D'inis. Beagán.'

'Ní raibh am riamh mar é, a Lúcáis. Tar éis mharú an Easpaig Ó Duibheannaigh, agus an Athar Ó Luchráin, tá gach rud athraithe. Athraithe ar bhealach uafásach, tá faitíos orm a rá. Muidne in aghaidh na Sasanach. Sin mar atá anois.'

Leag an sagart bos a láimhe deise anuas ar chúl na láimhe clé ar an mbord roimhe.

'Mise an tAthair Seosamh Pléimeann, Societas Iesu. Na hÍosánaigh mar a thugtar go coitianta orainn. Táim i nGaillimh ar ghnó ard de chuid na hEaglaise Caitlicí Rómhánaí. An dtuigeann tú a bhfuil á rá agam, a Lúcáis?'

'Tuigeann,' arsa Lúcás, bíodh is nach raibh aon tuairim aige cén gnó a thug an sagart go Gaillimh; ach bhí diongbháilteacht aisteach i nglór an tsagairt a thug air aontú leis.

'De thoradh fheallmharú gránna an deireadh seachtaine seo caite tá cinneadh mór déanta. Nílim in ann aon rud a rá leat faoi sin. Ach mar gheall ar an ngnó seo uile tá scéala le cur chuig Aodh Mór Ó Néill, Iarla Thír Eoghain, sa Róimh. Tá sé ríthábhachtach go gcuirfí Ó Néill ar an eolas a luaithe agus is féidir. Tuigeann tú an tábhacht a bhaineann leis sin, a Lúcáis?'

'Tuigeann.'

'Níl na gnáthbhealaí a úsáidimid le scéala a chur chun na Mór-Roinne ar fáil dúinn i láthair na huaire. Tá na Sasanaigh ag faire ar na calafoirt uile. Go háirithe in oirthear na tíre. Tá Baile Átha Cliath, geall leis, dúnta orainn.'

Shín sé lámh i dtreo an leabhair dhorcha ar an mbord agus tharraing chuige é. D'oscail sé é agus thóg amach litir a bhí i bhfolach istigh ina lár. D'ardaigh sé an litir os comhair a aghaidh. Bhí séala trom dearg air.

'Seo litir chuig Ó Néill. Táimid ag iarraidh ortsa í a bhreith chuige agus a chur isteach ina lámha agus ina lámha seisean amháin.'

'Níl sé ar a bhealach go hÉirinn, mar sin?'

'Níl. Sa Róimh atá sé i gcónaí.'

Bhreathnaigh an tAthair Pléimeann idir an dá shúil ar Lúcás. Bhí na súile géara liatha aige lasta ag solas buí na gcoinneal. Labhair sé arís go sollúnta.

'Il Palazzo della Rovere, sa cheantar a dtugtar an Burgo air. Chuimhnigh air sin, a Lúcáis. Il Palazzo della Rovere. Smaoinigh ar an bhfocal Béarla "rover."' Rinne sé gáire leamh. 'Pálás an té atá ar fán.'

Leag sé an litir ar éadach dúghlas an bhoird agus shín leathbhealach trasna an bhoird chuig Lúcás í. Bhí Lúcás ag stánadh uirthi. Bhí sé in ann an t-ainm 'Ó Néill' agus an focal 'Roma' a dhéanamh amach i bpeannaireacht dhlúth reatha.

'Il Palazzo della Rovere,' arsa an sagart arís. 'Abair é, a Lúcáis.'

'Il Palazzo della Rovere,'

'Agus cá bhfuil sé?'

'Sa Burgo.'

'An-mhaith, a Lúcáis. Is léir go bhfuil an duine ceart roghnaithe againn.'

Bhí tost ann. Tar éis tamaill mhachnaimh d'ardaigh Lúcás a cheann agus bhreathnaigh isteach arís idir dhá shúil liatha an tsagairt. Bhí cumhacht aduain iontu.

'Cén chaoi a rachaidh mé ann, a Athair?'

Bhí éirim phraiticiúil intinne ag Lúcás, chomh maith le tíos cainte nuair a thogródh sé.

'Bhí mé ag fanacht go gcuirfeá an cheist. Tá gach rud socraithe. Tá bád an Chaptaein Ó Dubháin ag fágáil cé na Gaillimhe leis an taoide, breacadh an lae maidin amárach. Tá do phasáiste íoctha. Tógfaidh sé thú chomh fada le Saint

Malo sa Fhrainc. Fanfaidh tú ansin i dteach ósta ar an gcal-
adh den ainm Le Cerf Fugitif. Tiocfaidh sagart dílis de chuid
Societas Iesu, chugat ansin, an tAthair Éamonn Ó Ceallaigh.
Fiafróidh sé díot an tusa an Scoláire Geal as Éirinn agus
freagróidh tusa leis na focail 'Do shearbhónta dílis as Gaill-
imh na dTúr, a Athair.' Cuirfidh sé ar an mbóthar chun na
Róimhe thú. Cuir na focail sin de ghlanmheabhair anois, a
Lúcáis, agus ná dearmad iad. Tá do bheatha ag brath orthu.'

'"Do shearbhónta dílis as Gaillimh na dTúr, a Athair."'

'Sin é é. "Do shearbhónta dílis as Gaillimh na dTúr, a
Athair." Saint Malo. Cén t-ainm atá ar an teach ósta?'

'Le Cerf Fugitif.'

'Is ea, nó sa Sax-Bhéarla?'

D'fhan an sagart cúpla soiceand, féachaint céard a
déarfadh Lúcás.

'The fleeing deer, a Athair.'

'Maith thú, a Lúcáis. Scoláire breá scafánta thú. The
fleeing slave a déarfadh daoine eile agus iad mícheart.'

Ní raibh Lúcás cinnte nach raibh iontas ar an sagart gur
thug sé an freagra ceart bíodh is go bhfacthas dó go mbeadh
ceachtar den dá fhreagra ceart. Ach is dócha nach raibh ach
aon ainm amháin ar an teach ósta.

'Is maith liom teangacha, a Athair.'

'Agus tú go maith chucu, is cosúil.'

Ní dúirt Lúcás tada.

'Tóg an litir sin anois agus cuir in áit shábháilte í. Ná
leag uait í in áit ar bith agus ná habair le haon duine beo go
bhfuil sí agat.'

Chuimhnigh Lúcás air féin.

'Ní raibh mé ag súil le haon ní den sórt seo, a Athair. Déanfaidh mé mar a deir tú liom. Ach céard déarfaidh mé le Marcas, mo Dhaideo. Is uafásach an buille a bheidh ann dó nuair a déarfaidh mé leis go gcaithfidh mé imeacht an chéad rud maidin amárach.'

'Abair le do Dhaideo, a Lúcáis, go bhfuilimidne, Cumann Íosa, do do chur thar lear ag staidéar. Beidh sé sásta nuair a chloisfidh sé é sin. Tuigimid gur uafásach an briseadh é seo, a Lúcáis, agus go bhfuilimid tar éis teacht aniar aduaidh ar fad ort. Ach is é an t-aon bhealach é.'

Thost an tAthair Pléimeann sular labhair sé arís.

'Cuimhnigh, a Lúcáis, gur tusa a roghnaíomar thar scoláirí uile na scoile ar chúpla cúis: toisc nach bhfuil aon aithne ort agus toisc gur duine stuama thú. Agus....'

Thost an sagart arís. D'ísligh sé a shúile.

'Agus mar gheall ar d'athair, a Lúcáis. Tá cuimhne ag cuid againn fós air. Fear a thug seirbhís gan cheist gan chur in aghaidh. Ar son a chreidimh agus a thíre. Fear uasal a bhí ann, a Lúcáis.'

Leag an sagart lámh ar an litir agus chuir níos faide i dtreo Lúcáis í. D'fhéach sé suas.

'Tá tú sásta é seo a dhéanamh ar son an fhíorchreidimh, ar son Íosa Críost, agus ar son na tíre, agus ar son mianta t'athar dhílis?'

Níor bhain sé a shúil d'aghaidh an fhir óig i rith an achair a bhí sé ag rá na bhfocal sin.

'Tá.'

Bhí croí Lúcáis ar lasadh faoin am seo.

'Maith an fear. Agus an nglacann tú móid go gcoinneoidh tú gach rud a bhaineann leis seo faoi rún docht daingean?'

Chaith an sagart súil i dtreo an leabhair dhuibh ar an mbord.

'Glacann.'

'Ná lig síos muid, a Lúcáis,' arsa an sagart go ciúin. 'Cosain an litir sin le d'anam agus ná scaoil uait í go leagfaidh tú isteach i lámh Uí Néill sa Róimh í.'

Thóg Lúcás an litir agus chuir sa phóca taobh istigh dá sheaiceád í. Ní dúirt sé aon rud.

'Anois, téigh abhaile láithreach. Ná bac le dul ar ais ar scoil. Bhí mé ag caint leis an Máistir Ó Luínse ar ball. Ná tarraing aon aird ort féin. Seachain na saighdiúirí go háirithe. Agus thar aon rud eile, ar do bheo — agus ná bíodh aon amhras ort a Lúcáis, is ceist báis nó beatha é seo, duit féin, agus do go leor leor eile — cuimhnigh ar an móid atá tú díreach tar éis a ghlacadh: ná habair le haon duine beo faoin litir sin. Tá daoine áirithe i measc na Sasanach chomh glic le nathracha nimhe agus chomh cruálach céanna. Má bheireann siad ar an litir sin beidh go leor crochta — ní hamháin thú féin.'

Bhreathnaigh sé idir an dá shúil ar Lúcás arís. Ní raibh aon chur in aghaidh fhocail an tsagairt. Bhí tost ann. Rinne ceann de na coinnle giosáil bheag. Ansin thosaigh an tAthair Pléimeann ag labhairt arís.

'Táim idir dhá chomhairle, a Lúcáis,' ar seisean. 'Níl a fhios agam ar cheart dom é seo a rá leat.'

Bhí sé ag labhairt go ciúin agus go stadach anois. Bhí an t-athrú ar a ghlór an-suntasach. Dar le Lúcás bhí bagairt ann in ainneoin an ghlóir ísil. Lean sé air leis an tuin chéanna.

'Ach sílim, ar mhaithe leat féin, agus ar mhaithe leis an gcúram mór seo atá le cur i gcrích againn, nach bhfuil aon rogha agam.'

Bhí lámha an tsagairt leagtha ar an mbord os a chomhair, na méara fite ina chéile ach é á n-ardú agus á n-ísliú i rith an ama. Níor chorraigh a cholainn fad a bhí sé ag caint. Bhí sé ag breathnú sna súile ar Lúcás arís.

'Fuair mé amach ar maidin go bhfuil duine sa chathair atá meáite ar stop a chur linn. Is é an namhaid is crua agus is nimhní dá bhfuil againn é — níos tiomanta agus níos neamhthrócairí ná Chichester féin. Shíl mé go rabhamar slán air, gur i Londain a bhí sé. Ach, Dia idir sinn agus an anachain, ní hann atá sé ach anseo, i nGaillimh. Maidin inniu féin a chonaic mé é.'

Scar an sagart a lámha agus shuigh siar ar an gcathaoir.

'Ní maith liom é seo a rá a Lúcáis, ach is iarshagart é. Fear as Tír Eoghain, tuaisceartach, a d'iompaigh agus a dhíol a anam leis na heiricigh. Mar gur duine dínn féin tráth é, tá go leor ar eolas aige. Duine glic contúirteach é. Tá sé ar dhuine de na daoine is glice agus is contúirtí inár n-aghaidh faoi láthair. Duine gan chroí é. Tá sé chomh tiomanta anois don chreideamh cam agus do rialtas Shasana go maródh sé a mháthair féin ar a son.'

Stad an sagart, féachaint a raibh Lúcás ag tabhairt leis meáchan iomlán a raibh ráite aige. Bhí. Bhí focail an tsagairt tar éis dul díreach go dtí a bholg agus á thiontú bunoscionn.

'Ní maith liom thú a scanrú ach caithfidh tú a bheith san airdeall ar an duine seo. Má bheireann sé ort tá tú féin agus an litir réidh. Níl a fhios agam cén chaoi a bhfuair sé amach fúithi. B'fhéidir nach bhfuil a fhios aige tada fúithi ach go bhfuil a fhios aige go bhfuil rud éigin sa siúl. Níl a fhios agam cén chaoi ar éirigh leis teacht chomh fada le Gaillimh. Dúirt Murchadh Shéamais gur shíl sé go bhfaca sé i mBaile Átha Cliath é. Is é is dóigh liom gur lean sé Murchadh Shéamais.'

Shuigh an sagart aniar arís.

'Ach tá buntáiste amháin againn air. Rud nach féidir leis tada a dhéanamh mar gheall air. Tá gruaig rua air; gruaig mhín snasta ar dhath fhionnadh an tsionnaigh, agus bricne fairsing ar a aghaidh agus ar a lámha. Sin é an fáth a Lúcáis, go dtugtar an Sionnach air, duine de na spiairí is fearr agus is cruálaí atá ag Salisbury i Sasana.'

Bheoigh an sagart suas ansin amhail is gur shíl sé go raibh an iomarca faitíosa curtha aige ar an bhfear óg.

'Bí ar d'airdeall, a Lúcáis, agus beidh tú ceart go leor. Ná labhair le duine ar bith beo faoin obair seo. Sin an méid atá le déanamh agat. Má chuirtear ceist ort cén fáth a bhfuil tú ag dul thar lear níl le rá agat ach go bhfuil Cumann Íosa agus an Coláiste do do chur go dtí an Fhrainc ag staidéar.'

'Agus má bheireann an Sionnach orm? Nó na Sasanaigh? Na saighdiúirí, abair?'

Rinne an sagart gáire beag.

'Tá tusa róghlic, cheapfainn a Lúcáis, le ligean d'aon saighdiúir breith ort. Maidir leis an Sionnach, bheadh an-iontas orm dá mbeadh a fhios aige cé thú féin. Dúirt mé le

Murchadh Shéamais a bheith cinnte nár leanadh sibh go dtí an áit seo. Gach seans go bhfuil tú slán. Má fheiceann tú an Sionnach níl agat ach imeacht uaidh chomh sciobtha in Éirinn agus is féidir leat. Ach sin é an fáth a bhfuil sé chomh tábhachtach sin dul díreach abhaile anois. Ba cheart go mbeifeá slán i do theach féin. An dtuigeann tú sin?'

'Tuigeann.'

'Dáiríre, ní bheidh tú sábháilte go dtí go mbeidh do dhá chois taobh istigh de dhoras an Cerf Fugitif. Agus fiú amháin ansin beidh ort a bheith ríchúramach. Tá gníomhairí ag na Sasanaigh ar fud na hEorpa. An príomhrud ná fanacht glan ar an Sionnach. Agus mar a deirim, ní móide go bhfuil a fhios aige cé thú féin nó go bhfuil aon bhaint agat linne. Ach fainic mar sin féin. An dtuigeann tú sin?'

'Tuigeann, a Athair.'

'Nílim féin sábháilte anseo. Caithfimid uile a bheith cúramach. An dtuigeann tú sin?'

'Tuigeann.'

Rinne an sagart gáire beag, nó an rud ab ionann agus gáire ina chás seisean.

'Anois cúpla rud eile. Tá mála taistil curtha ar aghaidh chuig an teach duit. Tá clóca faiseanta ann agus táimid ag iarraidh go gcaithfeá an clóca sin agus tú ag taisteal. Ba mhaith freisin dá mbeadh culaith eile ort seachas culaith de ghlas na caorach agus tú thar lear.'

Bhreathnaigh sé go géar ar Lúcás agus b'iontach go deo an fórsa a bhí san fhéachaint sin.

'Sásta?'

'Tá, a Athair. Go raibh maith agat.'

'Go raibh maith agat féin, a Lúcáis. Tá níos mó daoine ná mar a d'fhéadfá a shamhlú faoi chomaoin mhór agat. Táimid uile ag brath ort.'

D'éirigh an sagart. D'éirigh Lúcás. Chroith siad lámh lena chéile.

'Féadfaidh tú imeacht anois agus go raibh Dia leat.'

'Agus leat féin, a Athair.'

Chas Lúcás thart agus d'fhág an seomra.

CROMÁN hip
gualli - shoulder
colainn - body.

5

Gaillimh

Nuair a tháinig Lúcás anuas na céimeanna cloiche agus amach faoin áirse ar Bhóithrín na Súdairí, ar éigean má bhí a fhios aige cá raibh sé. Chas sé ar dheis, mar a dúradh leis a dhéanamh, le dul i dtreo Gheata na Mainistreach agus na bhfobhailte ó thuaidh, áit a raibh cónaí air. Ní raibh aon amharc ar Mhurchadh Shéamais. Shíl Lúcás go mbeadh sé ag fanacht air ar an léibheann nó ag bun an staighre nó ar an tsráid lasmuigh. Ach ní raibh sé in aon áit. Níor mhiste le Lúcás a chomhluadar ag an nóiméad sin.

Bhí Bóithrín na Súdairí ciúin dorcha, mar ba ghnách, gan tada as bealach ann, shílfeá. Chuaigh sé faoin áirse ag ceann an Bhóithrín agus go tobann bhí gleo gach uile áit timpeall air. Bhí sé anois ar an tSráid idir Dhá Bhóthar, sráid leathan a raibh tithe cónaithe dhá stór ar gach taobh de agus go leor daoine ag teacht is ag imeacht ann. Bhí an chuma ar an scéal go raibh an chathair uile beoite ag solas na gréine. Mná agus fir ag reic ar thaobh na sráide, ciseáin á n-iompar ag na mná ar a gcloigne, na fir ag iompar ciseáin nó sacanna ar an ndroim nó a nguaillí, cuid eile acu agus ciseán idir rosta agus cromán acu.

'Úll, a phlúróg, nó péire.'

Liobar mór mná a sheas amach os a chomhair i lár na sráide, ciseán úll á iompar ar a cromán aici. Bhí sé chomh maith di a bheith ag labhairt le balbhán. Stán Lúcás ar ais uirthi amhail is gur clocha duirlinge a bhí sí a reic leis. Ach chuaigh an chaidéis i gcion air mar sin féin. Ba gheall le dúiseacht as brionglóid é. Bhí gleo agus boladh bréan chathair álainn na Gaillimhe timpeall air, lucht díola ar fud na háite. Cibé draíocht a bhí curtha ag an sagart air, bhí cúraimí laethúla a chathair dúchais á scaipeadh anois go tobann.   MAD.

'Tá rud buile déanta agam,' ar seisean leis féin. 'Céard sa diabhal a bhí orm?'

Shiúil sé siar an tsráid idir na daoine. Chuaigh sé i leataobh agus chas sé síos lána eile. Ní raibh a fhios aige cá raibh sé ag dul ach bhí sé ag iarraidh imeacht ón ngleo. Bhí a fhios aige go raibh botún déanta aige. Ní raibh aon mhíniú eile air. Bhí sé amhail is go raibh briocht canta ag an Athair Pléimeann os a chionn istigh sa seomra sin ar gheall le séipéal é. Ach anois bhí éifeacht an bhreachta ag imeacht.

Tháinig sé amach ar an tSráid Ard, ceartlár na cathrach, áit a raibh cuid de na tithe ba ghalánta, áit a raibh na daoine faiseanta le feiceáil, iad ina seasamh thart ag caint nó ag siúl go stáidiúil le hais na dtithe arda snoite trí stór ar gach taobh, nó ag marcaíocht go postúil ar a gcapaill snasta i lár an bhóthair. Mhoilligh Lúcás sa siúl agus rinne iarracht breith ar chúrsaí, a réasún praiticiúil a chur ag obair ar imeachtaí mar a bhí siad tar éis titim amach le huair an chloig anuas.

Duine géar éifeachtach, shíl sé, ba ea an tAthair Pléimeann. Duine a raibh obair mhór le cur i gcrích aige. Ach murab ionann agus an Luínseach, a bhí chomh héifeachtach céanna agus géar ar a bhealach féin, níor dhuine é a dtéifeadh do chroí leis. B'fhéidir gur bhain sin leis an gcúram mór a bhí air agus leis an imní a ghabh leis. Maidir le Murchadh Shéamais, b'fhacthas dó gur duine suáilceach é ainneoin na cuma a bhí air. Ní raibh na béasa aige a shamhlaíodh sé riamh leis na Brianaigh. Ach má bhí sé garbh, braith sé go raibh croí maith aige. Agus ní raibh aon amhras faoina chreideamh i gcúis na hÉireann. Os a choinne sin, ní raibh sé róthógtha leis an mbealach lúitéiseach a bhí aige leis an sagart. Agus bhí sé borb leis féin nóiméad amháin agus ansin, nóiméad eile uasal le híseal leis, ag labhairt leis amhail is gur gasúr scoile é. Ach is gasúr scoile a bhí ann. Céard eile?

Mar sin, cén pháirt a bhí aige féin san obair? Faoi sholas geal an lae, agus é ag siúl arís i measc na ngnáthdhaoine a bhí i mbun gnáthchúraimí, b'fhacthas dó go raibh botún tubaisteach déanta — ní hamháin aige féin, ach ag an sagart. Ní fhéadfadh sé gurb eisean an duine ceart don obair seo. Cén mearbhall a bhí ar an Athair Pléimeann? Cén mearbhall a bhí air féin nár dhúirt sé leis é? Ab é an dílseacht do chuimhne a athar a chuir amú é? Athair nach bhfaca sé ach cúpla uair ina shaol? Nó dílseacht don chreideamh? D'Éirinn? Nó deis a bheith tugtha dó, sa deireadh, gan aon choinne, brionglóid sheafóideach a óige a chomhlíonadh agus dul i seirbhís Uí Néill? Speabhraídí.

Go tobann bhí an litir mar a bheadh smól dearg anuas

ar a chroí. Ní fhéadfadh sé a bheith á hiompar timpeall leis mar seo. Chuimhnigh sé ar a Dhaideo agus ar a chairde agus ar a shaol agus ar a scolaíocht. Chuimhnigh sé ar na pleananna eile a bhí aige don lá. Bhí cleachtadh i gcomhair Andromeda le bheith ann am lóin. Ansin, nuair a bhí an scoil scaoilte bhí sé ceaptha dul Tigh Jacques le haghaidh ceacht phionsóireachta. Bheadh greim le hithe aige ansin sula rachadh sé abhaile.

Níor luaithe é ag smaoineamh ar theach Jacques Brochard ná tháinig íomhá Isabelle os a chomhair go gléineach. Iníon Jacques lena chéad bhean, banphrionsa an tí, péarlachán a hathar, a súile malla mar a deireadh na filí, a com seang, a gruaig dhíreach dhubh. An raibh sé chun insint di go raibh sé ag imeacht? Éire a fhágáil? Gaillimh a fhágáil? A Dhaideo, Máire, a chairde, an scoil — agus í féin — a fhágáil? Cén chaoi a míneodh sé dóibh uile go raibh sé ag dul thar sáile ag staidéar? Lom díreach mar sin? Gan aon choinne a bheith ag aon duine leis? Gan é a bheith pléite ag lucht an Choláiste? Lena Dhaideo? Céard déarfadh sé leo?

Ach céard a dhéanfadh sé leis an litir? Cá bhfágfadh sé í? Bhí a fhocal tugtha aige don Athair Pléimeann. Baineadh casadh as a bholg arís nuair a smaoinigh sé ar na spiairí agus ar chaint an tsagairt faoin bhfear úd ar thug sé an Sionnach air. An bhféadfadh sé go raibh a leithéid de dhuine ann? Má bhí, ní raibh sé ag iarraidh casadh leis. Má bhí naimhde gránna le bheith aige, b'fhearr leis gur ar an stáitse a bheidís agus gur cruth péiste canbháis a bheadh orthu.

Rinne sé gáire beag leis féin agus smaoinigh arís ar an

spórt a bhí acu le hAndromeda, é féin ag scréachaíl am ar bith a dhéanfadh Risteard Máirtín iarracht barróg a bhreith air mar ba é siúd Perseus agus é ceaptha Andromeda a scaoileadh ón gcarraig a raibh sí ceangailte léi; agus an chaoi a ndearna Lúcás mullach gróigeáin le héalú uaidh an uair dheireanach a bhí siad á chleachtadh, rud a bhain gáire as gach uile dhuine, fiú an Luínseach féin.

Ach bhí a fhocal tugtha aige don sagart. Mura raibh sé i gceist glacadh leis an litir, bhí air í a thabhairt ar ais dó.

Bhí sé tagtha chuig an gcasadh ar an tSráid Ard. Bhí plód anseo arís agus caranna agus capaill ag déanamh a mbealach go mall soir agus siar, boladh géar láidir ó chac úr na gcapall ar an talamh. Bhreathnaigh sé thart, féachaint an bhfeicfeadh sé an fear ard, Murchadh Shéamais, ach bhí sé amhail is go raibh an slua callánach ar fad tar éis teacht le chéile chun é a cheilt air, dá airde é. Ní raibh aon rian de thoir ná thiar. Stán sé ar an slua amhail is nach raibh a leithéid seo feicthe cheana aige agus gur nuacht anois dó an callán, an díol is an ceannach, agus é féin caite isteach ina lár dá mhíle buíochas.

Shiúil sé thar theach ard na Luínseach agus é ag féach-aint suas ar a chuid cruinneán agus a scrollaí. Bhí seanfhear a raibh cual adhmaid á iompar ar a dhroim aige ag casadh timpeall an choirnéil. Ní fhaca Lúcás é agus bhuail sé ina aghaidh.

'Go dtachta an diabhal thú a bhrogúis, nó an dall nó caochta atá tú nach bhfuil aon aird agat ar na daoine.'

Sheas Lúcás as an mbealach air gan focal a rá. Dála an díoltóra mná ar ball, bhí sé amhail is nárbh ann dó.

'Scoláirí,' arsa an seanfhear faoina anáil, 'go dtuga an diabhal leis iad, tá an chathair lofa leo.'

Ghoin a aire é. Bhí an ceart ag an seanfhear. Ba scoláire é. Bhí masla an tseanfhir tar éis ciall a chur ann sa deireadh. D'aithin sé a bhaile dúchais idir mhaith is olc. Ba í an áit ionúin í.

'Ní hea,' ar seisean leis féin. 'Nílim chun imeacht uaidh seo uile agus dul ar bord loinge maidin amárach. Caithfear an litir a thabhairt ar ais.'

Chas sé ar a sháil agus thosaigh ag déanamh a bhealach ar ais tríd an slua i dtreo Bhóithrín an Súdairí.

6

An Bíoma

Ach an oiread leis an uair a d'fhág sé é, ní raibh duine ar bith le feiceáil ar Bhóithrín na Súdairí nuair a tháinig sé faoin áirse ag ceann na sráide arís. Chuaigh sé siar ina intinn ar an méid a bhí sé chun a rá leis an Athair Pléimeann. Go ciúin béasach — bhí sé sin tábhachtach — bhí sé chun an litir a shíneadh ar ais chuige agus a rá go séimh ach go drámatach: Ní mise an duine ceart le haghaidh na hoibre seo, a Athair. Ní raibh mé riamh thar sáile. Níl dóthain taithí agam ar nithe den sórt seo. Tá brón orm. Tá botún déanta agaibh.

Ní raibh sé imithe rófhada síos an lána dorcha nuair a chonaic sé fear ina sheasamh faoi phóirse an tí. D'aithin sé é. Ba é Bearnard Ó Céidigh a bhí ann, nó mar a thugtaí coitianta air, an Bíoma, mar gheall ar chomh mór is a bhí sé agus na guaillí leathana a bhí air. Shiúil Lúcás ar aghaidh. Bhí súil aige nach raibh an Bíoma chun stop a chur leis.

Nuair a tháinig Lúcás fad le póirse an staighre cloiche, bhí an Bíoma ina sheasamh amach roimhe. Ní raibh aon seans aige dul thairis.

'Cá bhfuil tusa ag dul?'

'Ag iarraidh dul isteach atá mé.'

'Níl aon ghnó agatsa anseo. Imigh leat.'

Bhí Lúcás i bponc. Níor fhéad sé an sagart a lua mar bhí sin ceaptha a bheith ina rún. Bhí air smaoineamh go sciobtha. Smaoinigh sé ar an leabhar dubh ar an mbord ar thóg an tAthair Pléimeann an litir as.

'D'fhág mé leabhar i mo dhiaidh.'

'Cuma liom céard a d'fhág tú i do dhiaidh. Níl aon ghnó agat san áit seo. Imigh leat.'

'Ach tá an leabhar ag teastáil uaim i gcomhair an Choláiste.'

'An bodhar atá tú? Imigh leat ar an bpointe boise nó is duit is measa.'

Ní raibh aon rogha ag Lúcás ach imeacht. Shiúil sé ar ais go maolchluasach an bealach a tháinig sé. Ach ní dheachaigh sé chomh fada leis an áirse ag ceann an lána. Ina ionad sin chas sé isteach faoi phóirse eile a thug isteach i lána beag eile é ar thaobh na láimhe clé. Chaithfeadh sé smaoineamh ar bhealach le teacht thar an mBíoma Ó Céidigh. Chaithfeadh sé labhairt leis an sagart.

Is ansin a chuimhnigh sé ar an leasainm eile a bhí ar Bhearnard, 'Sladaí.' Rinne sé gáire leis féin nuair a smaoinigh sé air. Thar balla isteach a tháinig athair Bhearnaird go Gaillimh as áit éigin a dtugtaí an Chreig uirthi. An scéal a bhí ann go ndearna sé a chuid airgid ar mhionghadaíocht. Sin é an fáth a dtugtaí an Sladaí air. Ghreamaigh an t-ainm dá chlann. Nuair a bhí Lúcás agus a chairde níos óige agus gan tada níos fearr a bheith le déanamh acu deiridís 'Sladaí' in ard a gcinn is a ngutha nuair a d'fheicidís Bearnard Ó Céidigh. Ní raibh uair ar bith nár imigh sé de rith te reatha ina ndiaidh. Uair an chloig a chaitheadh sé sa tóir orthu go minic, suas síos lánaí is cúlsráideanna. B'iontach an spórt é agus ba é Bearnard Ó Céidigh ab fhearr chuige mar ba reathaí maith é agus bhídís ar a mbionda ag iarraidh imeacht uaidh, rud a d'éiríodh leo a dhéanamh níos minice ná a mhalairt. Leadradh ceart ó dhoirne crua a d'fhaigheadh an duine a mbeirtí air.

B'fhada ó d'imir siad an cleas ach ní raibh aon fhianaise ann go raibh maolú tagtha ar an masla a bhraith Bearnard leis an ainm, air féin ná ar a mhuintir. D'fhéach Lúcás suas faoin bpóirse a raibh sé faoi. Mar a bhí i gceist le go leor póirsí eile, bhí barra iarainn in airde ag dul ó thaobh go taobh. Cleas eile a bhíodh ag na buachaillí breith ar na barraí sin agus iad féin a tharraingt aníos sa chaoi is nach bhfeiceadh an té a bhí thíos iad. Is mar sin a d'éalaídis ón mBíoma go minic agus óna chéile.

Dar le Lúcás gurbh fhiú triail a bhaint as. Níor fhéad sé cuimhneamh ar aon bhealach eile le dul isteach sa teach agus suas go dtí an sagart.

Chuir sé a chloigeann timpeall an phóirse. Chonaic sé Bearnard Ó Céidigh ina sheasamh amuigh ar an tsráid.

'Sládaí,' arsa a Lúcás in airde a chinn is a ghutha.

Chas an Bíoma thart. Chonaic sé Lúcás. Thug do na boinn é. Níor imigh Lúcás ar an bpointe ach lig béic eile as.

'Sladaí na Creige.'

Ansin chas sé isteach faoin bpóirse, léim suas agus rug ar an mbarra iarainn. Faoin am a chas an Bíoma isteach bhí Lúcás ina luí ar an mbarra iarainn chomh ciúin le cat. Chuaigh an Bíoma faoi de rás.

Lána sách gairid a bhí sa lána, mar sin rith an Bíoma ar aghaidh ag ceapadh gurb in é an bealach a chuaigh Lúcás. Lig Lúcás é féin anuas go coséadrom, chaith súil sciobtha taobh thiar de agus chonaic droim an Bhíoma ag imeacht uaidh ar luas síos an lána beag. Rith seisean amach as an bpóirse agus ar aghaidh go dtí an teach.

Dhreap sé an staighre cloiche ar luas. Níos moille a chuaigh sé suas an staighre adhmaid. Bhí an léibheann díreach mar a bhí tamall gairid ón shin, meathdhorcha agus ciúin. Chuaigh sé go dtí doras an tseomra. Stad sé soiceand lasmuigh ag meabhrú arís dó féin go sciobtha an méid a bhí beartaithe aige a rá. Mura nglacfadh an sagart an litir uaidh bhí sé chun í a leagan ar an mbord os a chomhair agus siúl amach. Níor fhéad an sagart an litir a bhrú air in éadan a thola.

Bhuail sé cnag ar an doras. B'fhearr leis dá mba chnag níos láidre é, níos muiníní. Ní bhfuair sé aon fhreagra. Bhuail sé arís. Níos láidre an uair seo. Ciúnas arís.

Leag sé lámh ar an gcomhla. Ní raibh an chuma air go raibh an doras faoi ghlas. Bhrúigh an chomhla isteach roimhe de bheagán. Níor chuala sé tada. Bhrúigh sé isteach tuilleadh í. Bhí sé geal istigh. Chonaic sé dhá fhuinneog roimhe ag ligean solas an lae isteach sa seomra.

Shíl sé ar dtús go mb'fhéidir gurb é an seomra mícheart é. Ach bhí tomhas an tseomra mar a chéile, agus an t-urlár, agus amach roimhe, os comhair na bhfuinneog, bhí bord fada. Ach ní raibh aon éadach air, gan trácht ar chrois nó leabhar nó coinnleoirí. Ansin chonaic sé an dá chathaoir curtha siar le balla ar thaobh na láimhe clé. Bhí comhra mór nach raibh tugtha faoi deara cheana aige in aice leo. Thit an lug ar an lag ar fad aige. Ba é an seomra céanna é ceart go leor. Ach bhí an sagart imithe.

Chuaigh sé go dtí an bord. Ní raibh tada air. Bhreathnaigh sé ar na fuinneoga. Os a gcionn bhí slat fhada adhmaid a bhféadfaí cuirtíní a chrochadh as. Ba é seo an seomra ceart go leor agus bhí fiú is na cuirtíní bainte anuas. Ní raibh uair an chloig féin imithe agus b'éigean don Athair Pléimeann glanadh leis. Ba chuimhin le Lúcás an rud a dúirt sé, go raibh sé féin i gcontúirt, go gcaithfeadh sé a bheith fíor-chúramach.

Bhreathnaigh Lúcás amach an fhuinneog agus chonaic clós beag thíos agus cróite timpeall air. Ní raibh duine ar bith ann. Níos mó ná riamh, d'airigh sé go gcaithfeadh sé an litir seo a thabhairt ar ais chuig an té a thug dó í. Ach cén chaoi?

Chuaigh sé go dtí an comhra. Chrom sé síos agus d'oscail é. Bhí an t-éadach dúghlas fillte istigh ann agus ceann de na coinnleoirí ina luí air. Bhí an phacáil déanta ach ní raibh deis ag an sagart é a thabhairt leis. Bhuail imní Lúcás. Gan a thuilleadh moille chuaigh sé chuig an doras agus amach as an seomra leis.

Bhí sé ar tí an casadh ar an staighre cloiche a thógáil nuair a chuala sé glórtha thíos.

'Níl aon ghnó díotsa níos mó anseo. Fan thart cúpla nóiméad eile agus ansin féadfaidh tú a bheith ag imeacht leat.'

Ba é glór Mhurchadh Shéamais é. Caithfidh go raibh an Bíoma tar éis teacht ar ais agus bhí Murchadh ag caint leis. Lean Murchadh air.

'Caithfidh mé féin dul amach go dtí Oileán na mBráthar ach seans go mbeidh mé do d'iarraidh arís tráthnóna le rud nó dó a iompar. An mbeidh tú ar fáil?'

'Beidh go cinnte. Beidh mé sa mbaile. Cuir scéala chugam ansin.'

Níor mhiste leis labhairt le Murchadh Shéamais ach dá mbéarfadh an Bíoma air thabharfadh sé leadradh dó.

'Lá maith agat mar sin.'

'Go ngnóthaí Dia dhuit.'

D'fhan Lúcás mar a raibh sé. Tar éis cúpla nóiméad, chuir sé a chloigeann thart an coirnéal go cúramach. Chonaic sé droim an Bhíoma agus é ag breathnú amach ar an tsráid. Tharraing Lúcás siar agus shocraigh fanacht cúpla nóiméad eile.

D'fhan sé tamall ar an staighre cloiche ag machnamh dó féin. Chaithfeadh sé breith ar Mhurchadh Shéamais. Bheadh a fhios aige siúd cá raibh an sagart imithe. Bhí a fhios aige anois go raibh Murchadh Shéamais imithe go dtí Oileán na mBráthar. Is ansin a chaithfeadh sé féin a dhul.

Nuair a bhreathnaigh sé amach arís bhí an Bíoma imithe. D'fhan sé nóiméad eile gur dhreap sé síos an staighre cloiche. Amach leis ar an tsráid. Bhí Bóithrín na Súdairí chomh ciúin is a bhí riamh.

7

Sa Tóir

Sular chas Lúcás timpeall an choirnéil ag Teach na
Luínseach agus isteach ar Bhóthar na Mainistreach,
bhreathnaigh sé thar chloigne na ndaoine i dtreo an chloig
os cionn an Gheata Mhóir. De réir na snáthaidí móra dubha
a bhí níos faide go maith ná colainn duine, dúradh, bhí
leathuair an chloig eile le dul agus bheadh sé ina mheán lae.

Chuaigh sé isteach ar Shráid an Gheata Bhig, nó Bóthar
na Mainistreach, mar a thugtar freisin air, bóthar a chuaigh
i dtreo Oileán na mBráthar, i dtreo na Mainistreach, agus
i dtreo na bhfobhailte ó thuaidh.

Bhí sé san airdeall anois. Gach uile rud á thabhairt faoi
deara aige. Bhreathnaigh sé sall ar theach mhór Uí
Dhorchaigh, na fuinneoga arda leathana, agus ar na tithe
maisiúla cónaí ar gach taobh den tsráid. Bhí bród na
gceannaithe le feiceáil ar gach uile chloch ghreanta díobh,
fíoracha daoine ar chuid acu, cuid eile agus gréasáin chasta
fhíneálta sna coirnéil orthu, agus cuid eile fós maisithe le
hainmhithe allta mar an leon nó an t-ápa nó an dragún
féin, agus na lindéir maisithe le clocha bláthacha barr-
ghléasta, le fleasca rós nó le duilleoga finiúna. Cinnte ba é
seo an tsráid ab ansa le Lúcás. Ach ní mar gheall air sin é ar

fad ach mar gurb é an bóthar abhaile aige freisin é. Bhí sé an-sásta leis an gcinneadh a bhí déanta aige. Ní fhéadfadh sé é seo ar fad a fhágáil ina dhiaidh. Ní raibh i gceist ach breith ar Mhurchadh agus fáil amach uaidh cá raibh an tAthair Pléimeann.

Shiúil sé trí mhargadh an éisc fionnuisce i dtreo an Gheata Bhig, is é sin Geata na Mainistreach. Thosaigh duine d'iníonacha óga na mangairí ag baint as, mar a dhéanadh na cailíní go mion is go minic nuair a théadh Lúcás na gruaige finne agus na súile gorma thar bráid. Ach níor chuala sé í. Bhí a aird ar an nGeata Beag ag barr na sráide agus ar na daoine a bhí ag dul tríd.

'Nach ort atá an gramhas inniu, a Lúcáis, cibé diabhal atá ort.'

Bhí brú beag daoine, carranna, agus capall faoin nGeata. Bhí na vaigíní ag gíoscán agus gadhar ag tafann le cosa duine de na saighdiúirí. An gnáthrud, dream amháin ag iarraidh dul amach, dream eile ag iarraidh teacht isteach. Mura bhféadfadh sé teacht ar cheachtar acu, Murchadh Shéamais nó an sagart, bhí rogha eile a bhí aige: an litir a lasadh. Dul abhaile anois fiú amháin agus an litir a chaitheamh sa tine.

Chuaigh sé i measc an tslua a bhí ag dul faoi áirse an Gheata Bhig. Ní raibh aon chúis go mbeadh na saighdiúirí nó lucht an gheata ag faire amach dó. Mura raibh a fhios acu faoin litir? Ach cén chaoi a mbeadh? Choinnigh sé a chloigeann síos agus, mar a rinne a liacht sin uair cheana ina shaol, chuaigh sé tríd an nGeata Beag gan aon deacracht.

Bhí sé lasmuigh, ballaí arda tiubha na cathrach lena chúl, spás agus fairsingeacht pháirceanna os a chomhair. Bhí sé ina cheantar féin, an baile beag rathúil Gaelach ar an taobh ó thuaidh. Bhí aer na farraige ag teacht anoir aneas ó bhéal na habhann. Tháinig faoiseamh air. Chonaic sé roimhe na réidhleáin ghlasa féir ar Oileán na mBráthar, ar an taobh thall den sruthán. Chonaic sé uaidh na crainn in úllord na mBráthar, a ngéaga loma fásta ard agus fiáin cheal bráithre a ghearrfadh siar iad. Chonaic sé na cosáin ag dul eatarthu.

Bhreathnaigh gach rud go socair síochánta faoi ghrian gheal ghéar an Earraigh: an eaglais mhór istigh i lár na gcrann, fuinneoga arda caola ann, agus an spuaic uasal os a chionn sin in airde. Taobh thiar de sin arís bhí foirg-neamh ard eile, Halla na mBráthar. Ach bhí glúin iomlán imithe ó ghearr aon bhráthar aon bhuillín sa Halla sin nó ó bruitheadh aon iasc sna cisteannacha faoi.

Ach ní fhaca sé aon rian de Mhurchadh Shéamais in aon áit. Shocraigh sé dul síos chomh fada leis an droichead isteach ar Oileán na mBráthar agus fanacht air ansin. Aon duine a bhí ag dul idir an chathair agus an tOileán is thar an droichead a chaithfeadh sé dul. Shiúil sé anuas ón nGeata. Ar thaobh na láimhe deise bhí an bóthar i dtreo an bhaile. Ar thaobh na láimhe clé bhí an bealach go dtí na tithe thiar, ceárta Sheáin Gabha agus tithe ceirde eile. Ar aghaidh díreach bhí an bealach thar an droichead a thabharfadh trí gharraithe agus úllord Mhainistir na mBráthar é. D'fhéadfadh sé casadh ar dheis, dul abhaile agus an litir a dhó. Ach dáiríre, ní fhéadfadh sé sin a dhéanamh. Ní fhéadfadh sé litir d'Aodh Mór Ó Néill a chaitheamh ar an tine. Bheadh easonóir nó mímhacántacht nó fealladh ró-mhór i gceist leis sin. Fealladh ar chuimhne a athar a bheadh ann gan trácht ar aon rud eile.

Mar sin, ní raibh aon rogha aige ach greim a bhreith ar Mhurchadh agus iarraidh air é a thabhairt chuig an sagart. Thóg Lúcás an bóthar i dtreo an droichid. Ba chinneadh é a mbeadh toradh air nach raibh aon súil aige leis. Tógaimid casadh i gcathair ghríobháin an tsaoil gan a fhios againn cén áit a dtabharfaidh sé muid. Chuaigh Lúcás síos chuig an droichead agus súil aige go raibh Murchadh Shéamais san áit a dúirt sé leis an mBíoma a bheadh sé.

Sheas sé in aice le slat an droichid. Níor ghá dó aon deifear a dhéanamh. Chaithfeadh Murchadh Shéamais teacht an bealach seo. Ainneoin go dtaitníodh an saol bríomhar laistigh de na ballaí go mór le Lúcás, an gleo, an reic, na plóid daoine a raibh aithne ag a leath acu ar a chéile, iad uile idir ard is íseal ag glacadh páirte sa ghnó mór sin is Gaillimh, fós bhí draíocht dá gcuid féin ag baint leis na páirceanna lasmuigh agus na srutháin a bhí ag dul eatarthu. Bhí Gaillimh an trádálaí ilteangach ann, raicleach leath-uasal an Atlantaigh ag reic a cuid leis an saol mór agus an saol mór ag triall uirthi. Ach, ansin bhí Gaillimh chiúin na ngarraithe ann, Gaillimh na sruthán, baile na gcaisí beaga is na loch, abhainn na Gaillimhe féin, agus na hoileáin, Oileán Altanach, Oileán an Fhia, agus Oileán na mBráthar a raibh sé ag breathnú sall uirthi ag an nóiméad sin díreach.

Thosaigh sé ag cuimhneamh siar. Nach iontach go deo an spraoi a bhíodh aige féin agus ag a chomrádaithe sna garraithe seo, ar na faichí, agus thar aon áit eile, is dócha, sa pholl snámha faoin Spiara Thiar in aice le Muilleann Shéamais Chaoich; an snámh samhraidh, ag burlaíocht san uisce, an tanfairt sna tonnta, agus ansin ag luí siar ar an bhféar, lomnocht faoin ngrian, ag breathnú suas ar na scamaill agus ag samhlú gurb iad longa na bhFiann iad faoina seolta bocáideacha bána. Agus faichí fairsinge na Gaillimhe, na léinseacha leathana féir, an fhaiche babhlála agus an fhaiche imeartha, na cluichí caide, na crúcaí agus an iomáint poill. Ba Ghaillimheach go smior é Lúcás: dar leis ba í Gaillimh an áit ba dheise ar domhan agus gan feicthe den domhan aige ach í. Bheadh sé amaideach é seo a fhágáil ina dhiaidh. Ní raibh sé chun a dhéanamh. Ní raibh i gceist ach fanacht go dtiocfadh Murchadh Shéamais an bealach. Chas sé i leataobh, agus chuir a uillinneacha ar shlat an droichid. Bhreathnaigh síos isteach san uisce claiseach a bhí ag rásaíocht faoi.

Nuair a bhí sé óg cheap Lúcás gur i ndiaidh sinsear éigin leis féin a ainmníodh Léim Thaidhg — sin-sin-seanathair leis a raibh Tadhg na gCaorach air agus léim ghaisce éigin a thug sé thairis. Ba chuid den fhás suas a fháil amach nárbh ea. Ba chuimhin leis go maith an lá a fuair sé amach nach raibh aon bhaint ag an sruthán seo leis na Brianaigh. Tháinig sé thar an droichead le Marcas, beagnach deich mbliana ó shin anois; patachán óg in éineacht lena Dhaideo. Maidin ghrianmhar san earrach a bhí ann díreach cosúil leis an lá inniu. Bhí Marcas ag leanúint de shean-nós mhuintir na Gaillimhe an uair úd cuairt dheabhóide a thabhairt ar an Mainistir agus ar an reilig. Amanta thugadh sé pabhsae bláthanna leis. Ach an uair seo thug sé Lúcás leis.

Ní hamháin gur inis sé dó nach raibh aon bhaint ag a mhuintir le léim Thaidhg. Ach léirigh sé dó freisin gur dílleachta í, gan de ghaolta gairide fanta ar an saol seo aige ach é féin. Bhí mí iomlán imithe ó fuair siad an scéala go raibh a athair ar shlí na fírinne, leagtha ar pháirc an áir, áit éigin in aice le Cionn tSáile, agus nach mbeadh sé ag filleadh orthu go deo arís. Mo bheirt mhac curtha ar aon láthair san áit ar thit siad, arsa Marcas, in áit nach raibh mé féin riamh is nach bhfeicfead go deo. Cad chuige nár rith siad in éineacht leis an gcuid eile acu? Thuig Lúcás ansin nach bhfeicfeadh sé a athair go deo arís. Ach ní brón baileach a tháinig air, ach cumha aisteach éigin, mar ba mhinic a athair as baile roimhe sin agus bhí tréimhsí fada ann nach bhfaca sé ar chor ar bith é. Ní raibh de chuimhne aige air ach fear láidir lán de spraoi agus de gháire a chuireadh ag marcaíocht ar a ghlúin é agus a thugadh gliondar as cuimse isteach sa teach leis an uair annamh a mbíodh sé ann. Maidir lena mháthair, níor chuimhin leis í ar chor ar bith.

Ansin, ag cuimhneamh dó ar an mbuachaill óg a bhí lena ais, dúirt Marcas go tobann: Is mór an áilleacht iad tuamaí na Mainistreach, a Lúcáis. Ba cheart go bhfeicfeá iad. Baineann siad leat, fiú más i lámha na n-eiriceach atá siad. Is ann ba cheart do d'athair bocht a bheith curtha agus leac mhór os a chionn.

Chuimhnigh sé go gcaithfeadh sé a bheith ag faire amach do Mhurchadh. Dhírigh sé é féin, bhain a shúile den sruthán, chas thart, agus shuigh ar shlat an droichid. Bhreathnaigh sé i dtreo na Mainistreach. Bhí corrdhuine ag siúl sa treo sin trí na crainn agus bhí cúpla duine tar éis dul thairis siar agus aniar. Ach ní raibh aon rian fós de Mhurchadh Shéamais.

Níorbh í an chaint faoin athair a bhain geit as ach an focal 'eiriceach' agus an nimh a bhraith sé sa chaoi a ndúirt Marcas é. Ba í an chéad uair í a chuala sé an tseirbhe sin ach níorbh í an uair dheireanach í.

Níor ghnách lena sheanathair focail láidre a úsáid go dtí sin. Dála go leor eile de mhuintir na Gaillimhe b'fhearr leis teacht timpeall ar aindlíthe na n-údarás le gliceas ná a bheith ag troid ina gcoinne nó ag caitheamh anuas orthu. Ainneoin an dúchais Ghaelaigh a raibh sé chomh bródúil sin as, dála Bhrianaigh Thuamhumhan, bhí Marcas cinnte gur dílseacht don Rí corónta an beart ba chríonna. Ar an gcaoi chéanna, b'fhacthas do Lúcás nach ró-shásta a bhí sé nuair a chuaigh a bheirt mhac leis an taobh Gaelach, le dúchas reibiliúnach na máthar, ar Flaitheartach í, seachas le ciall cheannaithe na Gaillimhe.

Níor cheart dó imeacht, arsa Marcas amhail is go raibh sé ag caint leis féin, agus an bheirt acu ag trasnú Dhroichead na Mainistreach, an áit díreach a raibh Lúcás an nóiméad sin agus uisce an tsrutháin ag imeacht leis, gan stad ná staonadh.

Lean a Dhaideo air agus croí Lúcáis á líonadh aige le huaigneas aisteach, an uair sin, agus arís anois agus é ag cuimhneamh siar air.

Dá seasfadh muintir na Gaillimhe leo, agus na tiarnaí gallda, cá bhfios? Ach féach anois Ó Néill agus Ó Dónaill imithe agus an tír uile oscailte do bhrúidiúlacht Chichester agus a chuid maistíní. Níl sé ceart.

Bhí Marcas tosaithe ar an ngearán a dhéanadh sé go rialta sna blianta ina dhiaidh sin, ba é tús an chantail é arbh é an léiriú ba shoiléire ar an mbrón é. An liodán gearánach a chuireadh as chomh mór sin do Lúcás nuair a thosaíodh sé air, tar éis béile an Domhnaigh nó ag caitheamh a phíopa dó cois tine san oíche. Agus do Mháire freisin ach nach ligfeadh an croí bog aici tada a rá ach corruair osna bróin a ligean aisti agus í ag ní na soithí sa tobán ar an mbord sa chistin. An tsiúlóid suas i dtreo na heaglaise an lá sin a chuir tús leis.

Ní fhéadfadh Lúcás imeacht maidin amárach. D'imigh a athair i seirbhís Uí Néill agus maraíodh é. Ní fhéadfadh sé sin a dhéanamh ar a Dhaideo.

Chuir sé sin ag smaoineamh faoin litir féin é. Tháinig fiosracht air. Céard go baileach a bhí innti? Céard a bhí á rá le hÓ Néill? Cé uaidh í?

'Ní bhaineann sé liom,' ar seisean leis féin. 'Tá an litir seo ag dul ar ais chuig an té a thug dom í.'

Sheas sé amach i lár an droichid. Ní raibh Murchadh Shéamais ag teacht. Níor mhór dó dul sa tóir air.

8

Mainistir na mBráthar

Shiúil sé trasna an droichid agus thóg sé an cosán ar dheis tríd an úllord. Shiúil sé trí ranganna na gcrann agus é airdeallach i gcónaí. Má bhí na crainn lom féin bhí siad dlúth agus b'fhurasta do dhuine dul i bhfolach ina measc. Shiúil sé thart tríothu. Bheadh suaimhneas le fáil aige as an spaisteoireacht murach an cúram a bhí air; cheil na crainn an saol mór ort, go háirithe agus gan mórán daoine thart murab ionann agus an chaoi a mbíodh sé sa samhradh nó ar an Domhnach. Ach seachas a bheith ar deighilt ón saol, bhraith Lúcás go raibh an saol mór á iompar timpeall i bpóca a bhrollaigh aige agus theastaigh uaidh a bheith réidh leis.

Ní fhaca sé duine ar bith. Shiúil sé trasna an fhéir idir na crainn ó chosán go cosán ach ba é an scéal céanna é. Ansin rith sé leis go mb'fhéidir gur sa Mhainistir féin a bhí Murchadh Shéamais. Shocraigh sé dul ann agus san am céanna, b'fhéidir, cuairt a thabhairt ar an uaigh a thaispeáin Marcas dó an lá úd ag bun na heaglaise. Uaigh agus leac a mhuintire. Déarfadh sé paidir le hanamnacha na marbh agus d'iarrfadh beannacht a athar agus a mháthar ar an gcinneadh a bhí déanta aige. Dhéanfadh sé guí go n-oibreodh gach uile shórt amach go maith.

Shiúil sé tríd an úllord agus timpeall ar an taobh thoir den Mhainistir agus thóg an cosán a thug amach díreach é os comhair phríomhdhoras na heaglaise. Bhí iontas air slua beag daoine a fheiceáil bailithe lasmuigh, cuid acu ina seasamh ar na céimeanna, cuid eile sa phóirse mór. Bhí níos mó iontais air nuair a chonaic sé saighdiúirí Sasanacha ina measc.

Bhí sé feicthe acu. Dá siúlfadh sé uathu anois bheadh sé ag tarraingt airde air féin. Bhí daoine ag teacht is ag imeacht trí dhoras na heaglaise gan bac. Ba é an rud ba chiallmhaire dó, shíl sé, leanúint air. Níor tháinig sé salach ar na saighdiúirí riamh cheana. Níl fáth ar bith go gcuirfidís aon suntas ann anois. Mar sin féin ní raibh sé socair ann féin. Abair go raibh an Sionnach anseo. Abair gur ag siúl isteach i ngaiste an namhad a bhí sé. Bhí focail an tsagairt ag screadach ina chluasa: téigh abhaile; ná tarraing aird ort féin.

Lean sé air agus dhreap suas na céimeanna leathana mar a bhí na daoine eile ag déanamh. Níor chuir aon duine den bheirt saighdiúirí a bhí ina seasamh ag gach aon taobh den doras mór agus halbaird ina lámha acu aon spéis ann.

Bhí plód maith daoine taobh istigh, fir ar fad, leath acu ag caint nó ag argóint, cuid acu de ghlór ard. Baineadh geit as. Ar an bpointe chuimhnigh sé ar chomhrá a bhí aige le seanchomrádaí a athar, an Constábla Tomás Ó Flaithearta, cúpla seachtain roimhe sin, fear gnaoiúil mórchroíoch a thagadh ar cuairt chuig an teach corruair agus a thaitin riamh le Lúcás. Tá cúirt ifrinn ina suí arís sa Mhainistir, a dúirt sé, agus b'fhearr d'aon duine a bhfuil meas aige air féin fanacht glan uirthi. Chuir sin an croí trasna ann. Bhí an chúirt ina suí. Bhí sé ródhéanach anois.

Chuaigh a shúile i dtaithí ar an leathdhorchadas istigh. Bhreathnaigh sé suas san áit a raibh an solas ag teacht trí na fuinneoga arda liatha idir na colúin fhada chaola dhorcha. Rinne airde tholl na heaglaise fuaim aonta mhacallach de ghleo an tslua. An áit ba dhlúithe an slua ag barr na heaglaise gar don altóir. Ní fhaca sé Murchadh ina measc. B'fhéidir gur i gcuid eile den eaglais a bhí sé. Shíl Lúcás gurb é an chuid ab fhearr den chiall gan dul ar aghaidh chuig an altóir. D'fhan sé as féin ag bun na heaglaise san áit a bhí a fhios aige a bhí leac a mhuintire. Bhí saighdiúirí ina seasamh thart anseo is ansiúd idir na colúin, duine nó beirt acu ag siúl timpeall. Chuaigh sé sall go dtí tuama taibhsiúil Risteaird an Chuarscéith le gur fearr a d'fhéadfadh sé é féin a cheilt orthu. Bhreathnaigh sé ar an obair chloiche, ar armúr snasta an phrionsa a shílfeá air gur miotal é seachas cloch. An chorrsciath snasta féin leagtha anuas ar a ucht. Is dócha go raibh an ceart ag Marcas an lá sin nuair a dúirt sé gurb í seo obair na Gaillimhe agus go raibh sí chomh maith lena raibh ar fáil in aon chathair eile san Eoraip, Liospóin, Maidrid, Hamburg.

Shiúil sé uaidh sin go dtí an pasáiste ar an taobh theas, áit a raibh leac Bhrianach Cheathrú na gCaorach. Ní raibh aon deacracht aige í a aimsiú. Stad sé os comhair na leice a bhí ligthe síos in urlár dubh aolchloiche na heaglaise, í lom agus caol ach níos úire ag breathnú ná cuid eile de na leacracha thart air, ainneoin go raibh cuid den dath imithe den sciath ina lár.

Ceacht staire a thug Marcas dó an lá úd, stair na Gaillimhe, stair na mBrianach, stair a mhuintire féin, á rá leis gur chairde iad na Brianaigh agus na Búrcaigh, ach gur sliocht ardríthe iad féin, agus go raibh Brianaigh Thuamhumhan ag iarraidh teacht slán trí réiteach leis an Rí, agus go raibh a mhuintir féin ceangailte leis an gcraobh sin. Tháinig focail Mharcais ar ais chuige agus chuala sé arís an meascán d'fhearg agus de dhiomú a bhí ina ghlór.

Óró, a Dhia, níl sa rud uile ach buile agus comhairle an diabhail, a dúirt sé. Díoltas, mórtas, marú. Ceannaithe muidne, a Lúcáis, a lao. Ní ceart go mbeadh aon bhaint againne le haon chuid de sin. Ag tógáil is ag ceannach caorach, ag díol a lomra. Sin mar a bhailíomar cibé beagán saibhris atá againn. Do shin-seanathair, m'athairse, Toirealach Ó Briain, a chuir an leac seo á déanamh tar éis dó teacht chun cónaithe i nGaillimh agus a chuid airgid a dhéanamh. Is fúithi atá sé, go ndéana Dia trócaire air. Is fúithi a bheidh mise, le cúnamh Dé.

Bhreathnaigh Lúcás anuas ar an leac mar a rinne an lá úd, ar an sciath armais a bhí greanta in uachtar ann: sciath dhearg, na trí chaora bhána uirthi, ceann os cionn a chéile, gach ceann crochta as fáinne ar dhá shlabhra. Is os cionn na leice seo a fuair Lúcás a chéad cheacht Laidine. D'iarr Marcas air an t-ainm sna litreacha móra i lár na leice a léamh: TERENTIUS. Dúirt sé leis gurb in Toirealach. Faoi sin bhí an bhliain a fuair sé bás, 1577.

Ansin d'iarr sé air an mana faoin sciath a léamh. Léigh Lúcás arís dó féin é anois: MANUSALACERVINCIT. Lámh thapa in uachtar.

Trí leon atá ar sciath Uí Bhriain, a Lúcáis, a dúirt Marcas leis, armas Thuamhumhan. Trí lomra caorach atá againne. Tuigeann tú céard atá Sean-Toirealach ag rá? Fearr ceannach ná cogaíocht. Fearr an tsíocháin ná an troid. Tuig go maith é. Nílimid ag iarraidh duine eile básaithe.

Bhí sé amhail is go raibh Marcas ina sheasamh in aice leis á rá, arís, an nóiméad sin go díreach, in ionad a bheith ina shuí sa chlúid sa bhaile ag caitheamh a phíopa. É féin is a shinsear ina seasamh lena ghualainn anois ag dearbhú dó go raibh an cinneadh ceart déanta aige: tabhair ar ais an litir dhamanta sin. Ní dream troda muid.

Tháinig tocht air. Bhreathnaigh sé anuas ar an mana Brianach, mana a mhuintire, é greanta go sollúnta faoin sciath dhearg. Ghoill sé air anois cuimhneamh ar an mbeal-ach áiféiseach ar ghlac sé an mana sin chuige féin agus ar an mbealach páistiúil ar chuir sé a bhrí féin ann. Tar éis dó dul go scoil Alasandair Luínse, tar éis dó tosú ag léamh na Laidine agus ag foghlaim faoi sheanscéalta na Gréige, d'oibrigh sé amach go raibh lomra caorach eile ann seachas lomra lucht gnó: lomra caorach Iasóin, an lomra óir. D'fhoghlaim sé faoi iomad scéal gaisce agus eachtraíochta eile: Teiséas a chloígh an Mionatóir barbarach i lár na cathrach gríobháin, Uílíséas glic, Péirséas a bhain an cloigeann den phéist mhór agus a shaoraigh Andromeda. Ghlac siad sin a n-ionad féin in éineacht le le hOscar, Oisín agus Fionn i scéalta gaisce a Dhaideo. Agus nuair a thosaigh sé ag foghlaim na pionsóir-eachta ó Jacques Brochard is é mana sin na mBrianach go díreach a ghlac sé chuige féin: lámh thapa in uachtar. Chuaigh sé sa bheo ann a thuiscint anois nach raibh iontu

sin uile ach rómánsaíocht an déagóra óig. Chaithfeadh sé a
bheith stuama feasta. Bhí sé in am dó fás suas agus slán a rá
le brionglóidíocht na hóige.

Chuimhnigh sé ar an rud a thug chuig an áit seo é an
chéad uair: Murchadh a lorg. Sheas sé amach ó leac agus
bhreathnaigh idir na colúin. Ach ní raibh a dhóthain de
radharc aige. D'fhéadfadh Murchadh a bheith taobh thiar
d'aon cheann acu. Bhí sé ar tí siúl thart go discréideach ag
bun na heaglaise nuair a chuimhnigh sé gur cheart dó an
phaidir a rá.

Ba mhór an díol trua é Lúcás an nóiméad sin, dílleachta
óg sna déaga ag breathnú anuas ar leac a mhuintire, é i
ngreim i gcás nár iarr sé, é ag iarraidh ualach a chur de agus
sin ag cinnt air. Chuaigh sé ar a ghlúna ag bun na leice agus
d'iarr sé beannacht a athar agus a mháthar ar an gcinneadh
a bhí déanta aige agus dúirt sé áivé ar son anamnacha na
marbh. Ní chaillfeadh Brianaigh Cheathrú na gCaoradh
oidhre eile, ar seisean leis féin, má tá aon neart agamsa air.

Tá a fhios agat cén saghas é Lúcás. Ba é an scoth é;
duine de na daoine b'éirimiúla i mbun gnímh sa Choláiste
uile. Ach amanta ní smaoineodh sé. Níorbh iad an cúram
agus an staidéar na clocha ba mhó ar a pháidrín. Ba scoláire
maith praiticiúil é. Níor stró ar bith dó teangacha. Ach
maidir le staidéar cúramach, gramadach agus litriú cruinn,
ní dóigh liom go bhfaca sé riamh cén call a bhí leo. Sin é an
fáth, nuair a thug an sagart an litir dó, nuair a mhínigh sé
dó cén tseirbhís a bhí sé ag iarraidh air, gur rug Lúcás air
lena dhá lámh, gan smaoineamh. Níor bhreathnaigh sé
roimhe. Ba scéal eile ar fad anois é agus bhí sé cráite.

D'éirigh sé ina sheasamh. Chaithfeadh sé Murchadh Shéamais a lorg. Bhí seans maith ann go raibh sé sa slua anseo. Bhí an iomarca ama caite os cionn na leice seo aige.

Chuaigh sé i dtreo chorp na heaglaise ag breathnú uaidh ar an daoine a bhí thuas in aice leis an altóir. Fós ní fhaca sé aon fhear ard ina measc. Ní cosúil go raibh sé ann. B'fhéidir gur i dtaobh eile den Mhainistir lasmuigh a bhí sé, sa Halla Mór, seans. Chuaigh sé i dtreo an dorais. D'airigh sé go raibh laghdaithe ar an ngleo san eaglais. Tháinig slua chun cinn ó bhun na heaglaise. Bhí tuilleadh ag teacht isteach an doras. Bhí oiread sin daoine ag teacht ina choinne go mb'éigean dó casadh thart. Dá ndéanfadh sé iarracht dul i gcoinne an tslua is cinnte go gcuirfí stop leis. Mar sin chas sé thart agus lig don slua é a thabhairt leo i dtreo na haltóra.

9
Clostrácht ~~Heresy~~

Dá mhíle buíochas, fuair Lúcás é féin i measc grúpa a bhí ina seasamh díreach os comhair na haltóra faoi bhun na crannóige móire cloiche. In airde ar an ardán mór san áit a raibh an altóir ceaptha a bheith agus é ina shuí taobh thiar de bhord leathan a raibh éadach uaine air, chonaic sé an giúistís gallda ina róba dearg. Fear ard caol a bhí ann agus mothal bán air.

Bhí duine eile ina sheasamh in airde sa chrannóg thuas ar clé. D'aithin Lúcás ar a éadaí agus ar a stíl ghruaige gur Ghael den seandéanamh é. Ach ní cosúil gur ag seanmóireacht a bhí sé. Bhí dhá bhos an tseanfhir leagtha ar chorr cloiche na crannóige. Bhí sé ag labhairt go ciúin staidéartha i nGaeilge an Achréidh. Ag labhairt a bhí sé faoi chlocha teorann, logainmneacha nár chuala Lúcás riamh cheana, Cloch an Bhóithrín Bhuí, Creagán an Tobair, Sruthán an Iontais, Bile an Taragla.

Chaith Lúcás súil thart go sciobtha. Bhí daoine tar éis é a thabhairt faoi deara; mar gheall ar a ghruaig fhionn seans, nó a óige. Bhagair an giúistís a chloigeann air, nó b'in an chuma a bhí air. Níor thaitin an fhéachaint le Lúcás ach níor fhéad sé imeacht nó tharraingeodh sé a thuilleadh airde air féin. Bhí sé sáinnithe ag an slua. Bhreathnaigh sé taobh thiar de, féachaint an bhfeicfeadh sé Murchadh. Ní fhaca. Bhí imní ag teacht air. Ní anseo a bhí a chol seachtair agus ní anseo ar cheart dó féin a bheith.

Lean an seanfhear air amhail is go raibh sé ag rá ruda a bhí ar eolas ag gach uile dhuine ach nach raibh duine ar bith in ann a rá chomh maith agus chomh cruinn is a bhí seisean in ann é a rá. Bhí stíl bhreá seanchaíochta aige, gan aon fhocal amú, gan aon fhocal ag baint tuisle as focal eile. Ach ina dhiaidh sin is uile bhí imní le feiceáil ina shúile, imní go mb'fhéidir nár thuig an chúirt seo a raibh sé os a comhair tada dá raibh á rá aige.

'Ba le m'athair é. Ba le mo sheanathair é. Ba lena athair seisean roimhe sin é, chomh fada siar is atá siar ann. Is liomsa agus le mo mhac anois é agus le cúnamh Dé is lena chlann mhac seisean a bheidh nuair a bheimidne imithe ar shlí na fírinne.'

Stop sé ansin go drámatach sular lean sé air de ghlór údarásach. Chaith Lúcás súil sciobtha taobh thiar de ach ní raibh aon amharc ar Mhurchadh.

'Agus tuigigí tuilleadh, a dhaoine uaisle,' arsa an seanfhear, 'gur dlíthiúil riamh in Éirinn sóisear a chur i bhflaitheas ar bhéala sinsir agus gur tharla sin freisin inár gcásna agus uair ar bith a chloisim drong a deir nach féidir, deirimse gur féidir agus gur mar sin atá ó thus na haimsire go dtí an lá inniu féin. Creidigí uaim gur....'

Cuireadh stop tobann leis. Bhí ar dhuine éigin an méid sin a aistriú don ghiúistís.

'He says the land has been in his family for many years.'

'What evidence does he produce to this effect?' arsa an giúistís.

Cuireadh ceist ar an bhfear agus d'fhreagair sé go muiníneach, é sásta anois go raibh cuid dá raibh sé a rá ag dul i bhfeidhm.

'Nach in é atá mé ag rá libh. Muidne Neachtain Chathair na gCeapach. Níor chónaíomar riamh in aon áit eile.'

Labhair an fear teanga arís leis an ngiúistís.

'Hearsay, your honor.'

Bhuail scaoll ceart Lúcás nuair a chuala sé sin. Ba é macasamhail a Dhaideo féin a bhí thuas ar an gcrannóg, ach Marcas a bheith beagán níos támáilte agus níos searbhasaí. Ní labhraíodh a Dhaideo mórán faoi thalamh na mBrianach i gCeathrú na gCaorach ach ní raibh ann ach cúpla seachtain ó shin ó dúirt sé go gcaithfí an teideal a dhaingniú. Bhí súil ag Lúcás go raibh rud éigin níos mó ná a chuid focal féin ag Marcas má bhí sé le teacht os comhair na cúirte seo. Bhí an chuma air gur thuig an seanfhear an rud céanna. D'éirigh sé teasaí agus labhair go hard.

'Ní chreideann sibh mé. Sin é an chaoi a bhfuil sé. Tá na taoisigh imithe. An chuid atá fágtha níl siad in ann an fód a sheasamh ar ár son. Tá ár gcuid tailte á ngoid uainn agus níl aon duine againn a sheasfaidh an fód dúinn. Dá mbeadh na taoisigh....'

Ghearr an giúistís trasna air.

'We mean to be fair to be all in this court. It is his majesty's wish that the freehold of all men be upheld without prejudice. Let this man produce evidence of ownership in this court this day next week or we will be obliged to rule against him. Next.'

Dúradh leis an bhfear teacht anuas. Bhí sé amhail is gur bualadh buille sa leiceann air. Chuaigh sé síos an staighre bíse agus tháinig amach faoi bhun na crannóige go mall craplaithe, amhail is go raibh scór bliana curtha lena aois agus nach raibh a fhios aige cén áit a raibh sé nó céard a bhí ag tarlú. Ba é pictiúr Mharcais ar dhrochlá é.

Mhothaigh Lúcás an cuthach feirge ag éirí aníos ina chliabhrach: coipeadh dochuimsithe ar son na córa. Ba dhuine é Lúcás a raibh uaisleacht shoineanta ó nádúr ann nach bhfaca dochar in aon duine. Ach bhí an chúirt seo ag cur a mhalairte ar a shúile dó agus bhí sé ar mire. Cé a chuirfeadh ina éadan seo? Cé a chuirfeadh in éadan croíthe dúra cloiche féinsásta lucht cumhachta an tSax-Bhéarla? Cé a chuirfeadh ar son an chirt? Cé a chuirfeadh deireadh le caimiléireacht seo na Sasanach a bhí tar éis Mainistir a mhuintire a iompú ina chúirt ghraosta; mar a d'iompaigh siad Mainistir Aibhistín ina dhún saighdiúirí; mar a d'iompaigh siad gach má ina pháirc chatha agus gach cnocán ina ardán crochta. Rith meall rudaí trína intinn in aon gheábh amháin: marú an Easpaig, gearáin a Dhaideo, caint an Chonstábla, a athair, agus focail an Mháilligh sa rang: murab é Ó Néill é cé a sheasfaidh ar a son? Agus bhí litir ina phóca an nóiméad sin féin a d'fhéadfadh cabhrú leis na daoine sin, a mhuintir féin, na Gaeil, an tír uile. Litir chuig Ó Néill, Iarla Thír Eoghain é féin — bhí sí ina phóca aige.

Den dara huair an mhaidin sin chuir tábhacht na litreach a bhí ar iompar aige a chroí ar lasadh. Ach arís bhrúigh sé an smaoineamh faoi chois. Níorbh eisean an duine ceart i gcomhair na hoibre seo. Theastaigh duine níos stuama, duine níos sine. Bhí air imeacht agus Murachadh Shéamais a aimsiú. Ach bhí an slua go dlúth ar gach taobh de.

Bhí na daoine thart air ag caint. Bhí sé ag éirí bréan díobh. Bhí suarachas na cúirte ag goilliúint go mór air. Ní raibh ann ach daoine ag breith buntáiste ar dhaoine eile, ag teacht i dtír ar mhífhortún na gcomharsan. Bhí gach uile rud ain-uasal ainnis. Ar bhain sé le feisteas giobalach leath-Ghaelach agus leath-Ghallda chuid de na daoine? Nó leis an gcaoi gurb ar éigean má bhí bean ar bith le feiceáil san áit? Nó an chaoi a raibh droch-Bhéarla á labhairt ag searbhóntaí na cúirte lena chéile? Bhraith sé meascán gránna d'fhaitíos, de chalaois, de cheilt, agus de mhasla san áit ar eaglais í ó cheart. Bhí Lúcás ag coipeadh. Ní raibh aon spás anseo don spraoi, don deisbhéalaíocht, ná don deabhóid ná don spior-adáltacht. Ná d'aon teanga eile seachas Béarla. Chloisfeá teangacha uile na hEorpa ar shráideanna na Gaillimhe ach anseo níor chuala sé os ard ach an Sax-Bhéarla. Bhí sé amhail is nár ghlac an Béarlóir leis gur teanga cheart aon teanga ach a theanga féin agus gur chreid sé go diongbháilte gurb í an teanga sin aon teanga na fírinne. Agus sin ainneoin gur léir gurb í teanga chúirt na bréige í, teanga na cumhachta agus na calaoise. Mar ní aithris chruinn ar fhocail an tsean-fhir a bhí sa leagan Sax-Bhéarla a tugadh don ghiúistís.

Glaodh an chéad chás eile: theft of cloak called broth. Thosaigh an slua ag scaoileadh. Thapaigh Lúcás an deis.

Fág seo go beo, ar seisean leis féin.

D'iompaigh sé thart agus thosaigh ag iarraidh a bhealach a dhéanamh i dtreo an dorais arís. Is ansin a chonaic sé é, thíos i mbun na heaglaise, agus é ag déanamh i dtreo an dorais é féin, cumraíocht ard Mhurchadh Shéamais a bhí ann go cinnte. Gheal croí Lúcáis. Thapaigh a chos. Bhí Murchadh tar éis an hata leathain a chur ar a cheann agus é ag dul i measc an tslua a bhí ag druidim leis an doras.

'Gabh mo leithscéal,' arsa Lúcás le fear a bhí sa bhealach air agus é ag brostú chun breith ar Mhurchadh.

'Going so soon, Teigue?'

Bhí tuin bhreá Sasanach ar a chuid Béarla agus bhí sé ina sheasamh os a chomhair cúpla slat ó dhoras na heaglaise, clogad iarainn le himeall leathan ar a cheann agus halbard go daingean ina lámh chlé.

'Came here to cause some mischief, eh?'

Má ba chanúint Shasanach í níor chanúint an duine uasail í cosúil leis an ngiúistís. Bhí straois go cluas ar a aghaidh mhór chruinn. Thug sé sonc sa ghualainn do Lúcás.

'Buachaill dána, eh?'

Ní dúirt Lúcás tada ach bhreathnaigh san aghaidh air. Bhí aghaidh mhór chruinn óigeanta aige lán de spíd. Bhí na daoine tar éis spás a dhéanamh timpeall ar an mbeirt acu. Chaith Lúcás súil sciobtha i dtreo an dorais. Bhí Murchadh Shéamais imithe.

'No use looking for your freinds, Teigue,' arsa an saighdiúir. 'Caithfidh tusa teacht liomsa,' ar seisean ag breith ar ghualainn Lúcáis, á chasadh timpeall agus á bhrú roimhe go garbh.

Rinneadh cosán dóibh agus d'airigh Lúcás trua na

ndaoine dó agus gan iad a bheith in ann tada a dhéanamh le cabhrú leis.

Brúdh trasna go dtí an taobh eile den Eaglais é, thar thuama Risteaird an Chorrscéith, thar leac na mBrianach. D'oscail an saighdiúir doras beag. Chaith Lúcás tríd. Is beag nár leagadh ar na leaca é istigh ach d'éirigh leis na cosa a choinneáil faoi. Bhí sé meathdhorcha sa seomra lom folamh ach fuinneog bheag amháin in airde sa bhalla os a gcomhair.

Bhí ar Lúcás smaoineamh go sciobtha. Bhí an fear seo níos láidre ná é, ach ní raibh an chuma air go raibh sé níos lúfaire. D'fhéadfadh sé tuisle a bhaint as an mbulcais seo. Dá mbeadh sé sciobtha, breith ar an halbard, é a leagan amach. Ansin imeacht de rith te reatha amach as an seomra. B'iomaí áit folaigh i nGaillimh. Chuimhnigh sé siar ar na cluichí folaigh a d'imrídis thart ar an bpoll snámha. Ní raibh orlach ar bith nach raibh ar eolas go paiteanta aige. B'in rogha amháin a bhí aige. B'fhéidir go raibh roghanna eile ann.

Ach ní raibh deis ag Lúcás smaoineamh ar rogha ar bith. Bhí an saighdiúir sa mhullach air de ruaig, tar éis dó cic mhaith a thabhairt do chomhla an dorais taobh thiar de agus é a dhúnadh de phlab. Rug an saighdiúir ar a ghualainn arís go sciobtha agus bhrúigh suas leis an mballa é.

'Ní maith linn buachaillí dána,' ar seisean de ghlór garg gránna ag brú ghualainn Lúcáis go tobann is go láidir in éadan an bhalla cloiche. Bhí boladh gairleoige ar a anáil. 'Ní maith linn buachaillí dána ar chor ar bith.'

Bhí lámh dheas an tsaighdiúra i ngreim ar ghualainn

Lúcáis agus an lámh eile ar sháfach an halbaird. Bhí sé láidir. Bhrúigh sé gualainn Lúcáis arís in éadan an bhalla.

Ansin go tobann rug sé ar smig Lúcáis agus d'fháisc a leicne idir ordóg agus méara. Sháigh sé a aghaidh isteach ina aghaidh. Chuir boladh na gairleoige samhnas ar Lúcás.

'Fucking Irish. Níl ionat ach póg mo thóin. Póg mo thóin buachaill dána.'

Ní dúirt Lúcás focal. Chuir sé cuma cloíte air féin.

'Don't speake the King's English, eh?'

Bhreathnaigh Lúcás ar bhróga caite leathair an tsaighdiúra, ar a ghiosáin shalacha donn d'éadach tanaí.

'Fucking O Neele you are. You Irishe are all the same. Pógann sibh tóin an Pápa, eh?'

Bhain sé a lámh dá aghaidh agus thosaigh ag brú ar a ghualainn arís.

'Can't speake the King's English, eh? Caith tú foghlaim.'

Bhrúigh sé níos láidre ar ghualainn Lúcáis agus ní raibh a fhios ag Lúcás cén phian ba mheasa, an phian ar gcúl ón mballa nó an phian chun tosaigh san áit a raibh bos an tsaighdiúra á fháisceadh. Ba bhrúid é, duine ar thaitin sé go maith leis a neart a imirt ar dhaoine nach bhféadfadh tada a dhéanamh ina choinne agus iad a chur i bpéin.

'Caith tú foghlaim buachaill dána,' ar seisean ag brú arís ar ghualainn Lúcáis go fórsúil. An uair seo, d'airigh sé arraing ghéar on gcloch fhuar ag brú ar uachtar ar chnámh droma. Chuaigh an phian ghéar trí uachtar a cholainne ar fad.

'Abair "Fuck the Pope,"' arsa an saighdiúir go blasta.

Nuair nár fhreagair Lúcás bhain an saighdiúir a lámh dá ghualainn agus sháigh faoina mhuinéal í. Bhrúigh sé a chloigeann siar in aghaidh an bhalla cloiche. D'airigh Lúcás cruas na cloiche le cúl a chloiginn anois agus teannas pianmhar i matáin a mhuiníl. Ba ghearr ó thachtadh é. Bhí scaoll ag teacht air agus é ag breathnú ar an aghaidh chruinn dhearg roimhe agus straois air agus é ag gáire leis. Bhain Lúcás a shúile de.

'Fucking Irish,' arsa an saighdiúir go fíochmhar. 'Abair "Fuck the Pope." Abair é.'

Dhún Lúcás a shúile ar feadh meandair mar iarracht an phian a laghdú agus éalú ón mboladh gránna agus ón mbrú bíse ar a scornach. D'airigh sé é féin ag éirí lag. Bhí ordóg an tsaighdiúra ar fhéith na scórnaí. Ba ghearr uaidh titim i laige ar fad. Is é a chonaic sé ina intinn Isabelle, í ag féachaint air go truacánta. Coinnigh do mhisneach, a Lúcáis, a bhí sí ag rá leis.

Lean an saighdiúir air ag brú gan trócaire. Pian ghlan ghéar a bhí anois ann, faoina ghiall agus i gcúl a chinn ach bhí an laige ag fáil an cheann is fearr ar an bpian. Ar éigean a chuala sé an saighdiúir ag screadach san aghaidh leis.

'Abair é, bastard dána. "Fuck the Pope." Abair é.'

10

Terentius

Theann an saighdiúir a mhéar agus a ordóg níos láidre fós ar scornach Lúcáis. Cúpla soiceand eile agus bheadh Lúcás tite ina phleist gan mhaith ar urlár cloiche an fhorsheomra. Lámh thapa in uachtar, arsa Lúcás leis féin agus é ag tarraingt ar fhoinse misnigh istigh ann nár shíl sé a bhí aige.

Go tobann agus go fíochmhar chaith Lúcás a ghlúin in airde gur bhuail isteach go ropánta í i ngabhal bog an tsaighdiúra. San am céanna rug a lámh chlé ar sháfach an halbaird is tharraing uaidh é. Bhí an saighdiúir cromtha i bpéin ag scréachaíl, a dhá láimh ar a ghabhal aige. Le lánfhórsa a cholainne leag Lúcás a chos ar a ghualainn agus bhrúigh uaidh é. Caitheadh an saighdiúir siar ar a dhroim trasna an urláir. Thit an clogad le cleatar ar leaca an urláir. Chaith Lúcás an halbard uaidh go dtí an taobh eile den seomra agus léim i dtreo an dorais. D'oscail é, sheas amach. Chonaic sé na saighdiúirí ina seasamh thart. D'athraigh sé an plean agus thosaigh ag screadach.

'Cabhair anseo, go beo. Brostaigí. Tá saighdiúir gortaithe. Soldiers. I say, soldiers.'

Thosaigh daoine ag rith chuig an doras. Triúr saighdiúirí, agus ansin tháinig tuilleadh as taobh thiar de na colúin. Ina measc bhí duine a raibh seaicéad fada leathar gan mhuinchillí air. Captaen, ba chosúil. D'airigh Lúcás an fear taobh thiar de ag éirí. Sheas sé i leataobh. Rith an captaen thairis isteach sa seomra. Lean Lúcás é. Tháinig duine de na saighdiúirí ina ndiaidh agus sheas na saighdiúirí eile ag an doras le daoine a choinnéail amach. Dúnadh an doras.

Bhí an saighdiúir óg tar éis é féin a dhíriú cuid mhaith ach bhí lámh leis i gcónaí ar an mball gortaithe.

'Kicked me in the balls, sir.'

Bhreathnaigh an captaen trasna ar Lúcás, ionadh air go raibh sé fós sa seomra. Fear dorcha meánairde a bhí ann agus meigeall gearr dubh dea-bhearrtha air.

'Trouble-maker, sir. Nasty customer,' arsa an saighdiúir chomh fuinniúil is a d'fhéad sé.

'You attacked one of our men?' arsa an Captaen le Lúcás agus níos mó iontais fós air.

'Speaks no English, sir,' arsa an saighdiúir.

'We shall see about that,' arsa an t-oifigeach, ag casadh chuig Lúcás arís agus ag breathnú idir an dá shúil air. 'Speak.'

Bhreathnaigh Lúcás ar ais air. Súile fuara donna a bhí ag an gCaptaen. Rinne Lúcás machnamh go sciobtha ar ar chuala sé de Shax-Bhéarla tamall gearr roimhe sin sa chúirt. Labhair sé.

'Sir, far from seeking trouble, I entered the court desirous to see for my self the administration of the King's justice. I was about to take my leave of the court when your sergeant apprehended me.'

'I see.' Rinne an t-oifigeach sméideadh beag searbhasach agus ansin bhreathnaigh sé ar an saighdiúir óg. 'Weston?'

'He was making trouble, sir,' arsa an saighdiúir óg agus a láimh fós ar a ghabhal aige.

Ní dúirt an t-oifigeach tada.

'His honor was not well pleased, sir,' arsa an saighdiúir agus tharraing a anáil go sciobtha trína fhiacla mar bhí sé fós i bpéin.

Bhreathnaigh an t-oifigeach go géar air, ansin mar an gcéanna ar Lúcás. Ba léir go raibh sé in amhras faoin mbeirt acu.

'Your name, sir?'

Bhraith Lúcás go mb'fhéidir go raibh seans aige nuair a d'úsáid an t-oifigeach an focal 'sir' leis. Ach níor lig sé tada air féin. Bhí iontas air go bhféadfadh éifeacht a bheith leis nuair a labhair tú le lucht na cumhachta ina dteanga féin. Chuir sé a ghruaig siar óna chláréadan.

'Lucius Brianus, sir. Son of Terentius Brianus, merchant of this city.'

'I don't doubt it,' arsa an t-oifigeach le drochmheas. 'And what is your opinion, Mister Brianus, of the administration of the King's justice?'

Bhí searbhas an tSasanaigh chomh géar sin go bhféadfá spóla feola a ghearradh leis.

'Most admirable, sir. The desire to see justice done is evident. Although I fear the need to produce papers may prove a difficulty for many of the native inhabitants, through no fault of their own.'

'I don't doubt it.'

Bhreathnaigh an t-oifigeach go géar ar Lúcás ar feadh ala bhig.

'Terentius? Are you a Latin scholar by any chance, Mister Brianus?'

'Aliquantum studia latinae faciam,' arsa Lúcás go ciúin agus gan a fhios aige cé as a tháinig na focail nó an raibh aon chiall leis an rud a bhí ráite aige: gur anois is arís a dhéanadh sé staidéar ar an Laidin. Ansin go tobann chuimhnigh sé ar líne as Andromeda a bhí á chleachtadh acu cúpla lá roimhe sin.

'Quid tibi rei mecum est?'

'Upon my soul, Terence, if I mistake not,' arsa an t-oifigeach ag ligean den searbhas den chéad uair. 'Now let us see. "Nil. Non desidero." But if I may draw from the same source, Mister Brianus, "gemebis nisi caves." Much weeping may result from lack of caution. Your conduct in court, Mister Brianus, has not been what one would have expected of a loyal gentleman. Facinus indignum. However, we have no desire to distress too much the good citizens of Galway.'

Stad sé agus sheas siar beagán ag breathnú ar Lúcás i rith an ama. Oiread na fríde de sméideadh ar a bhéal.

'You may go, Mister Brianus. Please advise us of your fair presence the next time you decide to visit the court. "Ite nunc iam."'

Shínigh sé a lámh amach i dtreo an dorais.

Chas Lúcás thart agus d'imigh sé amach. Ní raibh a fhios aige go baileach céard a bhí tar éis titim amach, ná cén fáth a rabhthas ag scaoileadh leis.

Chuala sé an Captaen ag labhairt leis an saighdiúir agus é ag dul amach an doras.

'Pick up your halberd, John, and your helmet,' ar seisean agus níor cheil an glór foighneach an drochmheas.

Ach cén fáth ar scaoileadh le Lúcás? An mar gheall ar an Laidin é? Ghabh sé buíochas ó chroí le hAndromeda. Bhí an litir slán agus bhí deis aige leanúint den tóraíocht. Ní cosúil go raibh a fhios ag na Sasanaigh fúithi. Anois sula mbeadh a thuilleadh trioblóide ann chaithfeadh sé dul i ndiaidh Mhurchadh Shéamais agus a fháil amach uaidh cá raibh an sagart.

Amach leis i measc an tslua go sciobtha. Rinne siad bealach dó. Agus é ag dul amach idir an dá shaighdiúir ag an doras thosaigh fearg aisteach ag coipeadh ina chroí. Ní mar gheall ar an droch-íde agus an tarcaisne a tugadh dó féin é ach mar gheall ar an masla a caitheadh ar Ó Néill agus ar na Gaeil i gcoitinne, mar gheall an éagóir a bhain le brúidiúlacht an tsaighdiúra agus le himeachtaí na cúirte i gcoitinne, agus an chaoi a shamhlaigh sé a Dhaideo féin á mhaslú agus á ísliú ar an gcaoi chéanna dá mba rud é go gcaithfeadh seisean dul sa chrannóg sin?

'Slán leat,' arsa duine de na saighdiúirí leis go magúil agus nuair a chuala Lúcás an magadh sin, nó an rud a shíl sé ba mhagadh, ní raibh aon amhras air faoin taobh ar a raibh sé. Bhí sé ar aon taobh le Murchadh Shéamais agus an obair a bhí ar bun aige ar son na tíre. Bhí sé ar thaobh an Athar Pléimeann. Bhí sé ar thaobh Uí Néill. Agus bhí sé ar thaobh na litreach.

Ach níor chiallaigh sé sin gurb eisean an duine ab fhearr

a thabharfadh chun na Róimhe í. Bhí sé cinnte nárbh é. Amach an póirse ard leis agus síos leis céimeanna na hEaglaise nó céimeanna Chúirt an Rí cibé acu, ní raibh sé cinnte. Sheas daoine siar uaidh. Ba chosúil go raibh a fhios ag gach duine gurb é a bhí tugtha isteach sa seomra ag an saighdiúir, agus gurb é a ghlaoigh ar na saighdiúirí. Bhí idir fhaitíos agus thrua san fhéachaint a thug daoine áirithe air, shíl sé, naimhdeas, seans, a bhí i bhféachaint daoine eile, amhail is go raibh sé salaithe is nach raibh daoine ag iarr-aidh baint leis.

'Lig siad leat,' arsa fear éigin sa slua le drochbhlas.

Ní dúirt Lúcás tada ach súil ghránna a chaitheamh ina threo. Bhrostaigh sé leis síos i dtreo Gharraí na mBráthar. Mheabhraigh sé arís dó féin na focail a déarfadh sé leis an Athair Pléimeann nuair a d'éireodh leis breith suas leis. Bhí athrú beag curtha ar na focail aige. Litir an-tábhachtach í seo a Athair, a bhí sé chun a rá anois. Tuigim é sin. Ach ní dóigh liom gur mise an té is fearr a thabharfadh chuig Ó Néill í.

Chuaigh i measc na gcrann. Bhí sé airdeallach i gcónaí. Ach ba é ba dhócha go raibh Murchadh Shéamais tar éis a bhealach a dhéanamh ar ais isteach sa chathair. Bheadh air é a thóraíocht ansin. Agus dá dteipfeadh air, bualadh leis sa teach nuair a bheadh sé ar ais ann tráthnóna mar a dúirt sé leis an mBíoma.

Is nuair a bhí sé ag siúl ar ais ar an gcosán idir na crainn a thabharfadh i dtreo an droichid é is ea a thug sé rud faoi deara nach raibh aon choinne aige leis.

II

An Cinneadh

Bhí hata leathan ina luí ar an bhféar faoi bhun seanchrainn úll lomghéagaigh. Bhí sé an-chosúil le hata Mhurchadha. D'fhéach Lúcás thart, féachaint an bhfeicfeadh sé an fear féin. Ní fhaca sé aon rian de. Lean sé air síos an cosán, gach féachaint aige ar dheis agus ar clé. Má ba é sin hata Mhurchadha, chaithfeadh sé go raibh sé thart in áit éigin.

Is ansin a chonaic sé an slua beag ina seasamh ar an droichead. Dosaen éigin duine ina mbaicle bheag ar thaobh na láimhe deise. Shiúil sé go mall go dtí iad. Sheas leo. Bhí duine chun tosaigh orthu, fear téagartha i náprún leathair, agus é cromtha thar shlat an droichid ag tabhairt ordaithe do dhaoine eile a bhí thíos ar bhruach na habhann. D'aithin Lúcás ar an bpointe é. Ba é Seán Gabha a bhí ann, comharsa a raibh ceárta aige sa chlós thiar, fear údaráis sa phobal.

'Beirigí faoi na hascaillí air, a fheara,' arsa Seán Gabha anuas thar shlat an droichid le daoine nach bhféadfadh Lúcás a fheiceáil.

Shiúil Lúcás suas go dtí an grúpa beag daoine.

'Tá fuil leis,' a chuala sé duine de na daoine a bhí thíos a rá.

Labhair Lúcás leis an mbean a bhí in aice leis, imní ag

teacht air, comharsa eile, Mairéad Thomáis Rua Mhic Dhiarmada.

'Céard a tharla?'

D'fhéach sí thart.

'A Lúcáis chroí, go mbeannaí Dia dhuit. Drochobair is cosúil. An fear bocht. Seáinín Sheáin Gabha a chonaic é, agus rith sé chuig a athair lena rá leis,' ar sise ag bagairt a cinn ar an bhfear ar an droichead. 'Níl a fhios agam cé hé féin. Ní cosúil gur ón gcomharsanacht é.'

'Níl dé ann,' arsa duine de na fir thíos.

'Tógaigí aníos ar an mbruach é,' arsa an Gabha.

Bhí obair acu ag iarraidh an corpán mór báite a ionramháil suas ar bhruach ard na habhann. A luaithe a fuair Lúcás radharc ar an líbín báite de sheircín dorcha a bhí air, bhí a fhios aige gurbh é Murchadh Shéamais é. Leagadh amach ar an bhféar in aice an chosáin é agus bhailigh an slua beag timpeall air. Bhí siad in ann é a fheiceáil i gceart anois den chéad uair. Ba ghránna an feic é: a aghaidh fhliuch fhreangtha, an breacra féasóige, an ghruaig bhreac-liath ina shlaod. Bhí sé beagnach ó aithne, ach ní raibh aon amhras ar Lúcás. Ghlac sé an-trua dó. Ba dhó croí é a fheiceáil.

Ansin chonaic sé an paiste dubhdhearg báite ar uachtar a chliabhraigh. D'éirigh cóch aisteach mothúchán aníos ann; meascán feirge agus imní, meascán faitíosa agus truamhéala — istigh i lár a bhoilg. Sheas sé siar coiscéim.

'An bhfuil tú ceart go leor a Lúcáis?' a d'fhiafraigh Mairéad Thomáis Rua de.

'Tá. Is dócha.'

'Tá a fhios agam, a chroí. Ní gach lá a fheiceann tú duine marbh á tharraingt aníos as Léim Thaidhg. Buíochas le Dia. Níl a fhios agam cén saghas saoil a bhfuilimid ag maireachtáil ann ar chor ar bith.'

Bhí caint ard is cur is cúiteamh thart ar an gcorp.

'Cé hé féin?'

'An bhfuil a fhios ag duine ar bith cé hé féin?'

Ní fhreagair aon duine. Choinnigh Lúcás a bhéal dúnta.

'An chuma air gur sádh é.'

Ghearr daoine comhartha na croise orthu féin.

'Go ndéana Dia trócaire air, an fear bocht, nach gránna an deireadh a bhí leis,' arsa Mairéad Thomáis Rua.

'Tugaimis suas chuig an gceárta é,' arsa Seán Gabha agus an burla mór báite ba chorp Mhurchadh Shéamais á tharraingt suas ar an droichead ag an gceathrar fear a thóg aníos as an abhainn é.

'Féach seo,' arsa Seáinín Gabha a bhí in éineacht leo. 'Bhí sé ina phóca.'

Tháinig sé suas chuig a athair agus chuir sparán isteach ina lámh. Ba cheann costasach é de leathar marún, breacadh air agus ruóigín de shíoda buí ann.

D'oscail Seán Gabha é agus chomhair an t-airgead.

'Ceithre scilling, agus trí pingine. Dóthain ansin a chuirfeadh é.'

Bhí an Gabha ar dhuine de na daoine ba mhó le rá sa chomharsanacht, gabha, fear leighis, fear tarraingte fiacla, eagraí maith féilte agus cruinnithe, agus duine a choinnigh ar an taobh ceart d'údaráis na Cathrach.

'Tabhair é seo don Bháille,' a dúirt sé le Seáinín. 'Abair

leis go bhfuil corp tarraingthe amach as Léim Thaidhg againn agus go bhfuilimid á thabhairt chuig an gceárta.'

D'imigh Seáinín leis de rith te reatha agus thosaigh an slua ag scaipeadh, cuid acu i mbun a ngnótha féin cuid eile i ndiaidh na mionsochraide go dtí an cheárta. Bhí greim ag na fir ar gach géag agus d'fhág siad rian uisce ina ndiaidh. Bhí fonn ar Lúcás an corp a leanúint ach bhí imní air go n-aithneofaí é, go n-aithneodh duine éigin go raibh an bheirt acu in éineacht le chéile níos luaithe ar maidin. Níor theastaigh uaidh a bheith ann nuair a thiocfadh an Báille. Níor theastaigh uaidh go mbeifí á cheistiú.

'Tá obair le déanamh ag cuid againn,' arsa Mairéad Thomáis Rua ag casadh soir i dtreo bhaile Lúcáis. 'Níl tú ag dul abhaile, a Lúcáis?'

Ní raibh a fhios ag Lúcás céard a déarfadh sé léi. Ní raibh a fhios aige céard a bhí sé ag déanamh. Stad sé ag an gcrosaire.

'B'fhéidir go ngabhfad ar ball, a Mhairéad.'

'Lá maith agat mar sin.'

'Go ngnóthaí Dia dhuit.'

Níor chorraigh Lúcás.

Bhí sé ina staic. D'fhan sé ag breathnú ar dhroim Mhairéad Thomáis Rua agus í ag imeacht léi soir. Bhreathnaigh sé ar dheis ansin agus chonaic an tsochraid bheag dhearóil ag déanamh a bealach ciúin malltrialach siar síos an cosán chun na ceárta. Os a chomhair bhí an Geata Beag. D'fhan Lúcás mar a raibh sé, gan chorraí. Bhí sé as féin.

As féin ar fad. Ní hamháin sin ach bhí sé ar a choimeád anois. Ní raibh ach aon léamh amháin ar mharú

Mhurchadha Shéamais: bhí duine sa chathair a raibh a fhios aige faoin litir agus bhí sé ar a tóir. Cé eile ach an Sionnach. Bhí súil aige gur tháinig an tAthair Pléimeann féin slán. Ach ní raibh aon bhealach aige a bhféadfadh sé a fháil amach. Bhí an t-aon seans a bhí aige dul i dteagmháil leis an sagart ar lár. Maraíodh é. Agus an plean a bhí aige an litir a thabhairt ar ais don té a thug dó í, bhí sé sin freisin curtha ó mhaith.

Má bheirtear ar an litir sin tá go leor daoine crochta. Agus fainic thú féin ar an Sionnach, an duine is contúirtí dá bhfuil inár n-aghaidh. Murchadh Shéamais bocht. Agus céard dúirt seisean? Ní haon chluiche scoile é seo, a Lucáis. Dráma báis agus beatha is ea é. Ba ea, agus ba é Murchadh Shéamais é féin an chéad duine a thit.

Bhí sé uile ag brath ar Lúcás anois. D'éirigh an fhuil aníos ann. Bhí dóthain feicthe aige. Ghlac sé rún daingean. Ní thitfeadh seisean. Gheobhaidh Ó Néill an litir. Labhair sé go diongbáilte leis féin ina intinn istigh. 'Leagfaidh mé an litir seo cruinn díreach isteach i lámha Uí Néill, más é an rud deireanach a dhéanfaidh mé é. Ar son an chirt agus son na córa, ar son chearta Gael agus in éadan na héagóra agus na gadaíochta agus an chur i gcéill. Tabharfaidh mé an litir slán sábháilte go dtí an Róimh.'

Ina intinn istigh chonaic sé bád ag fanacht le cé, an seol beag á ardú, í réidh le seoladh. Bheadh seisean ar an mbád sin. Bheadh an litir leis. Ní raibh sé ag diúltú di níos mó, ná don tasc guaiseach a leagadh air. Rug sé ar an tasc anois lena dhá láimh, le hiomlán a chroí, le hiomlán a intinne agus a dhúthrachta. Dhéanfadh sé mar a dúirt an tAthair

Pléimeann leis, an litir a chosaint lena anam. Bhí an Róimh ag fanacht air. Bhí Aodh Mór Ó Néill, Iarla Thír Eoghain ag fanacht air. Tar éis an tsaoil, nach é seo a bhí uaidh? Ina chroí istigh? Troid ar son Uí Néill? Tháinig ríméad air. Raid sé a dhorn san aer. Lámh thapa in uachtar, ar seisean leis féin.

Ach bhí rudaí le déanamh aige ar dtús. An chéad rud dul Tigh Jacques le slán a rá leo. Ansin filleadh abhaile. Rudaí a chur le chéile don turas sa mhála sin a dúirt an tAthair Pléimeann a cuireadh go dtí an teach. Bhí dearmad déanta aige ar an mála sin.

Shiúil sé i dtreo an Gheata Bhig. Dul Tigh Jacques, ba é ba chiallmhaire. Má bhí duine éigin sa tóir air agus má tharla sé anois go mbeadh an Báille á iarraidh, b'fhearr dó a bheith in áit nach bhféadfaí teacht air. Bhí a fhios ag gach duine sna fobhailte ó thuaidh cá raibh cónaí ar Lúcás Thoirealaigh Uí Bhriain. Bheadh an litir i gcontúirt dá rachadh sé abhaile anois. Lean sé air go dtí an Geata. Rachadh sé go Tigh Jacques, Le Brocard, go díreach. Sheachnódh sé an tSráid Ard dá bhféadfadh sé, bheadh an iomarca daoine ann, agus an iomarca daoine ag faire amach.

D'airigh sé lámh á cur isteach ina phóca. D'iompaigh sé thart.

'Cá bhfuil tusa ag dul, a bhuachaill chaolfhinn, is gan aon duine in éineacht leat.'

Thóg sí a lámh amach as a phóca go réidh sciobtha.

'Nach ceart go mbeadh comhluadar agat?'

Ba duine de chailíní na sráide í. Í beag dubh, plucaí beaga dearga uirthi, agus í ag gáire suas leis, ceann dá fiacla tosaigh ar iarraidh. Bhrúigh sí suas lena thaobh de réir mar a bhí an slua ag bogadh ar aghaidh faoi áirse an Gheata. Níor chuimhin le Lúcás a bheith i gcás mar seo cheana. Ní raibh tada in éadan na gcailíní sráide aige ach ba déircín teanntásach í seo. Ag iarraidh goid uaidh a bhí sí. Ach ní raibh aon airgead aige.

Bhí na saighdiúirí i mbaicle bheag, triúr nó ceathrar acu faoi bhun an áirse agus halbard i lámh gach duine acu. Bhí beirt bhan a d'aithin sé a bhí ar an droichead ag insint dóibh faoinar thit amach. Is gearr go mbeadh an Báille ar a bhealach; is gearr go mbeifí sa tóir air féin lena cheistiú, fiú mura raibh ann ach fiafraí de cén uair dheireanach a chonaic sé Murchadh Shéamais. Agus abair dá gceapfaí gurb eisean an duine deireanach a bhí ag labhairt leis?

Bhí an cailín beag dorcha lena thaobh i gcónaí. Chuir sí lámh timpeall a bhásta. Sheas duine de na saighdiúirí amach rompu. Den dara huair an lá sin, bhí saighdiúir ina sheasamh os a chomhair. Bhí sé amhail is go raibh an litir ag dó an chroí arís ann. Bhí fonn air iompú thart.

Ach bhí an cailín á fháisceadh amhail is gur leannán leis í. Chuir sí a cloigeann ina bhrollach. Bealach amháin nó bealach eile ní raibh aon dul siar. Chuir sé a lámh thar a gualainn. Ba é fear na litreach feasta é. Bhí sé amhail is gurb é Ó Néill féin a bhí ag iarraidh an fhabhair seo air. An chéad rud, dul thar an saighdiúir seo. Aon deis a chabhródh leis, chaithfeadh sé í a thapú. Shlíoc sé gruaig an chailín bhig. Gné nach beag de chúram seo na litreach ligean air féin nach raibh litir ar bith aige.

Sheas an saighdiúir i leataobh don bheirt acu. D'éirigh

leis an dráma beag. Tháinig siad amach ar an taobh eile den gheata. Scaoil an cailín a greim agus chuaigh taobh thiar de. D'airigh sé í ag cur láimhe isteach sa phóca eile go dána agus chomh sciobtha céanna á tarraingt amach arís. Nuair a d'fhéach sé thart bhí sí imithe. Rinne sé iontas dá scil, á úsáid mar chompánach sa chaoi is nach dtabharfadh na saighdiúirí faoi deara í agus san am céanna ag tapú na deise chun goid uaidh.

Óna thaobh féin de, bhí sé buíoch di; ba gheall le haingeal cuimhdeachta í. Mar gheall uirthi, bhí sé gaibhte thar na saighdiúirí gan aon stró. Is beag nár lig sé liú áthais i lár na sráide. D'airigh sé beocht nua ann féin. Lúcás mac Toirealaigh mhic Marcais mhic Toirealaigh mhic Tadhg na gCaorach Uí Bhriain roghnaithe leis na scéala a thabhairt anonn as Éirinn chuig Aodh Mór Ó Néill ar leis Éire, geall leis, ach sa deireadh ab éigean dó Éire a fhágáil de bharr fhíoch na Sasanach. Ó Néill a d'imigh chun go bhfillfeadh sé agus fórsa mór Spáinneach in éineacht leis. Ó Néill a chuirfeadh an ruaig ar Chichester agus a shlua daor-smachta.

Dá mhéad a ghrá dá sheanathair, bhí sé ag éirí mí-fhoighneach lena easpa dóchais, lena chuid cnáimhseála agus cantail, agus le cúinge an tsaoil sa teach in éineacht leis; na gearáin bheaga síoraí aige faoi anró an tsaoil, faoi amaidí na nGael agus faoi bhrúidiúlacht na Sasanach; an clamhsán, ní faoi Lúcás féin, ach faoi rudaí a raibh baint aige leo: an drámaíocht sa Choláiste, na ranganna pion-sóireachta. Sin é an fáth a bhfuair sé sásamh i seanscéalta na Gréige, agus san fhiannaíocht, agus i seanchas daoine a raibh aithne acu ar a athair agus ar Ó Néill, daoine ar nós an Chonstábla. Lámh thapa in uachtar.

12

An Guta

Ba chathair dhifriúil í Gaillimh anois. Bhí cuma éigin strain-
séartha ar na tithe arda. D'fhéadfadh contúirt a bheith iontu.
Chuir sé a chloigeann siar agus mar a rinne sé agus é ar a
bhealach amach as an gcathair, thosaigh ag féachaint in airde
ar fhuinneoga na dtithe galánta, tithe na gceannaithe uaisle,
tithe móra na Gaillimhe. Thaitin siad i gcónaí leis. Ach ba ar
bhealach grinn amhrasach a bhí sé ag breathnú anois orthu.

Bhí cuma bhagarthach anois ar na hainmhithe allta, na
hearca ramhara, na moncaithe, cuid acu mar a bheidís ag
dreapadh na rabóide suas imeall na fuinneoige, dochar
éigin á bheartú acu. Comharthaí imní agus aimhleasa ba ea
iad anois. Agus níor gan údar é. Chuir sé suntas i gceann de
na fuinneoga breátha a raibh na comhlaí laitíse curtha siar
uirthi. Bhí fear crochta amach, é ag breathnú síos an tsráid
i dtreo na cathrach. Ghoin a aire Lúcás ar an bpointe. Fear
ceann-nochta a bhí ann agus gruaig shlíoctha rua go gual-
ainn air. An soicind céanna sin chas an fear a chloigeann le
breathnú i dtreo an Gheata. Ní raibh Lúcás sciobtha go leor.
Bhí an fear ag breathnú anuas air. Ní raibh aon amhras air
ach gur aithin an Sionnach é nó i bpreabadh na súl bhí an
cloigeann rua imithe ón bhfuinneog.

Thug Lúcás do na bonna é. Síos leis an Bóthar Thuaidh ar luas lasrach agus isteach leis sa chlós beag in aice le teach na bhFrinseach ar thaobh na láimhe deise. Uaidh sin rith sé síos lána caoch idir dhá bhinn tí ar an taobh eile den chlós. Lána caol dorcha a bhí ann. D'fhéach sé thart. Ní raibh aon duine ina dhiaidh. Bhí balla ard ina bhun. Sheas sé ag an mballa agus thug sé léim in airde, rug greim ar a bharr agus tharraing é féin aníos. D'airigh sé arraing ina ghualainn chlé. Ní raibh sé seo chomh héasca is a shíl sé a bheadh sé. Léim sé síos ar an taobh eile. Bhí sé i ngarraí beag glasraí anois nach raibh tada ag fás ann, é tagtha anuas ar cheapach a bhí réitithe amach le haghaidh churadóireacht an Earraigh. Léim sé amach ar an gcosán a bhí in aice leis an gceapach le nach bhfágfadh sé aon rian coise ann. Rith sé soir an cosán go dtí balla eile ar an taobh eile den gharraí. Dhreap sé sin, le dua, mar a chéile, agus anuas leis ar an taobh eile. Bhí sé i ngairdíní na bhFrinseach anois. Shiúil sé go réidh síos na cosáin chóirithe idir na plásóga mínbhearrtha gur bhain geata beag íseal amach sa bhalla ard i gcúinne íochtarach an ghairdín. Tharraing an doras adhmad chuige, d'ísligh a cheann agus amach leis i gclós beag eile. Bhí air balla eile a dhreapadh ar an taobh eile den chlós agus sa deireadh thuirling sé ar shráid iargúlta a dtugtaí Bóthar Alasandair air. Níorbh aon stró air dul uaidh sin go dtí an Guta, áit bhréan go maith ach a bhféadfadh sé siúl go héasca ann go dtí an póirse a bhí gar do Pholl Snámha an Mhuilinn. Ní bheadh duine ar bith ansin an tráth seo bliana.

Is ansin a ghlac sé sos sa deireadh, ina shuí ar leac fhuar an phóirse ísil. Ba mhór idir an chaoi a raibh sé ann anois agus an uair a mbíodh sé féin is a chompánaigh ag snámh ón duirling thíos. Ach má bhí imní anois air bhí sé sásta. Rinne sé gáire beag. Bhí sé tar éis an Sionnach a chur de. Shíl sé, le féachaint air, nach raibh sé chomh contúirteach lena thuairisc. Ach bhí an fear bricíneach úd tar éis Murchadh Shéamais a shá agus cá bhfios cé méad duine eile mar é. Sháfadh sé a mháthair féin dá mba ar mhaithe leis na Sasanaigh é, a dúirt an tAthair Pléimeann.

D'fhan sé ina shuí ansin ar urlár fuar an phóirse, i bhfad ó ghleo agus ó challán na cathrach. Ní raibh sé rófhada ó Thigh Jacques anois agus b'fhada leis go mbeadh sé ann: Le Brocard, áit a mbeadh cosaint fhear an tí aige. Agus d'fheicfeadh sé Isabelle sula n-imeodh sé. Ní raibh sé ag súil le slán a rá léi. Ach ar a laghad ar bith is mar dhuine nua, mar ghaiscíoch a d'fhágfadh sé slán anois aici, duine a raibh cúram mór air. Agus nuair a bheadh an gaisce déanta aige agus an cúram curtha i gcrích aige, thiocfadh sé ar ais. Nach maith nach bhfaca Isabelle é leis an striapach!

Ghoin a aire é nuair a chuimhnigh sé ar an gcailín beag dubh agus í ag cur a láimhe ina phócaí. An bhféadfadh sé gur ar thóir na litreach a bhí sí? Gurb é an Sionnach a chuir ina dhiaidh í? Agus gur ag faire amach dó a bhí sé agus é crochta amach as an bhfuinneog. Mar nár tháinig sí féin ar ais chuige leis an litir? 'Tá a fhios aige faoin litir,' arsa Lúcás leis féin. 'Cibé caoi a ndearna sé é, tá faighte amach aige fúithi.'

Chaithfeadh an tAthair Pléimeann, faire amach dó féin anois. Bhí a chuid seisean den ghnó déanta. Bhí sé ag brath ar Lúcás feasta. Agus céard a bheadh caillte aige dá bhfágfadh sé Gaillimh? Tig le hÓ Ciarbháin Andromeda a dhéanamh — bhí páirt ag Lúcás i ndráma níos mó is níos tábhachtaí anois.

Bhí sé ag éirí fuar faoin bpóirse. Bhí sé sásta nach raibh aon tuairim ag an Sionnach cá raibh sé. Bhí sé in am imeacht. D'éirigh sé agus rinne a bhealach trí na caol-lánaí taise bréana i dtreo Bhóithrín Bhoidicín. Ag barr an bhóithrín chuir sé a chloigeann thart ar an gcoirnéal agus bhreathnaigh suas síos Sráid leathan na Lombardach. Ní fhaca sé duine ar bith ach bean ag iompar ciseán trasna na sráide. Chuaigh sé amach ar an tsráid, chas ar dheis, agus thug sé a aghaidh díreach ar Thigh Jacques. Bhí sé ar tinneall. Ní raibh doras ná póirse ná taobhshráid dá ndeachaigh sé thairis nár chaith sé súil sciobtha ann ar dheis agus ar clé.

Nuair a d'airigh sé an boladh lofa agus a chonaic sé an fhuil úr dhúdhearg ag sileadh amach sna claiseanna ar thaobh an bhóthair, shocraigh sé go gcaithfeadh sé ciúiniú síos beagán. Bíodh is nárbh aon rud nua aige é, bhain radharc na fola agus boladh úr na mart geit as, agus thug sé ar ais chun cuimhne dó ar an bpointe an radharc a bhí feicthe aige tamall roimhe sin: corp Mhurchaidh Shéamais á iompar idir ceathrar fear agus smál mór dearg ar uachtar clé a chasóige. Aon ghoin nimhneach amháin. An Sionnach: sciliúil contúirteach cruachroíoch, agus — má bhí an ceart aige faoin gcailín dubh — glic thar na bearta. Mhoilligh ar a shiúl lasmuigh den seamlas agus rinne sé a bhealach a phiocadh go cúramach síos lár na sráide. Shocraigh sé ina intinn nach raibh aon litir ar iompar aige, go raibh sé ag dul Tigh Jacques le ceacht pionsóireachta a bheith aige mar b'iondúil. B'in uile.

De réir a chéile, d'éirigh leis marú Mhurchadh Shéamais, an Sionnach, agus an chontúirt ina raibh sé féin a chur go cúl a intinne. Bhí a chinneadh déanta aige agus bhí sé sásta. Maidir le gnó pianmhar na scarúna, imeacht óna Dhaideo, ó Mháire, briseadh lena chairde agus le lucht na scoile, bheadh sé in ann aige. Agus bheadh Pól Ó Ciaruáin thar cionn. Faoin am a bhí sé ag dul síos Sráid na Céibhe bhí sé ag smaoineamh ar an gceacht pionsóireachta. D'airigh sé an fuinneamh i matáin a lámh. D'ardaíodh a chroí i gcónaí nuair a chuimhníodh sé ar Thigh Jacques.

13

Le Brocard

Cén fear óg nach dtaitneodh Le Brocard leis? Nuair a chuimhním siar air, cén áit eile i nGaillimh a d'fheicfeá cailíní óga dea-ghléasta ach ag an aifreann; agus bhí an domhan de dhifear idir Tigh Jacques agus na seomraí cúil sin sa Choláiste nó i dtithe na n-uasal a mbímis ag éisteacht an aifrinn iontu. Is minic a smaoiním gur chuid í an teach ósta sin den tsean-Éirinn atá imithe anois, Éire gheal na n-amhrán agus an damhsa. Níorbh annamh muid amuigh ar an urlár ag rince leo, agus cén fáth nach mbeimis, fiú mura raibh a chead sin againn ón gColáiste. Is in éineacht a tháinig an bhrúidiúlacht agus an piúratánachas go hÉirinn. Breithiúnas ó Dhia a deir daoine áirithe ach feictear domsa nár thuill pobal ar bith an íde a imríodh orainne le cúpla bliain anuas. Ach bhí an saol difriúil an uair sin. Ní hionann inniu is inné. Is ea, má ba striapacha féin cuid acu níor chiallaigh sin nár bhreá iad le breathnú orthu agus nár ghealgháireach a gcomhluadar. Agus má tá aon ní inbhéime i gcomhrá le cailíní dathúla ní heol domsa é.

Go cinnte, bhí Le Brocard ar ceann de na tithe ósta ba cháiliúla i nGaillimh an uair sin. Bunurlár teach ard cloiche trí stór gar do na céibheanna a bhí ann, ar choirnéal Shráid

Thobar an Iarla, achar gearr ó theach na mBlácach agus gar
go maith don Choláiste seo againne. Ceithre stór a bhí ann
má chuirimid na siléir thíos faoin tsráid san áireamh, rud
nach ceart is dócha mar ba mhinic faoi uisce iad agus ar
an ábhar sin ba i dteach stórais gar don teach a choinnítí an
stoc i gcónaí. Ar an léibhéal uachtair is ea a bhí na seomraí
leapa ag muintir an tí: Monsieur Jacques agus a bhean, Úna
Shéamais Dhuibh de Bláca, Isabelle, iníon Monsieur le bean
Fhrancach arb é a bás faoi ndeara dó teacht go Éirinn,
deirtear, agus an bheirt ab óige aige féin is ag Úna, a mac,
Peadar, nó Péatar mar a thugaidís i gcónaí air agus Honóra.

Áirse de chloch ghearrtha ba ea an doras agus nuair a
théitheá isteach faoi dar leat gur ag dul isteach i gcaisleán
beag a bhí tú. Bhí go leor de thithe na Gaillimhe mar sin.
Matail chloiche, ornáidíocht dhoirse, armas, ba mhór acu
iad sin uile. Ní raibh aon armas os cionn dhoras Le Brocard
ach clár dorcha adhmaid agus an fia óg, an 'brocard',
péintéailte bán air. Sin mar a théadh na daoine isteach,
faoin bhfia agus faoin áirse; in át dul isteach an doras taobh
leis a thug isteach ar an staighre — ba do mhuintir an tí
amháin é sin — rud a lig dóibh teacht agus imeacht gan
fhios do na custaiméirí thíos fúthu.

Dá mbeadh spíosraí tar éis teacht isteach ar an gCú
Mara — b'in é an bád a d'úsáideadh Monseiur Jacques an
t-am sin — bheadh boladh breá saibhir sa teach: cainéal,
piobar, clóibh, amhail is go raibh tú ag fáil blaiseadh na
hÁise i lár Chathair na Gaillimhe. Ba bholadh chomh láidir
é istigh agus ab ea boladh na feamainne agus na farraige
agus an éisc ar an taobh amuigh.

Ach is é boladh an fhíona agus an leanna a bhíodh sa teach de ghnáth, sin agus an tobac, nó ba é Tigh Jacques an áit is mó a bhí chun tosaigh ó thaobh fhaisean nua an phíopa de. Déarfá nach raibh áit ar bith i nGaillimh ba ghnaiúla ná é. Mar bhíodh triall ag gach aon saghas duine ar Le Brocard: captaein loinge, mairnéalaigh, ceannaithe, scoláirí, filí, iarshaighdiúirí, lucht dlí, carraeirí, agus cuid de na cailíní bochta ba bhreátha sa chathair, agus go leor eile nach mbeadh tuairim agat cén chaoi ar tháinig siad i dtír nó cén tír ar tháinig siad as. Chloisfeá seacht dteanga á labhairt in éineacht ann agus tuilleadh dá mbeadh a fhios agat iad. An Laidin féin ní raibh sí as áit ann.

Scríobh an file Ó Maol Chonaire rabhcán seafóide faoi — ní hé an máistir sa Choláiste atá i gceist agam, ach col ceathrair leis, Tanaí, an fear a raibh an chéim bhacaíle ann. Bhí cáil air an uair sin as a chuid rannta magaidh, ach tá mé go mór in amhras ar scríobhadh aon cheann acu síos riamh. An ceann faoi Thigh Jacques, tá rud nó dó cliste ann. Seo véarsa amháin as:

Ná bí ar fuireasa fíon'
    Id shuí gan chara gan chart,
Thíos in ísle brí ná bí,
    Tar aníos chuig an mBroc Ard.

Thóg sé nóiméad ar shúile Lúcáis dul i dtaithí ar an easpa solais. Bhí sé róluath dul suas díreach go dtí Jacques mar sin roghnaigh sé an tábhairne. Den chéad uair ina shaol, bhí sé tar éis dul faoi chomhartha an fhia, agus isteach trí phóirse na sráide.

Fuair sé boladh na dí, boladh saibhir géar an tsean-fhíona, agus boladh an tobac nó bhí néal crochta faoin tsíleáil agus dornán mairnéalach ag bord i lár an tseomra ag caitheamh píopaí, agus Briotáinis á labhairt acu.

Ar chúl na mairnéalach, chonaic sé go raibh bladhm-sach thine ar an tinteán mór faoi bhun an tseanmhatail chloiche. Ach níor ghéill sé do chompord na háite. Bhí air a bheith san airdeall — ar an Sionnach, ar an mBáille, ar shaighdiúirí. Ghrinnigh sé na mairnéalaigh arís. Bhí duine acu tar éis scéil grinn a insint agus bhí siad ag gáire. Shíl sé gurb í teanga na mBascach a bhí cuid acu a labhairt.

Torann beag íseal a tharraing a aird ar thaobh na láimhe deise. Bhí beirt seanfhear ina suí ar aghaidh a chéile ag bord beag in aice an dorais, duine acu díreach tar éis péire díslí a chaitheamh. Bhí scalladh beag gréine tríd an bhfuinneog ag caitheamh slám muileataí geala buí ar eanganna an chláir táiplise eatarthu. Ba é an t-aon solas geal san áit é. Bhí muga beorach os comhair gach duine den bheirt. Bhog an fear a raibh a chúl le balla a phíosa imeartha gan focal a rá agus shíl Lúcás gur fada ó chonaic sé aon bheirt ba shocra, amhail is nárbh ann do na mairnéalaigh ná d'aon duine eile sa tábhairne agus nach raibh sa saol ar fad ach iad féin agus an clár stríocach; agus an saol sin ag brath go huile is go hiomlán ar an gcéad chaitheamh eile den dísle. Ba mhór ag Lúcás an méid sin tar éis a raibh gafa tríd aige le tamall roimhe sin. Ba é seo an suaimhneas a theastaigh uaidh. Níor chuala sé focal Sax-Bhéarla in aon áit, má ba aon chomhartha sábháilteachta é sin, ní raibh sé cinnte.

Go tobann chuala sé scréach ón taobh eile den seomra.

Scréach gháire a d'aithin sé. Bhí cáil ar an ngáire sin ar shráideanna na Gaillimhe. Bhí a shúile imithe i dtaithí ar an seomra faoin am seo agus níorbh aon stró Nábla Nua a fheiceáil tríd an gceo deataí sa chúinne thall ag barr an tseomra. Bhí sí i mbun seisiúin le captaen loinge, ba chosúil — eisean ag iarraidh í a mhealladh agus ise ag baint an-sult as a bheith ag spochadh as agus ag magadh faoi. Ach aird dá laghad níor thug aon duine uirthi, na cuistiméirí ilghnéitheacha a bhí ar na stóil agus ag na boird ar fud an tseomra: lean an bheirt sheanfear ag breathnú go támh ar an gcluiche táiplise móire agus gach duine den bheirt acu ag croitheadh na ndíslí ar a sheal; lean na mairnéalaigh orthu ag caitheamh is ag caidréail agus iad ag fanacht is dócha go mbeadh sé in am cibé bád a raibh siad léi a réiteach le seoladh leis an taoille ard. Laghdaigh arís ar a imní. Bhí an rogha ceart déanta aige a theacht anseo.

Níorbh fhada gur chuala Lúcás glór eile a d'aithin sé, sa chúinne dorcha thuas ar an taobh clé de, ar an taobh thall de chorr an chuntair. Bhí an glór ardaithe de bheagán le dul i gcion ar pé comhluadar beag a bhí ag éisteacht leis.

'Tá an baile uile ag caint air. Tá rud éigin taobh thiar de. Mise á rá libh. Agus ní rud fánach é.'

Ba é an Captaen Tomás Ó Flaithearta a bhí ann, seanchomrádaí airm a athar. Níor chaptaen é ó cheart ach constábla. Ach ní raibh aon ghéilleadh ag muintir na Gaillimhe do theidil Uí Néill agus ar an ábhar sin agus mar gheall ar gur chaill sé lámh sa chogadh, thugtaí 'An Captaen' air. Dar leis féin nuair a thugtaí 'An Captaen' air gur ísliú céime dó é agus níorbh annamh an braon fola ag teacht in uachtar ann dá dtabharfaí sin air, go háirithe go déanach san oíche, tar éis cúpla taoscán uisce beatha — agus ní raibh aon easpa *usquebaugh*, mar a thugadh ceannaithe an Gaillimhe air ina gcuid leabhar cuntais, sna tábhairní, Tigh Jacques go háirithe. 'Constábla,' a deireadh an fear mór garbhdhéanta go grod is go bagarthach agus é ag éirí ina sheasamh. 'Constábla in arm Aodha Mhóir Uí Néill.' Ba bheag duine a rachadh ag argóint bíodh is go raibh sé ar leathlámh.

Bhí an 'Constábla', mar a thugadh a chairde i gcónaí air, ina shuí ar chathaoir dhíreach uilleach i gcúinne gar don chúntar. Bhí beirt eile ina suí in éineacht leis, ar aghaidh a chéile ar gach taobh de, ag an mbord darach: Tanaí Buí Ó Maol Chonaire, an file é féin, agus Peadar Cléireach, fear beag cruinn a bhí sna sagairt, deirtí, sna Doiminiceánaigh, ach ar mó a bhí sé astu ná iontu le blianta fada mar bhí sé róthugtha do chomhluadadar an tí ósta.

D'ardaigh an Constábla a cheann agus chonaic sé Lúcás uaidh sa doras. Lig sé béic as.

'A Lúcáis, gabh i leith anseo a scódaí.'

Ní raibh lá a bhfeicfeadh sé Lúcás nach ndéanfadh sé peataireacht air le grá dá athair agus mar chuimhne, mar a deireadh sé ó am go chéile, ar an lá dólásach úd ab éigean dó a shúile a dhúnadh ar pháirc úd an mhí-ádha ar tugadh Baile na Móna air lasmuigh de Chionn tSáile na tubaiste. Chuaigh Lúcás go dtí iad.

'Céad fáilte. An rud is annamh is iontach agus go mairimis ár nuacht. Tarraing aníos stól ansin, maith an fear. An bhfuil aithne agat ar na seanscabhaitéirí — gabh mo leithscéal, ar na daoine uaisle gnaoiúla seo.'

Chuir sé a chomhluadar in aithne do Lúcás.

'Peadar Cléireach de shliocht oirearc Uí Sheachnasaigh agus Easpag Ard Mhacha dá mbeadh aon cheart sa saol. Tanaí Ó Maol Chonaire Ard-Ollamh Éireann ach amháin nach bhfuil aon Éire ann níos mó a thuillfeadh an onóir.'

Bhí cloiste ag Lúcás faoin triúr seo: croí na Gaillimhe chomh fada is a bhain le saol saíochta, léinn, agus léaspartaíochta na dtábhairní. Ach ní raibh sé riamh in éineacht leo ina gceannáras. Lean an Constábla air.

'Seo é Lúcás uasal Ó Briain a fheara. Scoláire leis na Luínsigh agus mac an chomrádaí is dílse a bhí ag aon fhear riamh, go ndéana Dia grásta ar Thoirealach, is minic a chuala sibh mé ag caint air.'

Bhí a sheanseaicéad leathair oscailte go com ar an gConstábla agus an slibire de mhuinchille folamh greamaithe sa phóca ann. Bhí léine bhán líndéadaigh air, í geal go leor fós nó is ag deireadh na míosa a thugadh an Constábla a léine agus a chuid éadaigh cnis do na mná níocháin. Bhí sí sin féin oscailte go maith agus clúmh liath a chliabhraigh nochtaithe.

Chuaigh Lúcás timpeall an bhoird agus shuigh in aice leis an bhfile caol buíleicneach a raibh seircín olla air ar an nós Gaelach agus léine bhuí faoi. Bheannaigh sé don Chléireach trasna uaidh a raibh a aghaidh chruinn ina shuí ar a ghuaillí mar a bheadh úll mór dearg ar cholainn gan mhuineál. Bhí sé feistithe i seanchulaith dhubh a raibh na muinchillí uirthi snasta le haois. Sméid an Cléireach a chloigeann go béasach.

'Brianach,' arsa an File, geall leis faoina anáil.

'Ólfaidh tú deoch?' arsa an Constábla, ag déanamh neamhsuime de dhoicheall traidisiúnta an fhile agus ag ardú a láimhe ar Pharthalón, an sean-oslóir. 'Beoir chaol don scorach, a Pharthalóin,' ar seisean.

'Ní ólfad, a Chonstábla, le do thoil,' arsa Lúcás. 'B'fhearr liom bláthach.'

Bhí air a bheith aireach. Ní hamháin sin ach bhí sé ag súil leis an mbabhta pionsóireachta le fear an tí. Ar an dá chúis sin, níor theastaigh uaidh an scamall is lú a bheith ar a intinn. Ní raibh Lúcás i suíomh mar seo riamh cheana — i gcomhluadar fear fásta i dteach ósta — fir ábalta ghéar-chúiseacha; gan trácht ar litir mhór thábhachtach a bheith i bpóca a bhrollaigh aige ag an am céanna. Ní raibh a fhios aige cén chaoi a dtiocfadh sé tríd.

14

Comhairle

'Tá rud éigin taobh thiar de go cinnte, a Chonstábla,' arsa Tanaí Ó Maol Chonaire go tromchúiseach ag filleadh ar an gcomhrá a bhí ar bun acu sular tháinig Lúcás ina measc.

Bhí aghaidh stuama phlásánta ag an bhFile a d'fhreagair don tsoineantacht a bhí ina nádúr. Fad is nach dtiocfadh aon rud trasna ar a thuiscint do ghradam uasal ársa na héigse, fad is nár gá dó labhairt ar dhuine a bhí ag cur in éadan na héigse céanna agus an traidisiúin chianársa a ghabh léi, déarfá gur duine suáilceach é.

'Agus go lige Dia gur fíor an scéal,' ar seisean, ag leanacht air, 'go bhfuil sé chugainn sa deireadh. Ach seachas caint na mBráithre ar na sráideanna agus seachas sean-Ghaill Bhaile Átha Cliath a bheith trí chéile, ní thig liom a dhéanamh amach ó thalamh an domhain cén bunús atá leis.'

Thug Lúcás suntas don chaoi ar dhúirt Ó Maol Chonaire na focail 'talamh an domhain' agus 'v' sa dá fhocal mar a deireadh a chol ceathrar iad sa Choláiste.

'An chaint seo ar Pháirlimint atá ag cur na sean-Ghall trí chéile,' arsa an sagart go leamh. 'Agus marú an Easpaig, ar ndóigh, agus na hÍosánaigh fógraithe. Sin a bhfuil de. Is ea, agus thar aon ní eile, an chaoi nach bhfuil cead acu dul ar choistí agus os comhair na cúirte gan an mhóid a ghlacadh.'

'Bíodh acu,' arsa an file. 'Cá raibh siad nuair a theastaigh siad? Nuair a bhí an cogadh ceart ar siúl?'

'Anois tá tú ag caint,' arsa an Constábla mór agus bhain sé súmóg as a mhuga beorach.

Leag sé síos é go sollúnta, ansin tharraing cúl a láimhe go garbh trasna a bhéil agus rinne casacht. Ba chomhartha é go raibh scéal le hinsint aige. Ach níor thug an file aon aird air ach tháinig roimhe le béic bheag mhagaidh agus thosaigh ag cantaireacht.

'Faill na feille
fuair an cine
an sliocht Gallda
in lár na himeartha
is ní maith a rinne
nár thacaigh linne.'

Níor thug an Constábla Ó Flaithearta aon airde air. Mar fhear míleata ní raibh sé chun ligean d'aon rannaire gearradh trasna ar insint scéil.

'Tá i bhfad níos mó ná sin i gceist. Éistigí anois go n-inseoidh mé daoibh rud nach bhfuil ar eolas agaibh.'

Chrom gach duine isteach os cionn an bhoird.

'Bhí mé ag caint le duine de mhuintir Bharnail an lá cheana. Ag iarraidh capaill a cheannach a bhí sé agus is cosúil go ndúirt duine éigin leis go bhféadfainnse comhairle a chur air. Rud nach raibh rófhada ón gceart mar, má deirim féin é, níorbh olc an máistir ceathrún mé le mo lá. "Good morrow," arsa an fear uasal anoir liom. "Níl aon ghad marbh thart anseo, feictear dom," a deirimse, "ach thú fhéin." Ag cuimhneamh a bhí mé, an dtuigeann sibh, ar a n-iompar náireach le linn an chogaidh. "Fágaimis é sin i leataobh," a deir sé, agus Gaeilge chomh maith aige is atá agam féin agus a fhios agam go maith go mbeadh. "Tuigimidne uile anois," a deir sé, "go raibh an ceart ag Ó Néill." Bhuel d'fhéadfá mé a leagan siar ar fhleasc mo dhroma ach séideadh orm. Nuair a tháinig mé chugam féin arís shín mé mo lámh amach chuige, an t-aon lámh atá agam, agus thóg sé í agus chroith go maith í. Ach anois seo é an rud a theastaíonn uaim a rá libh.'

Thóg an Constábla a mhuga beorach arís agus bhain súmóg mhaith as. Agus a fhios aige go raibh an comhluadar ar bís agus Lúcás go háirithe ag breathnú san aghaidh air, leag sé an muga ar ais ar an mbord agus lean air.

'"Ar chuala tú faoin Míoch?" ar seisean liom tar éis tamaill. "Níor chuala," arsa mise. "Bhuel ba cheart go gcloisfeá," ar seisean. "Uilliam Míoch," a deir sé, "is é an t-ionadaí seo againne é agus tá sé sa Róimh anois ag labhairt le hIarla Thír Eoghain. Agus mura bhfuil dul amú mór orm," ar seisean, "tá siad tar éis teacht ar réiteach. Beidh Gaeil agus Gaill le chéile feasta." Anois céard a deir sibh?'

Shuigh an Constábla siar le súmóg eile a bhaint as a dheoch. Níor labhair aon duine ar an bpointe. Leag sé a mhuga ar ais ar an mbord.

'An Míoch,' arsa Peadar Cléireach go ciúin ar fhaitíos

go gcloisfí é. 'Chuala mé caint air.' Chuir sé gramhas beag air féin. 'Is as Corcaigh dó.'

Choinnigh Lúcás a chloigeann cromtha agus cluas le héisteacht air. Lean an Constábla air.

'Ar aon chuma tá an Míoch seo i gcomhráití móra le hÓ Néill anois féin. Tá an chuid is mó de na huaisle Gallda taobh thiar de. Is gearr ó bhí cruinniú acu, ionadaithe na dtaoiseach Gaelach, na cléire agus na dtaoiseach Gallda. Tá siad ar fad ar aon intinn: cur i gcoinne na Sasanach chomh láidir agus is maith leo. Hea! Mhuise. Mise á rá libh a bhuachaillí. Más leathlámhach féin mé. Hea?'

Agus d'iompaigh an Constábla a mhuinchille folamh i dtreo an bhoird le go bhfeicfí í.

'Rinne mise mo chuidse agus déanfaidh mé arís é.'

D'éirigh Tanaí Ó Maol Chonaire tógtha leis an scéal. Dhírigh sé é féin.

'Is í an tseantroid chéanna i gcónaí í, a chairde. Mar a dúirt fear de mo mhuintir faoi na Sasanaigh chéanna: leo a mhúchadh meidhir Ghael. Fear Feasa mura bhfuil dul amú orm. Mar a déarfadh sé féin agus an éigse agus an t-aos léinn trí chéile in éineacht leis, níl aon athrú ar an scéal, ní raibh riamh is ní bheidh: lucht an tSaxbhéarla ag tromú is ag tromaíocht ar lucht na Gaeilge. Níl fios a mhalairte acu. Ach an uair seo,' ar seisean ag breathnú timpeall ó dhuine go duine acu, 'bainfimid bua.'

Thosaigh Lúcás ag breathnú ar fháinne beorach i lár an bhoird. Bhí sé ag iarraidh meabhair a bhaint as a raibh cloiste aige. Ní dúirt sé tada.

'Amaidí. Amaidí.' Phléasc Peadar Cléireach amach go

teasaí agus go gangaideach. Thosaigh sé ag corraí ó thaobh go taobh amhail is go raibh cloch ghéar faoina thóin. 'Amaidí. Filí. Mairg an té a chuirfeadh a mhuinín iontu.'

Tháinig Parthalón agus leag an deoch bláthaí ar an mbord i mbabhla beag cré agus dhá chanda breá aráin agus im orthu ar phláta beag adhmaid in aice leis, agus ding cháise. D'ordaigh an Constábla deochanna don chuid eile den chomhluadar, beoir dó féin, cláiréad don Chléireach, agus lánghloine d'Iníon Rí na Spáinne don fhile.

Chrom Lúcás ar a bheith ag ithe. Bhí ocras anois air. Bhí Peadar ina thost.

'Éist, a Pheadair,' arsa an Constábla go séimh is go gnaoiúil. 'Tá an scéal níos tromchúisí ná mar a cheapann tú. Dúirt Barnal féin liom é. Tá an scéala ar a bhealach chuig Ó Néill anois féin.'

Lig Lúcás air nach raibh sé ag éisteacht agus nár bhain an scéal leis, bíodh is gur cosúil gur bhain, thar aon duine eile in Éirinn. Dhírigh sé a aire go hiomlán ar a lón. D'ól sé bolgam maith den bhláthach. B'aoibhinn leis a ghéire agus a fhuaire a bhí. Bhain sé plaic eile as an gcaiscín úr. Bhí sé te as an oigheann. D'ith sé greim cáise. Ach bhí a chluasa ar bior.

'Tá Ó Néill sáinnithe,' arsa an sagart. 'Ní ligfidh Rí na Spáinne amach as an Róimh é ar ór uile Mhontaesúma, bíodh is gur bhreá leis an bPápa féin go n-imeodh sé i dtigh an diabhail. Amárach dá bhféadfadh sé. Os a choinne sin, tuigeann an bheirt acu, Pilib agus an Pápa, gurbh fhearr leo Ó Néill a bheith acu ná uathu. Ar an ábhar sin, tá Iarla Thír Eoghain acu mar a bheadh maistín gadhair drochmhúinte

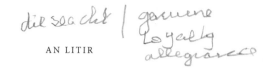

ann agus é ar shlabhra gearr. B'fhearr leo ina bhagairt é ná ina bhaol. Ní ligfidh siad leis. Fanfaidh Ó Néill san áit a bhfuil sé.'

Tháinig Parthalón leis na deochanna agus chuir cogar i gcluais Lúcáis fad a bhí sé á leagan ar an mbord. 'Dúirt mé leis an máistir go raibh tú anseo,' ar seisean i gcogar. 'Tá sé ag déanamh cuntas thuas staighre faoi láthair ach tá sé ag súil leat.'

Ní raibh Lúcás ag iarraidh aon chuid den chomhrá seo a chailleadh. Dúirt sé go rachadh suas chuige i gcionn tamaillín.

'Ní baileach go n-aontaím leat,' arsa an file. 'Má fhaigheann sé scéala as Éirinn, an scéala seo a bhfuil Barnal ag caint air, ó uaisle uile na tíre agus ó chléir na hEaglaise, tiocfaidh sé. Ní choinneodh an Pápa é in éadan a thola. Níl a fhios agam faoi Philib na Spáinne ach bheadh an Pápa díreach leis. Ar mhaithe leis an gcreideamh.'

'Ní dóigh liom go bhféadfadh an Pápa ná Rí na Spáinne Aodh Mór Ó Néill a choinneáil in éadan toil mhuintir uile na hÉireann,' arsa an Constábla.

Rinne Peadar gáire beag searbhasach agus thug neamhaird ar dhílseacht chroíúil an Chonstábla.

'Taispeánann sé sin, a Thanaí Bhuí, a laghad atá ar eolas agatsa faoi chúrsaí creidimh; faoi chúrsaí na hEaglaise Caitlicí Aspalda Rómhánaí go háirithe. Dá airde a théann tú inti, is ea is sleamhaine a bhíonn leaca a chuid dorchlaí rúnda agus is ea is lú is féidir brath ar aon rud a deirtear iontu. Táim á rá seo ar mhaithe leis an scorach,' agus bhreathnaigh Peadar Cléireach trasna an bhoird ar Lúcás a bhí ag cangailt leis. 'Dá airde a théann tú san eaglais nó sa chúirt nó in oifigí rialtais is ea is mó a chaithfeas tú a cheilt agus is ea is mó a cheilfear ort. Má bhíonn sé i ndán duit riamh, a fhir óig, a bheith ag plé le lucht ceannais eaglaise agus stáit, bí san airdeall orthu. Tugann siadsan cúirtéireacht air. Bréagadóireacht a thugaimidne air.'

Sméid Lúcás a cheann ar Pheadar de bheagán. Bhí a bhéal lán. Ba í comhairle an ghnúiseacháin í a tháinig chuige gan iarraidh. Ach ní raibh sé míbhuíoch.

'Ní dhéarfaidh mé tada ach déarfaidh mé an méid seo, a fhir óig,' arsa Peadar, agus thosaigh sé ag bualadh a uisinne le méar fhada na láimhe deise. 'Istigh anseo, istigh i do chloigeann féin, bí ag ceistiú, bí ag fiafraí. Mar tá an méid seo cinnte, ní mar a shíltear bítear.'

Agus mar dhearbhú ar thábhacht a raibh ráite aige, chuir an Cléireach méara a dhá lámh thart ar an gcuach de ghloine mhodartha lán d'fhíon fuildearg agus d'ardaigh chun a bheola í. Is éard a chuir sé i gcuimhne do Lúcás sagart ag ardú na cailíse le linn an aifrinn.

'Feictear domsa,' arsa an Constábla de ghlór bog pléideála, 'má tá an Míoch agus Ó Néill ag obair as lámha a chéile, agus na Gaeil agus na Gaill ar aon intinn, agus na Proinsiasaigh agus na hÍosánaigh agus do dhream féin a Pheadair, agus an chléir Ghaelach uile ar aon chosán, feictear domsa gur iontach an scéala é sin.'

Bhreathnaigh an Constábla thart ó dhuine go duine acu sular labhair sé arís.

'Níl uathu ach scéal a chur chuig Ó Néill agus tá an tír lasta.'

'D'fhéadfadh sé go bhfuil an ceart agat a Chonstábla,' arsa Peadar Cléirleach, ag breathnú trasna an bhoird anonn ar Lúcás. 'Ach nach bhféadfadh sé tarlú freisin go bhfuil freagra na ceiste ina shuí ag an mbord in éineacht linn.'

Chuir an ráiteas an croí trasna ag Lúcás. Leag sé síos an babhla a bhí lena bheola aige gan ól de. Bhí súil aige nár thug na fir aon rud faoi deara. Chaith sé féachaint sciobtha ar an sagart ach ní dúirt sé tada. Bhí air smaoineamh. Ní fhéadfadh sé go bhfuil aon eolas ag Peadar Cléireach ar an litir. Nó an bhféadfadh? Ar aon chuma, níl ionamsa ach duine óg, ar seisean leis féin. Níl a fhios agamsa tada faoi na cúrsaí seo. Leis an smaoineamh beag sin, d'éirigh leis é féin a shuaimhniú.

Ach bhí an triúr acu fós ag fanacht ar fhreagra, iad ag stánadh ar Lúcás agus fiosracht mhór orthu.

Fós ní dúirt sé tada.

'Anois a fhir óig,' arsa Peadar, 'ná bí ag ligean saontachta ort féin. Fág cuma na neamhurchóide faoi na filí, dála Thanaí anseo.'

'Níl a fhios agam céard faoi a bhfuil sibh ag caint,' arsa Lúcás.

Shín an Cléireach a lámh dheas i dtreo Lúcáis agus chas an bhos in airde.

'Breathnaigí air, a fheara, neamhurchóid na nÍosánach. Ceann de na rudaí is áille agus is bréagaí ar an saol seo.'

Bhí Lúcás sáinnithe. Ach sula raibh deis aige freagairt, thug Tanaí sonc dó.

'Tá sí do d'iarraidh,' ar seisean ag bagairt a chinn i dtreo an chúinne fíorthrasna uaidh ar an taobh eile den tábhairne.

Bhí Nábla tar éis a bos a chur lena leiceann agus bhí sí ag stánadh trasna ar Lúcás. Nuair a chonaic sí go raibh sé ag breathnú uirthi thosaigh sí ag lúbadh a méire agus aoibh bheag mheallacach ar a béal.

Nábla Nua, an bhean ba mhó cáil i gcathair na Gaill-imhe uile, deirtí; cinnte ba í an Gaillimheach mná í ba mhó a raibh caint uirthi i gcalafoirt na hEorpa. B'in í thall í agus an captaen loinge fós ar adhastar aici. Ba as uachtar an Chláir do Nábla, duine de mhuintir Mhic Con Mara, ar chuir a hathair an ruaig uirthi nuair a fuair sé amach go raibh sí ag iompar agus gur giolla capaill an t-athair. Tháinig sí go Gaillimh, agus de réir a chéile, tháinig i gcomharbacht ar Nábla eile, báirseach mhór de Mháilleach as taobh thuas d'Acaill. Ba in é an fáth a ndeirtí 'Nua' léi. Bád Mór na Gaill-imhe an leasainm a bhíodh ag cuid acu uirthi; mar gheall ar an méid fear a d'fhéad sí a thógáil in aon oíche amháin, a deirtí go maslach agus go míchruinn. Ach bhain an chaint uile, déarfainn, leis an am sular thosaíomarna ar scoil.

Ba mhó ba bhanríon anois í, aghaidh álainn aici agus gan ach corr-roc timpeall na súl. Is cuimhin liom Jacques féin á rá linn uair amháin gur maith leis ann í. Teastaíonn duine éigin a choinneodh súil ar chuid de na cailíní sin a dúirt sé. Bheadh cuid acu sin in abhainn na Gaillimhe murach ise nó díolta le foghlaí brocach éigin. Ba Fhrancach é Jacques nár ghéill do shagart ná do mhinistéir ná do chuid mhaith de chur i gcéill an tsaoil. Ach an uair sin, nuair a bhí mé in aois sin na hóige, agus gan mórán den saol mór feicthe agam, b'aisteach liom leithéidí Nábla sa seomra thíos, agus ansin, ar an urlár os a cionn, péarla an tí, Isabelle Brochard, an cailín óg canta cúirialta ab áille is ab uaisle d'ógmhná na cathrach, ach gan í leath chomh sotalach ná chomh pioctha péacach leis an gcuid is mó acu.

'B'fhearr duit dul go dtí í,' arsa an Constábla agus ba dheacair léamh ar an gcaoi ar dhúirt sé é, cé acu an raibh sé míshásta go raibh an tseanmheirdreach ag piocadh ar an mbuachaill óg nó an é go raibh oiread measa aige ar Nábla gur shíl sé gurbh fhiú go mór do Lúcás labhairt léi.

'Is breá liom i gcónaí í,' arsa Tanaí ag lig sé osna. 'An mhangarsach mhórchroíoch,

Bhí Lúcás i bponc. Rud amháin a bheith ag labhairt le seanchomrádaí a athar ach níor thaitin sé riamh le Jacques go mbeadh buachaillí an Choláiste ag fanacht thart agus ag coinneáil comhluadair leis na custaiméirí. Bhí Jacques ag iarraidh a bheith dílis d'Alasandar Luínseach agus na scoláirí a choinneáil amach as an tithe ósta, go háirithe Le Brocard ó bhí sé chomh gar sin don scoil agus do na céibheanna araon. Ach dá mbeinn macánta is ann a fuair mé tuiscint ar b óth an saol mór den chéad uair agus a d'éirigh mé ceannúil ar an 'humanum' sin a mbíodh lucht an léinn nua ag caint air, bíodh sé chun mo leasa nó chun m'aimhleasa, ní bhraithim gur chuir sé isteach riamh ar mo chuid oibre.

'Déan deifir. Ná coinnigh an bhean uasal ag fanacht,' arsa Tanaí agus thug sé sonc eile dó.

Chuir Lúcás clannóg dá ghruaig fhionn siar agus d'éirigh sé. Bhí fiosracht anois air go háirithe ó ba é seo an chéad uair a labhair sé le Nábla. Lig duine de na mairnéalach fead as agus é ag dul thar an mbord acu i lár an urláir.

'Fada go gcuirfeadh sí fios ormsa,' arsa duine eile acu.

Bhí súile gach duine sa teach ósta air, fiú is na seanfhir a bhí ag imirt táiplise; gach duine ach amháin an bheirt Bhascach, más in a bhí iontu, a bhí sa chomhluadar i lár an tseomra. Bhreathnaigh siadsan ar a chéile amhail is go raibh sé uile feicthe cheana acu. Sin é an uair a déarfá gur cineál leanbh ó aréir é Lúcás. Chuaigh sé tharastu uile amhail is nach bhfaca is nár chuala tada.

Sheas sé os comhair Nábla. Ba bhean bhreá í an uair sin ach roc nó dó, mar a deirim. Ach bhí a gruaig fós chomh dubh le sméar agus a haghaidh, cén chaoi a gcuirfinn é, dealfa, caolchruinn, agus soineachtacht na hóighe inti i gcónaí. Bhí gúna mór fairsing de shról dearg uirthi agus frigisí iomadúla dubha faoin gcoiléar íseal air agus faoi na muinchillí. Déarfá gur bronntanas é a thug Captaen Spáinneach leis agus é ag súil lena comhluadar arís ag deireadh an turais. Bhí Lúcás anois ag breathnú anuas ar an mbrollach cáiliúil aimpléiseach agus ar an muince de gheamaí buídhearga is d'ómra a bhí ina luí uirthi.

'Cá bhfaighfeá buachaill chomh slachtmhar leis seo sa Spáinn?' arsa Nábla lena compánach.

Sméid an fear eile le Lúcás mar chomhartha umhlaíochta do Nábla ach ní raibh a chroí ann. Bhí croiméal dubh ag sileadh síos dhá thaobh a bhéil agus craiceann donn a fuair go leor de dhrochíde na farraige agus na gréine. Ba dheacair a rá cé acu a raibh Gaeilge aige nó nach raibh. Is cinnte nár fháiltigh sé roimh an gcur isteach.

'Señor Capitán,' arsa Nábla leis, 'Me agradece presentarle el hidalgo Lúcás Ó Briain.'

Bhreathnaigh sí ar Lúcás.

'A Lúcáis, este capitán es el señor Delmiro Vazquez y Rivas de La Coruna.'

Ba dhrámatúil an éifeacht a bhí leis an gcúpla focal Caistílise. D'éirigh an Captaen ina sheasamh ar an bpointe agus shín amach a lámh do Lúcás.

'Tengo mucho gusto en conocerle, señor,' arsa an captaen.

'Yo tambіén, Señor Capitán,' arsa Lúcás ag tarraingt ar na ranganna comhrá Spáinnise a thugadh Alasandar Luínse uair sa tseachtain fad ba bheo dó.

'Ní hí an Chaistílis a theanga, a Lúcáis, ach Galego. Cheapfá gur Gaeilge í ach ní hea.'

Rinne sí gáire beag agus chuir bos a láimhe in airde i dtreo an stóil ba ghaire di.

'Suigh síos, a leanbh, agus bí ag caint linn.'

Tharraing Lúcás an stól aníos agus shuigh in aice le Nábla. Shuigh an Captaen síos arís ar a thaobh seisean.

'Suigh níos gaire dhom, a stór. Teann liom.'

Bhí glúna Lúcáis anois, geall leis sáite i bhfilltí fairsinge sróil agus ribíní síoda ghúna Nábla. Leag sí lámh ar a ghlúin.

'Ní minic anois a bhíonn sé d'ádh orm buachaill óg a bheith ina shuí in aice liom. Murab ionann agus...,' lig sí osna drámatúil agus bhreathnaigh ar an gCaptaen Delmiro. Sméid seisean ar ais uirthi. Ba léir nach é an oiread sin Gaeilge a bhí aige.

'Delmiro,' ar sise leis go séimh ag cuimilt a leiceann go héadrom le méara na láimhe eile.

Fuair Lúcás amach ar an nóiméad sin gur thaitin Nábla

leis. Bhí sí séimh thar mar a shíl sé a bheadh sí, agus bhí sí in ann daoine a láimhseáil agus ní bheadh a fhios ag aon duine a cuid smaointe bíodh is gur dócha go bhféadfá brath ar a cuid mothúchán. Agus bhí fianaise aige anois ar an gcumas agus ar an gcruinneas teanga a bhí aici a bhí cosúil go maith leis an ábaltacht a bhí aige féin. Bhí bá éigin aige léi agus tháinig sé ar thuiscint éigin don mheas a bhí ag daoine eile uirthi. Thuig sé níos mó fós dó sin faoin am a bhí an comhrá thart.

'Abair liom faoi do chuid staidéir, a Lúcáis. Cloisim go bhfuil tú ag freastal ar Choláiste an Luínsigh.'

B'ionadh leis go raibh an chuma air go raibh gach uile eolas ag Nábla, a ainm, a éirim teanga, an áit a raibh sé ag dul ar scoil. Ach is beag rud i nGaillimh nach raibh a fhios ag Nábla faoi.

Dúirt Lúcás léi go raibh agus d'inis sé di faoi na hábhair a bhí acu.

'Reitric. An gcloiseann tú sin a Delmiro? Anois céard a deir tú le Gaillimh?' Lig sí béic mhór gáire aisti. 'Beirim barróg ort, a leanbh.'

Chuir sí a lámha amach agus dhruid Lúcás níos gaire di le go bhféadfadh sí a lámha a chur timpeall air agus é a tharraingt chuici féin agus chuig a brollach síodúil. Bhí iontas air nuair a bhraith sé an cholainn chaol a bhí mar a bheadh cnó milis bán i mblaosc bog an tsíoda agus an tsróil. Bean dea-chumtha leabhair ba ea í i mbarr a maitheasa. Ach ba mhó an t-iontas a bhí air leis an rud a dúirt sí. Bhí a leiceann seisean ar a gualainn sise agus a shrón ag cuimilt leis na fillitíní agus leis na ríbíní cumhra dearga agus dubha ar bharr a coiléir agus bhí an cholainn inbhraite agus an mhusc rímhealltach nach raibh aon taithí aige air ag cur ré roilleagáin ina cheann.

'Tabhair aire, a Lúcáis,' ar sise i gcogar chomh híseal gur ar éigean a chuala sé é. 'Táthar sa tóir ort. Tá fear acu ina shuí as féin ag an gcuntar.'

Ansin thóg sí a lámh de.

'Cár fhoghlaim tusa caint mar sin,' ar sí de ghlór ard. 'Buachaill chomh hóg leat.' Bhrúigh sí uaithi é.

Dhearg Lúcás go dtína cluasa.

'Imigh uaim, a rógaire,' arsa Nábla ag gáire go hard.

Bhuail sí go héadrom ar an nglúin é faoi dhó. Ba chomhartha dó é go raibh an t-agallamh thart is gur cheart dó imeacht.

D'éirigh sé ina sheasamh.

'Ach tar ar ais, uair éigin,' ar sise ag síneadh amach a láimhe a raibh fáinní óir go leor ar a méara. Is é an fáinne a raibh an agáit dhonnrua ghlé choimpléaxach ann a thairg sí dó le pógadh. Liag lómhar, a chuala sé ina dhiaidh sin, a raibh cosaint ann ar dheamhain is ar naimhde agus a thug sciamh agus grástúlacht agus bua urlabhra don té a theagmhaigh léi. Phóg sé an agáit dhonn go grástúil ainneoin na náire a bhí air.

D'éirigh an Captaen Spáinneach ina sheasamh. Ba léir a shástacht go raibh Lúcás ag imeacht. Shín sé amach a lámh. Thóg Lúcás í.

'Señor,' arsa an Captaen.

'Señor Capitán,' arsa Lúcás.

Chas sé uaidh agus rinne sé a bhealach trasna an

tseomra. Ní raibh aon gháir as na custaiméirí anois ach iad uile cromtha ar a gcuid gnótha féin. Bhí stádas áirithe bainte amach ag Lúcás de bharr na heachtra ach bhí an eachtra féin thart. Bhí, agus ábhar eile tugtha dó a gcaith-feadh sé meabhair a bhaint as.

15

Cluichí

'Bhuel, a Lúcáis,' arsa an Constábla leis, 'ceapann na fir mhóra seo gur duine maith thú agus tá an chuma air go raibh sí féin breá sásta leat freisin.'

'Ag éirí tuirseach den Chaptaen Vazquez y Rivas, cuirimse geall,' arsa Peadar Cléireach agus é ar bís go gcloisfeadh sé a ndúirt sí leis. 'Céard dúirt sí leat?'

'Níl ann ach sagart a chuirfeadh ceist mhínáireach mar sin ar fhear óg,' arsa an File. 'Ná déan d'fhaoistin leis siúd, a bhuachaill, pé rud eile a dhéanann tú.'

Lig Lúcás don urla fionn titim anuas thar a chlár éadain ionas go bhféadfadh sé súil a chaitheamh i dtreo an chuntair. Bhí imní air gurb é an Sionnach a bhí ann, é éalaithe isteach sa tábhairne gan fhios dó. Ina ionad sin chonaic sé gíoplach garbh d'fhear óg i gculaith ghaelach nach raibh tugtha faoi deara cheana aige. Bhí féasóg dhubh air agus glib ghruaige anuas ar a leathaghaidh chomh dubh le sciathán préacháin. Bhí sé ina shuí ar stól ard ag an gcuntar agus é claonta sa treo is go bhféadfadh sé bord an Chonstábla a fheiceáil gan a chloigeann a bhogadh. Chuir sé dinglis aisteach i gcolainn Lúcáis a bheith ag breathnú air faoina fhabhraí: arbh é go bhfuair an Sionnach teachtaire níos fearr ná é féin? An raibh spiairí ag an Sionnach ar fud na cathrach? Arbh fhéidir gurbh é seo an duine a mharaigh Murchadh Shéamais? Agus a sháfadh scian i Lúcás féin dá bhfaigheadh sé an deis, b'in é go díreach an chuma a bhí air. Bhí Lúcás réidh le rith dá mbogfadh sé ina threo.

'Táimid sásta, a Lúcáis,' arsa Peadar Cléireach, 'Ach chuir mise ceist ort sula ndeachaigh tú sall chuici féin agus ní dóigh liom go bhfuair mé freagra.'

Bhraith Lúcás go raibh sé fós á thástáil ag na fir seo ach, anois, go bhféadfadh sé brath ar an gConstábla. Is é a tháinig i gcabhair air.

'Céard atá i gceist agat a shean-Doiminiceánaigh dhóite. Abair amach é.'

'Íosánach é Alasandar Luínseach,' ar seisean. 'Nó ba ea. Cosúil liomsa, bhris sé tríd, bealach amháin nó bealach eile. Ba mhaith liom a fhios a bheith agam céard a cheapann Lúcás, mar scoláire dá chuid, cé acu an bhfuil Aodh Mór ar a bhealach go hÉirinn nó nach bhfuil?'

Arís ní dúirt sé tada.

'Bhuel, a Lúcáis,' arsa Peadar Cléireach ag sméideadh air le teann searbhais. 'Inis dúinn. Céard í an chaint i scoil na nÍosánach faoin scéal seo?'

Bhí súil ag Lúcás nár róléir an faoiseamh a tháinig air. Bhí a fhios aige anois nach raibh aon eolas ag an sagart nár cheart a bheith aige.

'Deir an Luínseach gur fearr dúinne scoláirí ár n-aire a thabhairt dár gcuid leabhar agus gan a bheith ag éisteacht le caint na sráide.'

Phléasc an Constábla amach ag gáire.

'Caint na sráide! Maith thú, a Lúcáis,' ar seisean ag bualadh an bhoird le sástacht. 'Agus maith thú a Alasandair Lúinse. Caint na dtithe ósta atá sé a rá.'

D'ardaigh Lúcás an babhla arís agus d'ól an chuid den bhláthach a bhí fágtha. Bhraith sé go raibh sé tar éis teacht tríd. Maidir leis an bhfear dubh, bhí sé ag ól leis agus gan aon aird ar Lúcás aige, shílfeá.

'Mura bhfuil ann, a chairde,' arsa Tanaí Buí Ó Maol Chonaire, 'ach caint an tí ósta, tá deireadh linn. Tá sé chomh maith dúinn iompú inár bProstastúnigh.'

'Níorbh é an beart ba mheasa dúinn é,' arsa Peadar Cléireach. 'Táimse i bhfabhar saorchleachtadh an chreidimh. Agus ainneoin Chichester, sílim go bhfuil an Rí Séamas ar aon intinn liom. Tá a fhios agam gur aisteach an rud sean-Doiminiceánach á rá sin ach is fíor é. Ar an ábhar sin, bhí tráth ann agus bhí mé ar thaobh Uí Néill, mar shíl mé gurb in a bhí uaidh siúd freisin. Saorchleachtadh an chreidimh. Ach ní hé sin a theastaíonn ón bPápa agus ní hé sin a theastaíonn ó Rí na Spáinne. Céard a deir Alasandar Luínse faoi sin?' ar seisean ag stánadh idir an dá shúil ar Lúcás arís. 'An bhfuil Alasandar Luínse ar son saorchleachtadh an chreidimh?'

Bhreathnaigh Lúcás ar ais air. Dar leis nach go rómhaith a réitigh an aghaidh chruinn leis an searbhas ach an oiread is a réitigh míneadas mhéara an tsagairt le fíon an tí ósta. Bhí air a bheith cúramach thart ar Pheadar Cléireach. Bhí na ceisteanna aige mar bhaoite milis a raibh crúca géar istigh ina lár. Ach ina dhiaidh sin is uile ní móide go raibh aon dochar ann.

'Bheadh sé ag aontú leis, cheapfainn, bíodh is nach labhraíonn sé linne, scoláirí, faoi aon ní den tsórt sin.'

'Agus an creideamh a bheith á chleachtadh faoi cheannas an Rí Séamas nó faoi cheannas an Phápa?' arsa an sagart briste.

'Leag as,' arsa an Constábla le húdarás. 'Ní thugaim aon chead duitse, a Pheadair Cléireach, aon sacramental test a chur ar aon duine faoi bhun ocht mbliana déag d'aois.'

'Faoi cheannas Uí Néill, b'fhéidir?' a chaith an File isteach le teann mioscaise.

Ba thástáil eile ar Lúcás í. Ródhúthracht ar son Uí Néill, chuirfeadh sé ceangal air a thuilleadh a rá. Ach b'ionann iarracht Ó Néill a shéanadh agus an comhluadar seo a mhaslú. Rinne Lúcás a mhachnamh.

'Ní mac m'athar mé,' ar seisean ansin, 'mura dtacóinn le hÓ Néill.'

'Sách ráite, a Lúcáis a chroí. Sách ráite,' arsa an Constábla ag bualadh an bhoird go héadrom arís lena mhéara — bhí sé ríméadach.

'Maith thú, a Lúcáis,' arsa an File, é sásta leis an dearbhú dúchais, ginealaigh agus dílseachta athartha a bhí faighte aige. 'Is iomaí Brianach ann ach níl ach fíorbheagán acu ina gcrochadóirí.'

Níor labhair Peadar ar feadh ala. Ansin d'ardaigh sé a ghloine agus bhreathnaigh ar Lúcás.

'Maith linn do phietas, a Lúcáis. Agus is maith linn d'éirim aigne. Ach cuimhnigh, dála Ainéas, go dtig leis an athair a bheith ina ualach chomh maith le bheith ina eiseamláir.'

D'ardaigh sé a ghloine de bheagán.

'Do shláinte, a Lúcáis,' ar seisean agus thug sé an ghloine chun a bheola agus bhain súmóg as.

Chroith Lúcás a chloigeann in ómós na honóra a bhí bronnta air. Ansin chuir sé an píosa deireanach aráin agus an blúire deireanach cáise ina bhéal. Na tástálacha beaga seo a bhí curtha air, bhí an chuma air go raibh sé tar éis teacht tríothu go maith. Bhí sé ar tí éirí agus a chead a ghabháil leis an gcomhluadar nuair a labhair an Doiminiceánach arís.

'Feictear domsa,' a bhí Peadar Cléireach ag rá agus é ag filleadh ar an argóint, 'go bhfuil sibh ag breathnú ar an scéal seo uile ar an mbealach contráilte. Breathnaígí air mar dhráma. Sin an méid atá mé a rá libh.'

'Dia á réiteach, a Pheadair,' arsa an Constábla, 'bíonn sé deacair thú a leanúint, scaití. Tá cloigeann agat mar a bheadh coinicéar.'

'Murab ionann agus Tanaí,' arsa Peadar agus é faoi lán tseoil anois, 'traenáladh mise sa Fhrainc áit a dtugtar a gceart don chiall agus don réasún. Bímse ag iarraidh breathnú ar an dá thaobh. Tá sibhse ag caint amhail is gur ar Ó Néill atá gach uile rud ag brath. Tá mise á rá libh gan bacadh lena bhfuil ar siúl chun tosaigh ar an stáitse. Breathnaígí taobh thiar. Níor luaigh sibh na Sasanaigh ar chor ar bith. Céard faoi Chichester?'

Shaighid sin an File chun cainte agus b'in é, is dócha, an rud díreach a theastaigh ó Pheadar a dhéanamh.

'An séacla mór as íochtar ifrinn! An gleidire gintlí urghrána, an strabhasachán eiriceach, míchinniúint Ghael, sás crochta na cléire macánta. B'fhearr liom dul i gcomhrá le seacht ndeamhan seachtó pholl tí Lóbais ná ainm an ainspioraid sin fiú amháin is a lua.'

'Sin bealach rí-éifeachtach le plé agus diospóireacht a chur chun cinn, a Thanaí,' arsa Peadar go searbhasach. 'Ná labhraimis faoi Chichester mar sin. Labhraimis faoi dhuine níos cumhachtaí ná é, Rúnadóir an Rí, Salisbury.'

'Salspraí,' arsa Tanaí ag déanamh giosáil lena theanga ar an dá 's' le drochmheas agus chuir sé glór cantaireachta arís air féin. 'An bunsorachán crúbach, an giortachán goirt, an foraire forghrána doilbhir duairc, ní fheiceann aon duine a chonablach moilt, ach feiceann sé féin gach uile chuairt.'

'Daoine macánta iad Chichester agus Salisbury,' arsa Peadar.

'Hea! An bhfuil tú ag magadh fúm,' arsa an File ag ardú a ghloine d'fhíon saic. Ba í an uain dó siúd pléascadh anois. 'Daoine macánta! Ag marú easpag ar chroch agus ag fiach sagart ar thaobh an tsléibhe? Dia á réiteach. Salisbury! Nach é siúd a rinne plota mór an phúdair agus a leag anuas ar na hÍosánaigh é? Tugann tú duine macánta, i ndomhnach, ar… ar….'

Bhain an File sumóg as a dheoch. Bhí sé ag lorg focail. Bhí an chuma air go raibh sin ag cinnt air go dtí gur tháinig an buafhocal a theastaigh uaidh chuige de thinfeadh.

'Ar… ar… ar an Ardphlotadóir é féin!' ar seisean agus bhain sé súmóg as an bhfíon geal. Ba dheacair a rá cé acu ba mhó ar bhain sé pléisiúr as, as an deoch nó as an bhfocal nua a bhí díreach cumtha aige.

'An tArdphlotadóir,' ar seisean arís agus chuir sé a

theanga thart ar a bheol uachtair agus leag an ghloine ar ais ar an mbord.

'Ainneoin do chuid rámhaillí, a Thanaí,' arsa Peadar Cléireach, 'tarlaíonn sé corruair, de do mhíle buíochas, is dóigh liom, go mbíonn an ceart agat. Níl sa chuid eile, an Míoch, Ó Néill, cá bhfios cé eile acu, níl iontu sin uile ach plotadóirí beaga. Is ag an bplotadóir mór a bheidh an lá.'

D'ól Peadar Cléireach súmóigín eile den fhíon dearg.

Chaith Lúcás súil i dtreo an fhir dhuibh. Bhí sé ina sheasamh anois, a dhroim leis an gcuntar, a dhá uilleann ina luí air taobh thiar de, a aghaidh ceilte ag an nglib. Bhí cuma mhífhoighneach air.

Bhí Lúcás é féin ag éirí mífhoighneach. Theastaigh uaidh imeacht suas staighre agus tús a chur leis an mbabhta pionsóireachta. Ach bhí rudaí á rá ag an mbord a theastaigh uaidh a chloisteáil. Thosaigh an Cléireach arís.

'Tá fear amháin atá inchurtha leo,' a dúirt sé. 'Cé atá sa Lováin i láthair na huaire?'

'Aodh Mac Cathmhaoil an leibide,' arsa Tanaí.

'Ní hé siúd é mar sin,' arsa Peadar ag díriú ar an gConstábla. 'Má thugann Tanaí leibide air.'

'Céard atá i gceist agat, a Pheadair, abair amach é.'

'Cé eile a bhíonn sa Lováin?'

Ní raibh mórán taithí ag Lúcás ar chaint pholaitiúil chomh grinn leis seo. Ní minic a théadh comhrá an Chonstábla chomh domhain seo nuair a thagadh sé ar cuairt chuig an teach agus ní mórán thar ghearáin agus chnáimhseáil a chloiseadh sé óna Dhaideo. Agus dá fheabhas iad Ó Dorchaigh agus an Máirtíneach agus Ó

Máille níor mhórán le rá iad lena n-ais seo. Bhí go leor eolais faighte go dtí seo aige a bhain go díreach leis an tasc a tugadh dó go rúnda agus a raibh sé tiomanta dó anois: scéal an Mhíoch sa Róimh, comhairle na dtaoiseach, plotaireacht Salisbury — arbh fhéidir gurbh é an Sionnach a bhí ag obair thar a cheann in Éirinn; agus an fear a bhí ag an gcuntar ag obair thar ceann an tSionnaigh. Theastaigh uaidh pointe Pheadair a chloisteáil.

'Fear do shloinne féin, a Thanaí,' ar seisean sa deireadh. 'Ard-Easpag na háite seo. Florentius. Sin é an fear a bhfuil greim aige ar a bhfuil i ndán d'Éirinn na nGael.'

'Fear maith é Ó Maol Chonaire.' arsa an Constábla.

'B'fhéidir nach mbím ag léamh mo phortúis chomh minic is ba cheart ach ní hin le rá nach mbím ag labhairt leo siúd a bhíonn.'

Arís ar an mbealach grástúil beadaí a bhí aige, thóg an Cléireach blogaimín den fhíon dearg.

'Tá a fhios ag an saol mór,' ar seisean nuair a bhí ólta aige, 'gurb é Flaithrí Ó Maol Chonaire teanga labhartha Uí Néill. Nach bhfuil lámh dhearg Uí Néill fiú mar shuaith-eantas pearsanta agus mar shéala anois aige. Is é teanga na nGael é, i Maidrid, agus sa Róimh, agus i Lobháin. Agus cibé cén áit eile a mbíonn sé. Agus mura mbíonn sé anseo, ina dheoise féin, tá fear ionaid aige.'

'Tá Flaithrí go maith,' arsa an file. 'Éire Ghaelach atá uaidh. Gaeil is Gaill na hÉireann le chéile in aon bhuíon amháin síochána, agus a dteanga féin faoi réim is faoi ráthúlacht.'

'Tá Flaithrí cumasach. Is é amháin atá in ann ag an gcluiche i láthair na huaire,' arsa an sagart ag leagan a ghloine ar ais ar an mbord. 'Agus ná bíodh aon amhras oraibh ach gur cluichí atá i gceist, cluichí, plotaí, drámaí stáitse.'

Rinne Tanaí gáire go tobann.

'Cosúil leis an tseanbheirt,' ar seisean ag bagairt a chloiginn i dtreo na na n-imreoirí táiplise ar an taobh tall.

'An ceart go díreach agat, a fhile,' arsa Peadar. 'Agus tá an ceart agat faoi Fhlaithrí. Tá Flaithrí go maith. Ach níl sé maith go leor, mar níl aon rí aige. Teastaíonn Rí ó dhuine maith.'

'Tá sin fíor,' arsa Tanaí ag caitheamh súile i leataobh ar Lúcás. '"Dlighidh ollamh urraim rí."'

Níor le Lúcás ab fhaillí é.

'"Dlighidh rí cách a chomhdhíon."'

'Hea,' arsa Tanaí. 'Tá mo chol ceathair ag múineadh dánta na mBrianach daoibh. Maith thú, a Lúcáis.'

'Nó le bheith cruinn faoi,' arsa Peadar ag leanúint air, 'tá dhá rí aige. Séamas agus Pilib. Ach más fíor do Thomás anseo, ní bhaineann sin le hábhar.'

'Céard iad na cluichí seo, a Pheadair,' a d'fhiafraigh an Constábla. 'Shíl mise nach raibh ann ach an t-aon chluiche amháin, muidne in aghaidh na Sasanach.'

'Ceapann Flaithrí go bhfuil Rí na Spáinne aige ach níl. Ba mhaith leis go mbeadh an Pápa aige ach tá cluas an Phápa ag Lombard, agus is í Éire Chaitliceach an tSax-Bhéarla a theastaíonn ó Lombard agus sin faoi cheannas an Rí Séamas. Éire Ghaelach a theastaíonn ó Fhlaithrí faoi cheannas an Rí Pilib.'

'Agus an cluiche?' a d'fhiafraigh Tanaí.

I rith an ama bhí Lúcás ag caitheamh súile i dtreo an

chuntair. Bhí a namhaid fós ann. É ina shuí arís anois agus é ag féachaint ar na mairnéalaigh i lár an tseomra.

'An cluiche ná é seo,' arsa an Constábla le grinneadas gonta an fhir mhíleata, 'Gaeil agus Gaill a theacht le chéile taobh thiar d'Ó Néill leis na Sasanaigh a ruaigeadh. Chuirfeadh sin Lombard ina thost.'

'An é sin é?' a d'fhiafraigh Tanaí den sagart.

'Is é, braithim,' arsa Peadar. 'Tá an ceart ag an gConstábla. Sin a theastaíonn ó Florentius. Flaithrí uasal Ó Maol Chonaire. Cuirimse geall go bhfuil a viocáire ar thalamh na hÉireann, Liam Leathnaofa Luínseach, gar go maith don Chomhairle a raibh Barnal ag caint uirthi. Cá bhfios nach é féin a thug le chéile í.'

'B'fhéidir gurb é rúnadóir na Comhairle é,' arsa Tanaí.

'B'fhéidir é, a Thanaí. Cá bhfios domsa?'

Bhí Lúcás ag súil go bhfaigheadh sé a thuilleadh eolais faoi scéal na litreach agus féach anois go raibh sin aige: bhí an chuma ar an scéal anois go mb'fhéidir go raibh a fhios aige cé a scríobh í. Ach ní raibh na fir seo cinnte faoi rud ar bith. Bhí an t-eolas a bhí acu teoranta. Mar a dúirt an Constábla ar ball, ba í caint an tí ósta í. Nóiméad amháin bhí tú ag éisteacht leo ag caitheamh anuas ar a chéile agus an chéad nóiméad eile bhí filíocht ar bun agus níor luaithe sin thart nó bhí tú istigh i lár na polaitíochta agus eolas ar fáil duit nach raibh ach ag beagán daoine in Éirinn — má bhí sé cruinn, má bhí sé fíor. Bhí foinsí eolais acu seo; ba lucht léinn iad, b'intleachtaigh iad, ba státairí oilte iad. Ach ní raibh ar a gcumas na codanna difriúla den scéal a chur le chéile. Bhí siad in ann na radhairc a shamhlú agus bhí an chliar ar eolas acu ach ní raibh siad in acmhain an dráma a chur ar an stáitse gan trácht ar é a stiúradh. Ní raibh faoina stiúir, dá fheabhas iad, ach bord i dteach ósta, agus gan faoina réir ach an t-oslóir. Bhí eolas acu, ach b'eolas gan éifeacht é, eolas gan chumhacht.

'Breathnaígí ar na drámaí,' arsa Peadar. 'Muidne is na Sasanaigh. Ó Maol Chonaire agus Lombard. Séamas agus Pilib. Cé atá á stiúradh?'

Ach b'eolas ina dhiaidh sin é agus léirigh sé do Lúcás an tábhacht thar na bearta a bhaint leis an litir a bhí ina phóca. Ní todhchaí na hÉireann amháin a bhí i dtreis léi ach ardpholaitíocht na hEaglaise, chomh hard le comhairleoirí an Phápa féin.

Lig Peadar Cléireach osna amhail is gur thuig sé an easpa cumhachta a bhí orthu.

'Cén mhaith a bheith leis,' ar seisean. 'Dar le lucht na síochána is é an Rí Séamas an tAon sa chluiche anois. Agus tá a fhios ag Ó Néill sin freisin. I ndeireadh an lae tá Ó Néill chomh dona le haon duine acu,' ar seisean á léiriú féin mar dhuine nár réitigh an saol leis beag ná mór, ná eisean leis an saol, cuma cé a bhí i gceannas. 'Ar mhaithe leis féin a dhéanann an cat crónán. Ar mhaithe leis féin is ar mhaithe lena chuid talún a choinneáil, sin é an fáth ar throid Ó Néill. Agus sin é an fáth ar imigh sé.'

'Ní baileach go n-aontaím leat, a Pheadair. Scéala a dhul as Éirinn go dtí an Róimh á rá go raibh na Gaill agus na Gaeil ar fad ar aon taobh taobh thiar d'Ó Néill, d'iompódh sé sin an cluiche, cheapfainn, in éadan Lombard agus lucht an tSax-Bhéarla.'

'D'fhéadfadh sé, is dócha, a Thomáis.' arsa Peadar. 'Ach go dtí seo níl againn ach focal Bharnail air.'

Thosaigh Tanaí Ó Maol Chonaire ag déanamh geáitsí, ag síneadh a dhá lámh amach ar an dá thaobh agus ansin á luascadh suas síos go mall amhail gur éan é a bhí ag iarraidh eitilt. Ba é a iarracht siúd é beocht a chur ar ais sa chomhrá arís.

'Séamas an tAon thar aon neach
Deir Peadar léannta linn-ne
 Beithir é bhéarfas bua
 Adeir Cléireach an chróshnua.

'Fuil Fhearghusa faightear sin
Go calma ina chuisleannaibh
 Séamas dána dheargas lann
 De Ghaeidhil ársa Alban.

'Leis-sean síth ríocht na Saxan
Síth Éireann is sean-Alban
 Aodh Mór Ó Néill leor a leas
 Má dhéanann síth le Séamas.'

B'in é uile. Sampla breá é den aoibhneas a bhaineadh le Tigh Jacques na laethanta sin, meascán breá d'fhilíocht, de pholaitíocht, agus de chaint bhlasta, gan trácht ar bheoir is ar fhíon.

'Chum tú sin anois díreach?' arsa Peadar.

Chrom an file a chloigeann agus d'ísligh a lámha. Rinne sméideadh beag sástachta.

'Tá a rian air. Tá sé bacach mar phíosa fílíochta, a Thanaí. Ar an gcaoi chéanna gur bacach thú féin, a Mhaoil

Chonaire, agus gach uile fhile eile dá bhfuil in Éirinn beo.'

Bhí iontas ar Lúcás nár ghlac Tanaí aon olc le magadh an Chléirigh. Bhí an iomarca taithí aige air is dócha.

'Bacach, b'fhéidir agus déarfaidh na Sasanaigh go cinnte gur bacaigh muid. Ach táimid in ann seasamh asainn féin, más bacach féin muid. Agus sheas leis na mílte bliain. B'fhearr liom a bheith i m'fhile bacach agus mo theanga féin agam ná bheith ag brath ar theanga duine eile le mé a thabhairt ó áit go háit.'

'Abair an méid seo, a Pheadair,' arsa an Constábla le cibé dochar a d'fhéadfadh a bheith sa chomhrá a bhaint as ach gan an searbhas a bhí ina ghlór féin a cheilt. 'Más ar mhaithe leis féin amháin a bhí Ó Néill, cad chuige ar thugamar ar fad tacaíocht dó? Cad chuige, mar a dúramar ag an am, go rabhamar "dílis tairise grách umhal agus urramach dó, á fhreagairt gach uile uair a d'iarr sé é, agus ag dul leis de ló agus d'oíche in ngach áit a d'iarrfadh sé?" Bhuel?'

Bhí ciúnas ann. Bhí a shaol saighdiúra ar fad leagtha amach ar an mbord os a gcomhair sa chúpla abairt sin ag an gConstábla, na habairtí a chuir sé de ghlanmheabhair an chéad uair a liostáil sé. Frásaí nach raibh bailíocht dá laghad leo anois, mar gur bhain siad le saol nach raibh ann níos mó. Bhreathnaigh Peadar san aghaidh ar an gConstábla. Mhair an ciúnas beag, agus an comhluadar ag fanacht ar fhreagra Pheadair. Labhair sé sa deireadh go ciúin.

'Mar shíleamar go mbeadh an bua aige.'

Thit tost ar an gcomhluadar. Tar éis tamaill labhair an Constábla.

'Beidh an bua aige,' ar seisean de ghlór diongbháilte agus chuir sé a lámh shlán trasna a chliabhraigh agus rug ar a mhuinchille folamh, á chroitheadh. 'Beidh Ó Néill ar ais. Beidh sé ar ais. Agus má sheasann na Gaill linn ní bheidh duine ar bith in ann muid a stopadh.'

Bhreathnaigh sé ar Lúcás. Chonaic Lúcás idir mhisneach agus trua ina shúile boga lachtacha. Ansin rinne an Constábla gáire beag leis agus leag a lámh ar ais ar an mbord.

'Sin é mo chroí ag labhairt, a Lúcáis. Ach mura bhfuil croí agat níl tada agat.'

Shín Lúcás a lámh amach agus leag anuas ar chúl lámh mhór ghuaireach an Chonstábla í, rud a chonaic sé an Constábla féin a dhéanamh le lámh a Dhaideo minic go leor agus é ar cuairt sa teach.

'Nach gcaithfidh tusa dul suas staighre?' arsa an Constábla leis tar éis aga bhig.

Bhain Lúcás a lámh. D'éirigh sé. Labhair leis an mbeirt eile.

'Gabhaigí mo leithscéal, a dhaoine uaisle,' ar seisean, 'Tá Monsieur ag súil liom.'

Bhreathnaigh an Constábla suas air.

'Bí dílis do do chroí, a Lúcáis,' ar seisean.

Rinne Lúcás gáire beag.

'Go raibh maith agaibh, a fheara.'

16

Salle d'Armes

Chuaigh Lúcás thar an gcuntar go dtí an staighre. Ní raibh
aon rian den fhear dorcha ach muga folamh san áit a raibh
sé ag ól. Dhreap sé an staighre leathan dorcha go dtí an
chéad urlár. Bhuail cnag ar an doras.

'Tar isteach,' arsa an glór muiníneach ón taobh istigh.

D'oscail Lúcás an doras agus chuaigh isteach.

Is éard a chonaic sé roimhe seomra fairsing geal, an
ghrian ag claonadh isteach tríd an dá fhuinneog arda címe
a bhí ag breathnú siar ó dheas i dtreo an chuain. Bhí dhá
chomhthreomharán claonta lán le sraitheanna de mhuil-
eataí geala buí, breactha ar an urlár adhmad acu. Eatarthu
sin is ea a bhí Monsieur ina shuí taobh thiar dá dheasc, a
chloigeann breacdhubh cromtha os cionn na leabhar, an
cleite ag bogadh le scríobadh éadrom thar leathanach
cuntais.

''Lúcáis, mon ami,' ar seisean tar éis dó a chloigeann a
ardú le breathnú ar Lúcás. 'Bien arrivé. Lig dom na suim-
eanna seo a chríochnú agus beidh mé leat. Ní bheidh mé i
bhfad.'

Lean sé air ag breacadh figiúr. Dhún Lúcás an doras
mór taobh thiar de.

An grande salle a thugadh Monsieur Jacques Brochard ar an seomra seo aige. Ba é a láthair oibre é, a ionad páip-éarachais agus a áit chruinnithe. Nuair a bheadh ábhar ceiliúrtha aige, ba é an halla damhsa é. Nuair a theastódh ó Úna cuireadh chun béile a thabhairt dá muintir is dá gaolta, ba é an halla dinnéir é agus chuirtí bord fada tristéil suas síos ina lár, éadach donndearg damascach air, coinnleoirí craobhacha airgid anuas air sin agus gloiní arda geala ón Veinéis. Ar na hócáidí sin ghlantaí na leabhair is na billí is gach uile ní eile isteach i seomra an chléirigh, Daniel, a bhí ar thaobh na láimhe deise is tú i do sheasamh ar bharr an staighre. Ba sheomra breá é an Seomra Mór. Thaitin sé go mór le Lúcás. Nuair a thagadh seisean, ar ndóigh, ba é an Salle d'Armes é.

D'fhan Lúcás ina sheasamh ag ceann an staighre agus fuair boladh éadrom spíosraí agus min sáibh agus boladh dúich measctha tríd. Bhí ciúnas anseo cé is moite de chorrscread ard nó seitreach capaill aníos ón tsráid nó ó na céanna. Tríd an urlár trom aníos nó tríd an doras tiubh níor tháinig aon ghleo.

Fad a bhí Jacques ag cuntasaíocht, thapaigh Lúcás an deis le breathnú timpeall. Is ar an taobh eile den seomra ar fad, an taobh clé, a bhí an tinteán mór agus, ar gach aon taobh de, na doirse chuig na seomraí cónaithe agus chuig na seomraí codlata. Chuaigh sé go dtí an tinteán áit a raibh dhá bhloc mhóra adhmaid ag cráindó go ciúin dóibh féin.

Os cionn an mhatail bhí pictiúr mór ola. Portráid a bhí ann d'fhear i gculaith dhubh, rufa de lása geal bán faoina smig i bhfaisean na haoise seo caite agus ráipéar fada caol ar iompar aige lena thaobh. Bhí dornchla d'ór dorcha ar an gclaíomh. Dar le Lúcás ba é idéal an phionsóra uasail é. Athair Jacques, Charles Brochard, a bhí ann, portráid a rinneadh nuair a bhí sé fós i seirbhís Rí na Fraince.

Thaitin an uaisleacht chiúin le Lúcás, uaisleacht nach raibh mórtasach nó péacach ach iontuigthe, a bhain le hionraiceas smaointe agus iompair, seachas le gradam nó le teideal. Uaisleacht ar chuid de scil an phionsóra é. Bhí meigeal dubh biorach air agus féachaint dhíreach. Is éard a léigh Lúcás ar an bhféachaint sin ceist: Tuigimse ionraiceas, ionraiceas iompair, agus táim glic go leor le maireachtáil dá réir — céard fútsa?

D'airigh Lúcás a ghlúna ag téamh go compordach agus é ag breathnú suas ar phictiúr an duine uasail ionraic. Bhí rud amháin nár éirigh leis a oibriú amach roimhe seo. Thréig Charles Brochard saol an tsaighdiúra agus chuaigh le gnó. Ansin, Jacques, chuaigh seisean isteach in arm an Rí agus tháinig sé amach as agus lean de ghnó an athar. Dar le Lúcás, go dtí seo bhí an dá shaol scartha. Anois thuig sé gur i bhfad níos gaire da chéile a bhí siad. Amanta bhí ort troid ar son na rudaí ar chreid tú iontu. Bhí ort thú féin agus do mhuintir a chosaint. Mar a bhí sé féin chun a dhéanamh tríd an litir seo a thabhairt chun na Róimhe.

Ach bhí foláireamh i súile na portráide. Is í contúirt shaol an tsaighdiúra a bhí le feiceáil aige iontu inniu. An tuairim a bhí ag Lúcás roimhe seo den saol míleata, de sheirbhís Uí Néill, ní raibh ann ach finscéalaíocht leamh an pháiste. Thuig sé anois gurb é an bás féin a bhí i dtreis leis. Agus thuig sé níos fearr anois ná mar a thuig roimhe seo, gurb éard ba chogaíocht ann an ceann is fearr a fháil ar an bhfaitíos a bhí istigh ionat féin. Tháinig íomhá an tSionnaigh ag crochadh amach an fhuinneog os a chomhair arís. Ag breathnú suas dó ar aghaidh stuama gruama na portráide, rinne sé guí go mbeadh ar a chumas an faitíos a shárú.

Chas Lúcás i dtaobh na láimhe clé agus shiúil ón bportráid go dtí an raca arm a bhí ar an taobh eile de dhoras na seomraí cónaithe. Bhí sé cinn déag de ráipéir ar crochadh ann, ocht gcinn os cionn ocht gcinn. Níos mó ráipéar in éineacht ná mar a bhí le fáil in aon teach príobháideach eile i nGaillimh, mura n-áireofaí Caisleán an Iarla. Ná in aon áit eile taobh thiar den tSionainn, seans, nár chaisleán nó dúnfort é. Bhí cuid acu seo ina ghlaic aige cheana, cuid eile, na cinn ab airde ar an raca, ní raibh riamh.

Nuair a bhí deireadh déanta aige leis na ráipéir, chas sé ar a shála agus chuaigh i dtreo seomra an chléirigh ar an taobh eile den doras mór. Ba chomhartha é an doras a bheith dúnta go raibh Daniel amuigh ar ghnó éigin. In aice leis an doras sin bhí léarscáil. Is ar an léarscáil sin a theastaigh ó Lúcás breathnú anois agus go géar.

Cairt den Eoraip a bhí ann, priontáilte i ndúch dubh. Bhí na calafoirt uile márcáilte air agus na bealaí farraige, cuid acu i bpeannaireacht bheag néata Jacques agus dul na Fraincise orthu. Bhí Galva air agus Carrique Fargusa, Dublin agus Limrique. Lean a shúil na línte seoltóireachta timpeall ó dheas go dtí Corn na Breataine. Chonaic sé Briostoll, Falmue, Plemue, Lime, agus ansin ar chósta thuaidh na Fraince Le Croisic, Nauntes, St Maloe, Baie de Brest, Havre de Grace, Calais, agus i dtreo na nÍsealtíortha,

Dunkerque, Ostende, Bruges. Luigh a shúil ar St Maloe agus tháinig tocht air, anois agus é socair aige dul ann. D'fhan sé tamall ag breathnú ar an mbeagán sin den chósta cíorach a raibh an t-ainm draíochta scríofa suas síos air agus é ag samhlú gurb ionann an dúch tiubh agus cósta creagach thuisceart na Briotáine.

Rinne sé iarracht an baile féin a shamhlú, na tithe, na séipéil, na tithe ósta. Céard a bheadh roimhe ann agus cén áit go baileach a raibh an Cerf Fugitif? Ansin lean a shúil an líne chaol chuarach chraobhach a mharcáil an bóthar ar fad síos go dtí an Róimh. Ba bhreá leis a fhios a bheith aige an nóiméad sin cén turas a bhí beartaithe ag an Athair Ó Ceallaigh dó. An gcuirfeadh sé trí Pháras é? Nó go díreach, trí Tours, abair, nó ó Dijon go Genevres. Nó síos go deisceart na Fraince, Villanova agus Genova.

Ansin lean a shúile an bealach a deirtear a thóg Ó Néill agus Ó Dónaill, go tuaisceart na Fraince agus ansin trasna go dtí na hÍsiltíortha, Pas de Calais, Gravelines, Ostende, Anvers agus Bruxelles. Chonaic sé Lováin níos faide isteach i lár na tíre. Bhí na hainmneacha ar fad sa Fhraincis murab ionann agus an léarscáil a bhí sa seomra ranga ar scoil, ar sa Sax-Bhéarla a bhí sí.

Tháinig a shúil ar ais go St Maloe. An chéad rud maidin amárach. B'fhada leis go bhfeicfeadh sé breacadh an lae agus go mblaisfeadh sé an sáile sa ghaoth ar a bheola. Anois agus a intinn socraithe aige agus tábhacht an turais dearfa ar iliomad bealaí dó, bhí ar a admháil go raibh sé ag súil leis. Cén t-achar a thógfadh an turas chun na Fraince? Seachtain? Dhá sheachtain? Trí seachtaine?

'Dosaen xeres,' a dúirt Jacques ar an mbealach Franc-
ach. 'An méid sin cruinn. Tá siad ag fanacht orm i mBriostó
agus trí oigiséad d'fhíon saic.'

Bhí an chuma ar an scéal go raibh Monsieur Jacques
an-sásta leis féin. Bhí dea-iúmar air. Shiúil Lúcás trasna an
urláir adhmaid isteach i lár an tseomra. Ní go rómhaith a
thaitin sé leis na Máirtínigh ná leis na Ciarbhánaigh stráin-
séara ag cur gnó ar bun ina measc. Ach bhí Jacques tar éis
iníon le duine de na Blácaigh a phósadh agus nuair a d'fhág
uncail le hÚna (nó le hAignéis mar a thug a muintir féin
uirthi) an teach le huacht acu, ní mórán a bhí na ceannaithe
eile in ann a dhéanamh. Bhí Gaeilge den scoth aige má bhí
tuin na Fraincise féin ar chorrfhocal aige.

'Cuirfidh mé fios orthu, le cúnamh Dé, arú amárach.
John Mortimer, an ceannaí fíona is fearr i Sasana.'

Bhí Jacques an-sásta leis na ceangail trádála a bhí
coinnithe aige le Sasana ó bhí sé i mBordeaux agus den
chaoi, dá bharr sin, go raibh sé tar éis teacht timpeall ar na
dlíthe trádála i gcoinne na hÉireann.

'Nuair a thiocfas an Cú Mara, c'est a dire Le Braque de
Bordeaux, ar ais óna baile dúchais labhróidh mé le hÓ
Ciardhuáin faoi lasta ambre gris a chur amach go Briostó.
Féadfaidh sí an fíon a thabhairt ar ais léi.'

Mar ba nós leis bhí an Francach tanaí dorcha géar-
intinneach tógtha go hiomlán leis an rud a bhí ar siúl aige.
Faoi láthair ba é an trádáil é.

'Tá cúrsaí ag feabhsú, a Lúcáis. Ainneoin na cainte seo
faoin bPairlimint agus tuilleadh dlíthe i gcoinne na gCait-
liceach, buíochas le Dia, níl cúrsaí ródhona. Fad is gur féidir

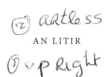

linn brath ar dhaoine ionraice mar Mortimer i mBriostó, beimid ceart.'

Chuir sé a pheann de agus chuir an claibín ar ais ar an bpróca beag dúigh.

'B'fhéidir go ndearna Chichester botún an sean-easpag sin a chrochadh ach ní hiad na tithe tábhairne atá thíos leis, buíochas le Dia. Tiocfaimid tríd, le cúnamh Dé. Sealaíocht, babhtáil agus thar aon rud eile, muinín as an duine eile. Is maith leis na Sasanaigh a gceannaithe féin. Tá go maith, ní féidir an Sasanach macánta a bhualadh, cuma Caitliceach nó Protastúnach é. Níor lig Mortimer síos fós mé, agus le cúnamh Dé, ní ligfidh. Dosaen xeres a d'iarr mé agus dosaen xeres a gheobhas mé agus é den chaighdeán is fearr is féidir a fháil. Cá bhfaighfeá a leithéid?'

Ansin dhún sé an leabhar cuntais le plabadh agus chuir uaidh í go himeall an bhoird. D'éirigh sé ina sheasamh agus san am céanna tháinig amach as domhan an fhíona agus na seirise.

'Ach ní chun labhairt faoi ghnó an fhíona a tháinig tusa anseo, cuirimse geall.'

Shiúil sé chuig Lúcás agus leag a bhois go héadrom ar a ghualainn. Rinne Lúcás gramhas beag ach níor thug Jacques faoi deara, ach shiúil thairis caol díreach go dtí an raca ráipéar. Bhain sé péire anuas. Chas timpeall go tobann agus chaith ceann acu san aer chuig Lúcás. Níor le Lúcás ab fhaillí é. Bhí sé tar éis a bheith ag faire ar Monsieur as eireaball a shúile. Rug sé ar an ráipéar díreach faoi bhun an dornchla lena lámh chlé, agus geall leis san iarracht chéanna, d'aistrigh é chuig an láimh dheas. Seo é an rud a raibh sé ag fanacht leis ó tháinig sé isteach sa seomra agus bhí sé réidh dó. Bhí greim troda aige ar an gclaíomh, an ráipéar ab ansa leis, sula raibh deis ag an bhfear eile focal a rá.

'Un petit assault?' arsa Jacques, ag socrú stopalláin coirc ar bharr a ráipéir agus ag siúl ar ais i dtreo na fuinneoige ar thaobh na láimhe deise den deasc. Thóg sé stopallán eile as a phóca ansin agus chaith chuig Lúcás é. Rug seisean air arís lena lámh chlé agus shocraigh ar bharr a ráipéir féin é.

Bhí oiread sin dul chun cinn déanta ag Lúcás le dhá bhliain anuas gur fháiltigh sé roimh na babhtaí seo anois níos mó ná riamh. Uair nó dó le roinnt seachtainí anuas bhí sé tar éis é an ceann is fearr a fháil ar a mháistir. Chuir Lúcás an chlannóg ghruaige siar agus é réidh le troid chlaímh a dhéanamh chomh maith is a bhí ar a chumas.

'Salut,' ar seisean, ag glacadh seasamh os comhair Jacques, a ráipéar suas díreach i dtreo na síleála agus an dornchla os comhair a shróine.

Rinne Jacques mar a chéile.

'En garde,' ar seisean go tobann.

D'ísligh an bheirt phionsóirí a gclaimhte go raibh siad díreach os a gcomhair, gan ach spás cúpla orlach idir an dá bhior, iad ina seasamh 'tierce'. Ní dhearna ceachtar acu tada ach faire ar a chéile, cos amháin chun tosaigh ar an gcois eile. Bhí cúl Monsieur leis na fuinneoga rud a thug buntáiste an tsolais dó. Ní raibh fonn air bogadh mórán ar an ábhar sin. Go mall cúramach, rinne siad a chéile a thomhas, an dá ráipéar sínte amach díreach os a gcomhair acu.

Tar éis tamaillín eile den bhreathnadóireacht fhaichilleach seo, thug Lúcás léim i leataobh agus thug iarracht bhréige faoin bhfear eile. Ba é seo an coup passé. D'éirigh leis. B'éigean do Monsieur preabadh i leataobh. Ba é an toradh a bhí air sin go raibh taobh na beirte anois leis na fuinneoga. Bhí Lúcás tar éis buntáiste an tsolais a chealú.

Ó bhí siad cothrom anois thosaigh an troid i gceart. Ó am go chéile ghlaodh Monsieur Jacques amach na gluaiseachtaí nó na cosaintí ar cheart do Lúcás cuimhneamh orthu dar leis. Amanta d'fhéachadh Lúcás lena gcur i bhfeidhm: menace, quarte, amanta, fiú septime.

Ba choimhlint í idir taithí shlíobach na mblianta agus dúthracht sciliúil na hóige. Mhothaigh Lúcás fuinneamh aduain ina chuislí. Bhí sé amhail is go raibh scéala na maidine tar éis cur lena scil agus lena chumas teacht roimh fhocail chomhairleacha an mhúinteora. Uair nó dó thug sé ar Jacques a intinn a athrú; 'tant mieux' a deireadh sé, nó 'heah, níos fearr fós' nuair a d'fheiceadh sé a dhalta ag teacht roimhe chomh haclaí sin. Ba ghearr go raibh engagement ceart acu agus Jacques éirithe as a bheith ag glaoch amach na dtreoracha.

Bhí siad cothrom i gcónaí. Fogha dár thug Lúcás ón sixte d'éirigh le Monsieur é a bhac le parade sa quarte. Ionsaí dar thug Monsieur d'éirigh le Lúcás é féin a chosaint gan stró le tertia guardia Agrippa. Ba ghearr go raibh 'conversation' sa dá bhrí atá leis an bhfocal sin sa phionsóireacht ar siúl eatarthu; le cling agus coigeadal na ráipéar a cuireadh frásaí cainte na bhfear.

'Nach é Henri na Fraince a bheadh sásta tusa a bheith san arm aige dá mbeadh sé fós beo,' arsa Jacques.

'Ní do Rí na Fraince a bheinnse ag troid,' arsa Lúcás, 'i gcead duit, Monsieur.'

Agus rinne Lúcás parade agus bhac sé faobhar Jacques go láidir deimhnitheach. Rinne an dá chlaíomh cling bhagarthach ar a chéile.

'Dá dtroidfinnse do dhuine ar bith, ba d'Ó Néill é.'

'Tá Ó Néill imithe.'

'Tiocfaidh sé ar ais.'

'Dheamhan seans. Tá síocháin san Eoraip, a Lúcáis. Tá Sasana ag iarraidh na síochána. Tá fiú is an Spáinn agus an Pápa ag iarraidh na síochána. Tá an Fhrainc gan rí. Tá deireadh le hÓ Néill.'

D'éirigh an fhuil i Lúcás. Tháinig brúidiúlacht an tsaighdiúra Shasanaigh chun cuimhne aige agus iontas an tseanfhir sa chúirt nuair a glaodh anuas ón gcrannóg air agus chonaic sé arís an slaod trom ba chorp mór Mhurchadh Shéamais agus dhá shúil an iontais thruacánta ag stánadh suas ar an spéir in airde. Thug sé léim sciobtha chun tosaigh, le bond avant, ag féachaint le liement a chur i gcrích go tobann trína lann a bhrú in éadan lann Jacques ach bhí Monsieur róláidir dó. Ní raibh aon deacracht aige an t-ionsaí a iompú ina coulé, ligean do lann Lúcáis sleamhnú síos a lann féin agus ansin Lúcás a bhrú uaidh. Dá leanfadh sé de bheadh Lúcás réidh. Bhuaigh Monsieur an babhta sin. D'ísligh sé a ráipéar.

'Riamh,' a dúirt sé, 'riamh, a Lúcáis, ná lig do d'fhearg an ceann is fearr a fháil ar do chiall agus ar do scil. Bhí tú ag déanamh thar cionn gur mhaslaigh mé Ó Néill. Shíl tú go raibh tú ag troid ar a shon, ach féach, má bhí, ní dhearna tú aon mhaith dó. Coinnigh stuaim i gcónaí i gcónaí. I gcúrsaí pionsóireachta, a Lúcáis, más coimhlint í idir paisean agus scil, beidh an bua i gcónaí ag an scil. Anois arís. En garde.'

Bhí allas leis an mbeirt acu. Bhí fonn ar Lúcás a sheaicéad a bhaint de ach ní leomhfadh sé aon rud a dhéanamh a chuirfeadh an litir i mbaol. Lean siad den troid, nár throid chairdiúil ar fad é ach troid idir beirt sárphionsóirí nach ligfeadh duine amháin a bua leis an duine eile. Bhí Lúcás ag iarraidh an scór a chothromú anois.

Shocraigh sé a bheith stuama. B'fhacthas dó go raibh Monsieur ag tuirsiú. Rinne sé cúpla passade. Chosain Monsieur é féin gan stró. Ach an ceathrú feinte dar thug Lúcás d'éirigh leis rithim an ionsaithe a athrú. D'ardaigh sé an ráipéar in terza, chosain Monsieur é féin sa quarto, rud a thug oscailt do Lúcás agus d'úsáid sé an seconda, le teacht thar uachtar a láimhe deise ar Mhonseiur agus a chliabhrach a bualadh. Bhuaigh Lúcás an dara babhta.

Bhí saothar ar an mbeirt acu. Bhí deireadh le caint eatarthu. Níor thóg siad ach cúpla nóiméad sosa. Ghlaoigh Jacques an tríú babhta.

'Bí réidh,' ar seisean.

Tar éis cúpla fogha agus cosaint ag an mbeirt acu, gan aon choinne, lig Monsieur é féin síos ar a ghogaide agus rinne ionsaí ón taobh thíos. D'éirigh leis cosaint Lúcáis a oscailt amach ar fad. Rinneadh staic de agus leag Jacques stopallán a ráipéir a chliabhrach.

'Passato sotto,' arsa Jacques ag éirí agus ag seasamh siar. Ghlaoigh sé sos agus chuaigh sé ar aghaidh ansin ag míniú do Lúcás cén chaoi lena dhéanamh. Bhí cúpla babhta trialach acu.

'En garde,' arsa Jacques go tobann ansin agus ba léir gur thástáil ar Lúcás é, féachaint an raibh sé tar éis an cheacht a thabhairt leis.

Thug Lúcás fogha faoi agus d'fhreagair Monseiur go haclaí dó. Sheas Lúcás siar chun é féin a réiteach don dara hionsaí nuair a chuala sé an doras thuas ag oscailt. As eireaball a shúile chonaic sé Isabelle ag teacht isteach sa seomra. Bhí gúna gorm uirthi.

Ar an bpointe thug Lúcás sleaschéim chomh grástúil is a dhéanfadh pionsóir cúirte ar bith san Escorial nó i hallaí an Impire. Ansin chuir a chos dheas chun tosaigh go néata réidh le haghaidh marche agus fogha eile. Chosain Jacques é féin agus bhain Lúcás a lann de chlaíomh a chomh-ghleacaí. Ach má bhain tháinig sé thar ais le scannatura néata gan soicind den tempo a chailleadh. Ba thaispeántas den scoth é. Sheas Jacques siar ar an bpointe agus iontas air, rud a thug deis do Lúcás cromadh go tobann agus teacht faoi leis an passato sotto. Ba bhua soiléir é.

'Bravo, a Lúcáis,' a chuala sé Isabelle a rá agus í ag teacht anuas chucu ag bualadh a bosa ar a chéile go héadrom.

Cailín óg thart ar aon aois le Lúcás a bhí inti, í seang dea-chumtha, gúna fada bánghorm uirthi agus coiléir lása ar a guaillí. Bhí gruaig lonrach dhubh go guaillí aici, í ina luí de bheagán ar an gcoiléar bán. Bhí aghaidh álainn gheal-gháireach aici agus súile lasta donna.

Ghlaoigh Monsieur deireadh leis an seisiún. Bhí scim allais leis an mbeirt acu. Leag Jacques an ráipéar uaidh ar an deasc agus luigh a thóin siar léi. Bhí Lúcás sásta. Bhí a ghualainn chlé ag goilliúint arís air ach ba chuma leis. Bhí Isabelle tar éis é a fheiceáil i dtaispeántas pionsóireachta chomh maith le ceann ar bith a rinne sé le fada — agus bhí cleas nua foghlamtha aige a thug sé leis go paiteanta.

'Ní maith liom cur isteach oraibh,' arsa Isabelle. 'Tá Mama ag iarraidh a fhios a bheith aici ar mhaith libh deoch caolbheorach agus brioscaí.'

Bhreathnaigh Jacques ar Lúcás. Ba threisiú leis an gcuireadh é.

'Cinnte,' arsa Lúcás ag breathnú ar Isabelle agus a déanamh gáire léi. 'Go raibh míle maith agaibh.'

D'imigh Isabelle amach go sásta soilbhir. Shuigh Lúcás ar an urlár.

'Dar m'anam, a Lúcáis, tá spiorad ionat inniu,' arsa Jacques anuas leis, ag tógáil ciarsúr bán línéadaigh as a phóca agus ag cuimilt a bhaithise leis. 'Nílim ag rá gur tú an fear claímh is fearr i gcathair na Gaillimhe, mar tá go leor ruifíneach amuigh ansin sciliúil go maith ar an gclaíomh gearr. Ach táim á rá seo leat, níl aon fhear ráipéir chomh maith leat i gConnachta. Rachfainn chomh fada lena rá gur beag fear in Éirinn a sheasfadh an fód leat. Feictear dom, dáiríre, go seasfása an fód leis an gcuid is fearr de phionsóirí na hEorpa. Agus níl ionat ag fear óg. Agus cuimhnigh, gheobhaidh foighne agus géarchúis an fhir ráipéir an ceann is fearr ar aon duine eile ach an troid a bheith cothrom.'

'Tá go leor nach bhfuil ar eolas agam. Níl ann ach inniu gur fhoghlaim mé an passato sotto.'

'Níl tada eile agamsa le múineadh duit, a Lúcáis. Agus

sin í an fhírinne. Céard eile is féidir liom a rá? Céard eile ach gur pionsóir déanta thú. Tuigeann tú an uaisleacht a bhaineann leis an gclaíomh mar a chleachtaimidne é, an intinn fhuar ghéar, an meon oscailte a theastaíonn leis an bua a fháil go glan agus go néata gan thú féin a ísliú. Tuigeann tú gur modh cosanta amháin é agus dearbhú dea-bhéasa.'

Stad Jacques agus rinne machnamh beag. Ansin labhair sé arís.

'Aon bhotún amháin a rinne tú, agus b'in nuair a luaigh mé Ó Néill. Maidir leis an passato sotto, b'in í an ghluaiseacht dheireanach ar mo liosta. Anois agus an ghluaiseacht sin foghlamtha agat, is fearr go mór de phionsóir thú ná mise. Ar aon chuma, is leor sin de throid. Ní raibh mé ag súil leat chomh luath seo sa lá. Nach bhfuil scoil agat?'

'Scaoileadh amach go luath mé. Sin é an fáth a bhfuil mé anseo luath. Tá scéala agam duit.'

'Dea-scéala tá súil agam. Bíonn oiread sin drochscéalta na laethanta seo.'

D'éirigh Lúcás ina sheasamh, shiúil i dtreo na fuinneoige agus bhreathnaigh amach tríd an laitís. Bhí radharc aige anuas ar bhalla na cathrach agus ar an gcé ar an taobh thall de. B'aoibhinn an radharc é, an ghrian ag soilsiú uisce ciúin dorcha an chalafoirt, cúpla long faoi lán tseoil ar a mbealach amach, longa eile le balla, a seolta stríoctha, an fharraige amuigh breac le báid bheaga iascaigh agus le báid iomartha. Bhí long amháin de na trí cinn a bhí le balla á feistiú. D'aithin sé duine de na Bascaigh ar obair ar deic inti.

'Táim ag dul thar sáile....' a thosaigh sé ag rá.

Bhí sé ar intinn aige casadh thart arís agus insint do

Jacques faoi St Malo, ach b'éigean dó stopadh i lár abairte. Chonaic sé rud aisteach. Thíos faoi Phóirse na Céibhe bhí an tAthair Pléimeann ag labhairt le fear groí téagartha a raibh féasóg thiubh dhonn air. Bhí a ghruaig fhada dhonn ceangailte ar chúl a chloiginn. Ba gheall le captaen loinge é. Chuir an sagart lámh faoin gclóca mór dubh a bhí air agus thóg rud éigin amach. Thug don chaptaen é.

Buíochas le Dia, tá an sagart slán, arsa Lúcás leis féin. Ba sheo é ag íoc an phasáiste. D'fhéadfadh Lúcás rith síos agus breith air, insint dó faoi Mhurchadh Shéamais, faoin Sionnach, faoin bhfear a bhí á leanúint. Ach níor chorraigh sé. Arbh í an chontúirt a choinnigh é san áit a raibh sé? An chaoi a raibh sé féin is an sagart páirteach le chéile i rún baolach? Rún a raibh gné fholaithe ann nár thuig sé, ach go mb'fhéidir gurb é bás na beirte acu a thiocfadh as dá bhfeicfí in éineacht iad. Chuimhnigh sé ansin go ndúirt an sagart go raibh a phasáiste íoctha cheana féin.

'Tú ceart go leor, 'Lúcáis?'

Tháinig Jacques agus sheas lena ghualainn.

'Cé hé sin? Dá mba i mBordeaux a bheimis chuirfinn geall gur Íosánach é. Tá misneach aige más ea agus fógra amuigh arís orthu.'

Níor fhreagair Lúcás. Lean Jacques air.

'Céard atá sé ag déanamh ag caint leis an ruifíneach sin Ó Dubháin?'

D'fhan an bheirt acu san fhuinneog ag breathnú anuas trí na pánaí beaga ar an beirt thíos. Cá fhad go mbeadh a fhios ag muintir an tí ósta gur maraíodh duine ar Oileán na mBráthar? Arbh é Lúcás amháin i nGaillimh, a bhí in ann

ainm a chur ar an duine marbh? Cén fhaid go mbeadh an
Báille ar a thóir? Agus céard a tharla don ghioblach dubh
thíos staighre? Cá bhfios nach raibh sé ag faire ar an Athair
Pléimeann anois féin? Bhí oiread sin rudaí nár thuig sé,
nach raibh sé ceaptha a thuiscint, b'fhéidir. Tar éis an tsaoil,
ní raibh ann féin ach an teachtaire.

Bhí an bheirt faoin bpóirse thíos ag croitheadh lámh le
chéile. Nuair a chonaic Lúcás sin, bhí sé amhail is gur
leagadh lámh fhuar anuas ar a ghualainn, lámh nárbh
fhéidir leis a fheiceáil, lámh nárbh ionann agus dorn te
borb an tsaighdiúra Shasanaigh, ná lámh cheanúil Jacques,
ach lámh eile, lámh a bhí chomh fuar sioctha sin go
ndearna sé cnap oighir dá chroí.

Scar an bheirt thíos agus shiúil an sagart timpeall an
choirnéil gar do bhinn an tí. Tháinig radharc an reanglamáin
ghairbh a bhí á fhaire ón gcuntar thíos chun cuimhne arís.
Bhí súil aige go dtiocfadh an tAthair Pléimeann slán uaidh.

'Tá an ceart agam, cheapfainn. Gur Íosánach é. Ar a
bhealach go dtí an Coláiste seo agaibhse atá sé, cuirimse geall,'
arsa Jacques. 'Tá súil agam go mbeidh a bhí sé cúramach.'

Bhí taobhanna go leor le gnó seo na litreach: bhí Lúcás
gafa in eangach nár léir dó leithead a mhogalra ná tiús a
théad. Leag Jacques lámh ar a ghualainn dheas. Bhí teol-
aíocht sa teagmháil a leáigh an fuacht a bhí díreach braite
aige agus a thug Lúcás ar ais chuige féin arís. Chas sé ón
bhfuinneog.

Labhair Jacques go cineálta, fiosrach. Mar chara.

'Céard seo? Abair liom. Cá bhfuil tú ag dul?'

'An Fhrainc. Ag déanamh léinn.'

'An Fhrainc,' arsa Jacques de bhéic ag imeacht ón bhfuinneog é féin agus ag caitheamh a lámha san aer. 'Nach aoibhinn Dia dhuit. Cén áit sa Fhrainc?'

'St Malo i dtosach.'

'Iontach. Cén uair?'

'An chéad rud maidin amárach.'

'Dar Dia. Chomh luath sin! Cad chuige nach ndúirt tú linn?'

'Ní raibh a fhios agam féin é go dtí maidin inniu.'

'Agus céard deir do Dhaideo?'

'Níl a fhios aige fós.'

'Dar Dia, a Lúcáis, bíonn rudaí ag tarlú go sciobtha na laethanta seo. Beidh an-bhrón air.'

'Tá a fhios agam. Nílim ag iarraidh é a ghortú.'

'Cé leis a bhfuil tú ag seoladh?'

'Leis an gCaptaen Ó Dubháin.'

'Hea!' Rinne Jacques gáire. Bhí sé ina sheasamh i lár an urláir agus a aghaidh ar Lúcás a bhí tar éis a áit seisean a thógáil ag an deasc. 'Bhuel, bhuel. Feicim anois é. B'in é an tÍosánach thíos. St Malo agus an Captaen Ó Dubháin, a mh'anam, bhuel dá dtabharfaí dóthain airgid dó is dócha go rachadh sé in áit ar bith.'

Rinne Jacques machnamh beag.

'Tá an ceart agam? An sagart sin thíos...?'

'Sin é an fear atá á eagrú,' arsa Lúcás agus ansin rinne sé machnamh beag é féin. 'Cén fáth ar thug tú ruifíneach ar an gCaptaen Ó Dubháin?'

Rinne Jacques gáire arís.

'Níor cheart dom is dócha. Níl ann ach nach n-úsáidim

féin é. Tá long bhreá aige ach an long a fhostaímse, an Cú Mara, mar is eol duit, is maith liom a fhios a bheith agam gurb é mo ghnósa agus mo ghnósa amháin is tábhachtaí leis an gcaptaen. Sin mise, a Lúcáis, an Francach amhrasach. Táim cinnte gur duine breá é an Captaen Ó Dubháin, dáiríre. Níor chuala mé a mhalairt ó éinne agus le cúnamh Dé ní chloisfidh. Níl ann ach....' Níor chríochnaigh sé an abairt.

Shiúil Jacques go dtí an tine. Stop sé ansin amhail is go raibh sé ag déanamh a mhachnaimh. Ansin chrom sé agus chaith bloc eile adhmaid anuas ar an gcnáfairt, rud a chuir dorn maith réiltíní dearga ag eitilt suas an simné mór. Dhírigh sé é féin, chas thart agus thug aghaidh ar Lúcás. Bhí an chuma air go raibh sé tar éis cinneadh a ghlacadh.

'Tá tú ag imeacht uainn, dáiríre?'

'Tá.'

'Níor shamhlaigh mé riamh mar scoláire thú, a Lúcáis.'

Bhreathnaigh sé idir an dá shúil ar an bhfear óg. B'fhéachaint ghéar í. Bhí seanaithne acu ar a chéile agus cion mic, geall leis, ag Jacques anois air.

'Ach tá a fhios ag Dia go bhfuil an éirim ionat.'

Ní dúirt Lúcás tada.

'An é seo atá uait, a Lúcáis?'

'Teastaíonn uaim dul go dtí an Mhór-Roinn. Seo bealach lena dhéanamh.'

Rinne Jacques gáire croíúil.

'Tá mé ag ceapadh gur rógaire thú, a Lúcáis. Ach ní dhéarfaidh mise tada leis na sagairt. Is iomaí bealach le léann a dhéanamh. Agus ní tú an chéad duine a chuaigh le léann nó le sagartacht ar mhaithe leis an baile a fhágáil nó le slí beatha eile a bhaint amach. Le cúnamh Dé, beidh tú go breá.'

Thost sé. Rinne sé a mhachnamh arís.

'A Lúcáis,' ar seisean ansin. 'Tá m'intinn socraithe agam. Táim chun rud a dhéanamh nach ndearna mé riamh cheana. Tá sé ag dul duit.'

17

La Guarda

Bhreathnaigh sé ar an gclaíomh a bhí fós ag sileadh as lámh Lúcáis.

'A Lúcáis,' ar seisean. 'An ráipéar sin i do lámh.'

Mhothaigh Lúcás dorn an chlaímh lena mhéara, an leathar fós teolaí. Chroch sé an ráipéar agus mheáigh é.

'An maith leat é?'

'Is maith.'

'Tú compordach leis? Tá sé cothrom? Éadrom?'

'Tá.'

'Níl aon cheann eile ar an raca a thaitníonn níos fearr leat? Téigh sall agus triail iad. Triail go maith iad.'

Chuaigh Lúcás sall chuig an raca. Chroch an claíomh a bhí aige agus thóg ceann eile. Bhí sé ábhar níos troime.

'La Spada Italiana,' arsa Jacques taobh thiar de. 'Bhí sé agat cheana.'

Ar iarratas Jacques, bhain sé triail as ráipéar eile, agus as ceann eile, agus as ceann eile ina dhiaidh sin. Dhéanadh sé cúpla passade le gach ceann acu.

Dhéanadh Jacques cur síos gearr orthu, Hea, an Reitschwert, nó Épée deas é sin, nó a leithéid.

Bhí búnús deich gcinn triailte ag Lúcás nuair a shín sé

amach a lámh agus bhain anuas an claíomh a bhí thuas ar thaobh na láimhe deise ar fad. Claíomh ornáideach dea-ghreanta a bhí ann le sciathdhorn órga. Bhí studa nó geama donnbhuí mar úillín i mbun an doirn. Thóg Lúcás ina lámh é agus mheáigh. Bhí sé go hálainn éadrom, cothramaíocht aoibhinn ann.

'Bhuel?'

'Tá sé gach pioc chomh maith leis an gcéad cheann, braithim.'

Rinne sé cúpla passade. Rith smaoineamh leis. Shiúil sé go dtí an phortráid. Mar a shíl sé, bíodh is nach raibh sé tugtha faoi deara cheana aige, ba é an claíomh céanna é a bhí ar crochadh as crios athair Jacques.

'An claíomh ceannan céanna,' arsa Jacques. 'Claíomh m'athar.'

'Claíomh feistis? Claíomh an duine uasail a mbeadh triail ar an gcúirt aige?'

'Tá an ceart ar fad agat, a Lúcáis. Sin é claíomh Léonor d'Orléans. Thug sé do m'athair é nuair a bhí m'athair faoina cheannaireacht in arm an Rí. Fuair sé bás go hóg, an fear uasal céanna. Claíomh onóra é seo, a dúirt sé le m'athair, an té a bhfuil sé aige níor cheart aon bhaint a bheith aige le heasonóir ná le cur i gcéill. Is nuair a thosaigh an t-arm ag feallmharú i ndorchadas na hoíche ar son an chreidimh Chaitlicigh, sin é an uair a chuimhnigh m'athair ar an abairt sin agus dhealaigh sé uathu. Fuair sé cead filleadh ar Bhordeaux agus thosaigh ar ghnó an fhíona. Ceann de sheoda an tí an claíomh sin, a Lúcáis. Má tá sé uait, bíodh sé agat.'

Baineadh geit as Lúcás. Níor shíl sé gur le claíomh a

roghnú dó féin a bhí an tástáil seo ar siúl. Shiúil Jacques chuige agus leag lámh ar a ghualainn arís.

'Nílim chun éisteacht le haon seafóid uait. Teastaíonn claíomh maith uait má tá tú ag dul thar lear agus teastaíonn uaimse claíomh a bhronnadh ort agus táim ag iarraidh go roghnófa an ceann is fearr.'

Níor fhan focal ag Lúcás. Ba mhór an onóir a bhí Jacques ag bronnadh air.

Chuimhnigh sé ar Phéatar. Ní raibh na déaga bainte amach fós ag an ngasúr. Nár mhaith le Jacques go mbeadh claíomh seo a sheanathar aige nuair a d'fhásfadh sé suas? Ach ansin chuimhnigh sé ar stair theaghlach Brochard agus ar mhianach gnó a mhuintire féin. Ní raibh Jacques ag iarraidh gur le troid onóra agus le pionsóireacht a rachadh a aon mhac. Le gnó agus le fíon agus le síocháin a rachadh sé sin. An dearcadh céanna i leith a chlainne féin a bhí ag Jacques is a bhí ag a sheanathair féin. Tháinig uaigneas air nuair a chuimhnigh sé air sin. Iomaire aonair a bhí Lúcás a threabhadh dó féin.

Bhreathnaigh sé ar an dornchla óir agus ar dhualaíocht dhlúth an sciathdhoirn. Caitheadh siar síos é sa domhanmhachnamh. Chuimhnigh sé ar a athair, Toirealach, fear nach raibh aon aithne cheart aige air, ach arb é an t-aon duine é, seans, a thuigfeadh dó agus a sheasfadh leis. A chlaíomh seisean? An claíomh gearr gaelach, cé a fuair é sin mar oidhreacht? Cá ndeachaigh sé sin? Ní móide gurb é an Constábla a fuair é nó déarfadh sé leis é. Bheadh an Constábla groí ag déanamh gaisce de agus an scéal á bhealú le deora aige. Ach dála an athar féin, bhí an claíomh agus ar bhain leis imithe gan tásc ná tuairisc. Ní fhillfeadh. Níor fhág a athair tada aige. Ní raibh fanta dá chuid ach Lúcás féin. Dúirt sé paidir bheag le hanam misniúil a athar.

'Ráipéar breá é seo,' arsa Lúcás ansin go mall agus tocht air. 'Ach, má tá tú dáiríre ag iarraidh claíomh a thabhairt dom....'

'Tá,' arsa Jacques go sollúnta, ag siúl thairis i dtreo an raca.

Shocraigh Lúcás an nóiméad sin nach raibh sé chun aon uallach teaghlaigh ná aon sinsearacht onóra a iompar d'aon duine. Bhí a raibh roimhe ag brath air féin amháin; a dhualgas i leith na litreach, a sheirbhís d'Ó Néill, a sheasamh ar son na córa agus cheart a mhuintire; é féin amháin a bhí ina mbun sin anois. Dúirt sé é sin ar fad i ndiamhair a chroí agus bhí sé amhail is go raibh spléachadh faighte aige ar shaol eile, saol an fhir chlaímh, saol an tsaighdiúra aonair, duine gan baile, gan aon bhuanionad cónaithe, duine nach raibh aige ach a chumas pionsóireachta agus a ghliceas intinne agus cibé éirim a bhronn Dia air.

Shín sé dorn an chlaímh chuig Jacques.

'Claíomh uasal é go cinnte,' arsa Lúcás. 'Ach ní bhraithim gur rud é ráipéar ar cheart dó a bheith ag tarraingt airde air féin. Ach amháin sa chúirt.'

Is ea, b'fhearr leis aghaidh a thabhairt ar cibé saol a bhí roimhe agus claíomh maith aclaí liath ina lámh aige ná claíomh geal daite geamach an tseanchais chúirte nár leis féin é. Bíodh an claíomh feistis ag Péatar agus cead aige a bheith ag ceafráil leis i Halla na Cathrach agus ag na féilte móra i gCaisleán na mBlácach.

Chas Jacques ar ais ón raca. Rinne sé gáire.

'Amanta, a Lúcáis, labhraíonn tú mar a bheadh sean-trodaire claímh ann. Amhail is go raibh saol mór na pionsóireachta feicthe agat.'

Thóg sé an ráipéar as a lámh, chas thart arís, agus chroch ar ais ar an raca é.

'B'fhearr liom mo chlaíomh féin,' arsa Lúcás.

Ní dhearna Jacques aon iontas den chaoi a ndúirt sé é ach thóg anuas an claíomh a bhí aige ar dtús, bhain an *mouche* coirc dá bharr, agus shín an dornchla lena sciath-dhorn simplí liath chuig Lúcás.

'Bronnaim ort do chlaíomh féin mar sin le croí mór agus súil agam nach mbeidh gá agat leis. Ach má bhíonn, tá a fhios agatsa thar aon duine eile an chaoi lena úsáid agus tá a fhios agam nach ligfidh an claíomh féin síos thú.'

Thóg Lúcás an claíomh uaidh. Bhí sé amhail is gur theann dorn an chlaímh isteach ina dhorn féin. Bhí an ráipéir chomh héadrom athlamh. Seachas eisean é a fháisc-eadh, d'fhill a mhéara thart ar an dorn mar a bheadh siad ag breith ar lámh sheanchara.

Go n-aclaí Dia mo láimh, ar seisean leis féin, is go dtuga sé an ghéire intinne dom a theastós le mé a thabhairt slán ón uile chontúirt.

Bhí an chontúirt ag faire ar a seans, ní sa seomra seo le Jacques go baileach, ach lasmuigh de, thíos staighre, amuigh ar an tsráid, i lánaí cúnga na Gaillimhe a raibh oiread sin aithne aige orthu ach ar chuid de chathair ghriobháin na contúirte anois iad, agus in áiteanna eile i bhfad ó bhaile nach raibh aithne dá laghad aige orthu fós, i gcathair ghriobháin mhór an tsaoil. Thug sé fogha ghrástúil i dtreo an tinteáin.

'Hea,' ar seisean. 'Lámh thapa in uachtar.'

Ní bheadh aon iontas air ag an nóiméad sin má chaoch Charles Brochard súil anuas air.

'Arís eile, a Lúcáis, is agatsa atá an ceart,' arsa Jacques ag faire air go ceanúil. 'Ba le Capità Tomás Simo an claíomh sin. Duine de na fir claímh ab fhearr i mBarcelona. Fear é a bhí chomh pointeáilte faoi chúrsaí onóra gur éirigh leis a bheatha a thuilleamh air. Bhí sé aosta go maith faoin am ar chuir mise aithne air, agus é ina chónaí leis féin i dteach beag thíos ceann de chúl-lánaí na cathrach. Faraor, a deir sé liom nach raibh gnó fíona agamsa — á dhíol seachas a bheith á ól. Ach cén mhaith an t-aiféaltas, a deir sé. Bhí eachtraí agam. Dhíol sé an claíomh liom, mar a dúirt sé féin ag gáire, le cúpla aifreann a cheannach dá anam dubh. Ní bhfaighfeá ráipéar níos fearr ná é an taobh seo de shléibhte na Piréine. Toledo. Do rogha mar sin?'

'Seo,' arsa Lúcás ag meá an ráipéir dhílis ina lámha arís agus ag aireachtáil arís gur ar éigean má bhí meáchan ar bith ann bhí sé chomh cothrom sin.

Bhreathnaigh sé sna súile i gceart ar Jacques. Cion a chonaic sé sna súil donna sin, agus iarracht, shíl sé, d'imní. Ina ainneoin sin rinne Lúcás gáire. Go tobann, bhí sé thar a bheith sásta. Bhí ríméad air.

'Go maire tú,' arsa Jacques leis agus é ag sméideadh ar ais leis. 'La Guarda atá air. Deireadh Tomás Simo gur focal é sin ina theanga féin a chiallaigh cosaint nó garda ach dúirt mise leis mar spraoi gur focal Iodáilise é a chiallaigh "breathnaigh ormsa, nach maith mé." "Sin freisin," a dúirt sé. Is leatsa é, a Lúcáis. Táim á rá leat, má leanann tú ort beidh tú níos fearr nó Tomás Simo féin. Caithfidh sé a bheith agat.'

Bhreathnaigh sé go ceanúil ar Lúcás.

'A Jacques, céard is féidir liom a rá?' Chuaigh sé suas go dtí an fear eile agus rug barróg air. D'fháisc Jacques chuige féin é, lámha Lúcáis fáiscthe taobh thiar de dhroim an mháistir agus La Guarda ar sileadh as a mhéara. Ba é barróg an athar nach raibh aige é — barróg an athar nach bhfaca a mhac ag teacht in inmhe.

'Anois,' arsa Jacques, 'caithfidh mé crios a fháil duit.'

Fuair sé crios claímh ón almóir in aice leis an raca ráipéar agus bhí sé á cheangal timpeall bhásta Lúcáis nuair a osclaíodh an doras ag barr an tseomra arís agus tháinig Isabelle isteach le tráidire a raibh dhá mhuga air agus pláta brioscaí. Leathaigh boladh úr teolaí na bácála agus an chainéil ar fud an Salle d'Armes.

'Isabelle. Is tráthúil,' arsa a hathair léi i bhFraincis, ag tabhairt fáisceadh deireanach don chrios agus á dhíriú féin. 'Ceart?' ar seisean le Lúcás.

'Go breá,' arsa Lúcás agus straois shástachta air agus é ag cur an ráipéir isteach sa chrios.

Thairg Isabelle gloine an duine dóibh agus briosca sular leag an tráidire ar an deasc.

D'ith Jacques an briosca agus d'ól bolgam maith den deoch.

'Tá scéala ag Lúcás,' ar seisean nuair a bhí slogtha siar aige.

Bhreathnaigh Isabelle ar Lúcás, a bhí ag críochnú a

bhriosca seisean. Bhí sí lán d'fhiosracht. Tháinig cotadh beag air agus d'fháisc sé lámha go teann ar an muga. D'inis sé di faoin imeacht an mhaidin dar gcionn. Agus thuig sé ar an bpointe gur geall le tubaist an scéala seo ar fad faoi imeacht. Den dara huair an lá sin tháinig cumha aniar aduaidh air — Isabelle. Ní maith gur thuig sé é mar ní raibh siad riamh i gcomhluadar a chéile gan a hathair nó a leasmháthair a bheith in éineacht leo. Ach bhí a fhios aige gur thaitin a comhluadar riamh leis. Ach bhí níos mó ná sin ann an uair seo.

'Ach beidh tú ar ais?' ar sise go ciúin.

'Tá súil agam.'

'Ag dul ag staidéar sa Fhrainc atá sé,' arsa Jacques agus é ag leagan a mhuga ar an deasc agus ag dul i dtreo an raca ráipéar arís. 'Beidh tú ar ais don samhradh. Beidh laethanta saoire na scoile agaibh mí Bealtaine.'

Bhreathnaigh Lúcás suas ar feadh nóiméid agus ghreamaigh a shúile súile Isabelle ar feadh ala bhig. Cion a chonaic sé san fhéachaint sin, agus ceist — iarratas ar a thuilleadh eolais, eolas níos cuimsithí ná mar a bhí seisean in ann a thabhairt. Ghoill sé seo go mór air nach raibh sé in ann an cheist sna súile donna a fhreagairt go hiomlán agus go macánta. Chuir an cur i gcéill déistin air.

'Tá súil agam é,' ar seisean agus chaith sé siar bolgam maith dá dheoch féin mar iarracht an mhíchéadfa a bhí air a cheilt. Bhí sé ag súil go mb'fhéidir go mbeadh sé ar ais roimhe sin.

'Le cúnamh Dé,' arsa Jacques thar a ghualainn. 'Cuimhnigh ar an gCú Mara. Uair sa dá mhí a bhíonn sí i mBordeaux, a bheag nó a mhór. Pasáiste saor in aisce duit. Déarfaidh mé leis an gCaptaen é. Gael fionn arb ainm dó Lúcás.'

Ach bhí a fhios ag Lúcás go mb'fhéidir go dtógfadh sé go maith os cionn míosa air an tasc a tugadh dó a chur i gcrích. Agus ní raibh aon bhaint ag laethanta saoire na scoile leis. Bhí sé tarraingte idir a dhúil san eachtraíocht agus cumha na himeachta. Lasmuigh dá Dhaideo agus de Mháire b'iad seo na daoine ab ansa leis sa saol. Agus bhí sé ag insint bréag dóibh.

'An bhfuil an Dualtach ag dul leat?' arsa Isabelle.

'Níl; ag dul liom féin atá mé.'

'Tú ag súil leis?'

'Tá, cineál.'

Ní bheadh aon chiall gan é a rá. Bhain sé triail bheag eile as breathnú sna súile uirthi. Ní raibh ann ach an soiceand is lú ach chuimsigh an fhéachaint saol aoibhinn cumhach nach raibh sé ach tar éis eolas a chur air trí nóiméad roimhe sin.

'Ach ní maith liom sibhse a fhágáil.'

Chas Jacques ón raca agus shiúil go torannach trasna an urláir. Chas Lúcás timpeall le breathnú air. Bhí miodóg ina lámh aige.

'Éist,' ar seisean. 'Beidh tú ar ais sa samhradh, le cúnamh Dé. Anois tá rudaí eile le tabhairt agam duit.' Tháinig sé ar ais i lár an tseomra agus sheas, geall leis, idir an bheirt daoine óga. D'ardaigh sé an mhiodóg a raibh truaill bheag de leathar dubh greanta uirthi agus chuir an chos isteach i lámh Lúcáis.

'Main gauche. An mhiodóg chosanta. Tá a fhios agat cén chaoi lena húsáid. Rinneamar go minic cheana é. Troid à la fiorentina, mar a deir siad.'

'Ó, Papa,' a bhéic Isbéal agus rith sí amach as an seomra.

Níor thug Jacques aon airde uirthi. Chuaigh sé go dtí cófra urláir i gcúinne thíos an tseomra, d'ardaigh an barr air agus thóg amach péire lámhainní de leathar dorcha donn. Tháinig sé ar ais agus thug do Lúcás iad.

'Lámhainní pionsóra.'

Chríochnaigh Lúcás an deoch beorach agus leag an muga agus an mhiodóg uaidh ar an deasc. Thóg sé na lámhainní uaidh gan smaoineamh. Bhí a aird ar Isabelle a bhí imithe. B'fhacthas dó gur chuir an chaint dheireanach faoi la fiorentina trí chéile ar fad í. Thuig Jacques a raibh ar a intinn.

'Beidh sí ar ais. Anois is cuimhin leat a ndúirt mé leat faoin miodóg a choinneáil i gcúl do chreasa agus a thógáil amach leis an láimh chlé.'

'Is cuimhin.'

'Go maith. Ainneoin a ndeir Capo Ferro,' ar seisean ag léiriú go raibh an chuid is déanaí d'eolaíocht na pionsóir-eachta ar eolas aige, 'níl a leithéid de rud agus troid uasal ann má tá do bheatha i mbaol. Má bheirtear ort agus do bheatha i dtreis, is éard atá sa phionsóireacht do chéile comhraic a thomhas go cruinn agus teacht slán, é a mharú má chaithfidh tú. Más féidir sin a dhéanamh gan an onóir a shárú tá go breá. Ach céard is fiú an onóir a bheith slán agus tú féin a bheith ar lár. An dtuigeann tú an rud atá mé ag rá leat? Más à la fiorentina a theastaíonn bíodh sé à la fiorentina. Ach corr-uair dhéanfadh cic sna magairlí an gnó.'

Rinne Lúcás gáire, ag cuimhneamh dó ar eachtra na maidine. Thriail sé na lámhainní air. Chuaigh siad air go breá. Bhain sé de arís iad agus sháigh i bpócaí móra a sheaicéid iad. Ansin thóg sé an mhiodóg arís. Thóg sé amach as an truaill bheag í leis an lann a thástáil.

'Cúramach,' arsa Jacques leis go tobann. 'Tá sí sin géar.'

Chuir Lúcás an mhiodóg ar ais sa truaill agus sháigh ina chrios í faoi chaol a dhroma. Bhí iontas air faoin athrú béime a bhí i gcaint Jacques anois agus an saol mór ag druidim leis, saol nárbh ionann agus uaisleacht idéalach an salles d'armes.

Bualadh cnag ar an doras mór. Lig Jacques béic as agus tháinig Parthalón isteach. D'inis sé dóibh go raibh an Báille tar éis a bheith sa tábhairne thíos staighre agus Lúcás á lorg aige.

'Agus cá bhfuil an Báille anois?' a d'fhiafraigh Jacques.

'Imithe go dtí an Coláiste de réir mar a thuigim.'

'Ach cad chuige nach ndúirt tú leis go raibh Lúcás anseo?'

'An Captaen Ó Flaithearta a dúirt leis go raibh Lúcás sa Choláiste.'

'Ceart go leor a Pharthalóin. Go raibh maith agat.'

Nuair a bhí an doras dúnta ag Parthalón ina dhiaidh bhreathnaigh Jacques ar Lúcás. D'inis Lúcás an scéal dó chomh hachomair agus a d'fhéad sé.

Sheas Jacques nóiméad, ag smaoineamh.

'Agus ceapann an Báille go raibh baint agatsa lena bhás?'

'Is dócha go bhfuil sé ag iarraidh labhairt liom mar gheall air. B'fhearr dom dul abhaile.'

Is é ba dhóigh le Lúcás anois gur ón teach a tháinig an Báille go dtí Le Brocard. Nuair a gheobhadh sé amach nach raibh sé sa Choláiste ach an oiread, seans go dtiocfadh sé ar ais.

Rinne Jacques machnamh beag.

'An bhféadfadh sé go mbeidís ag iarraidh stop a chur leat?'

'D'fhéadfadh dá mbeadh a fhios acu go raibh mé ag imeacht ach níor inis mé do dhuine ar bith ach daoibhse.'

'Ionann dul thar sáile ag staidéar agus a bheith i do shagart. Chuirfidís stop leat dá mbeadh a fhios acu é.'

D'oscail an doras thuas. Tháinig Isabelle isteach agus a leas-mháthair Úna in éineacht léi agus beirt ghasúr i ngreim láimhe aici sin. Mar ba dual di mar Bhlácach, níor léirigh Úna aon mhothúchán ach í staidéartha tomhaiste. Ding de bhean íseal ba ea í agus aghaidh chruinn bhán aici agus a gruaig cuachta aníos taobh thiar. Bhí sí gléasta ar an nós Sasanach i ngúna de shról dubh go hurlár agus cóta dorcha liath.

'Tá tú ag imeacht uainn, a Lúcáis,' ar sise, ag gluaiseacht trasna an urláir ina dtreo.

An chaoi a ndúirt sí é ba léir gur duine í Úna de Bláca nár thaitin léi rudaí a bheith ag teacht aniar aduaidh uirthi. Scaoil na gasúir a ngreim agus sheas go modhúil. Tháinig Úna suas chuig Lúcás agus bhronn póg fhuar ar a leiceann. Sa mhéid is gur bhain an scéal seo le duine lasmuigh den teaghlach agus lasmuigh dá raon sóisialta féin, bhí sí go maith in ann déileáil leis. Ach fós ba léir nár chuid dá pleananna féin é, mar sin bhí sí beagán míshásta.

'Gach rath ort, a ógánaigh. Agus go dtuga Dia slán abhaile thú.'

Tháinig Isabelle go dtí é. Bhreathnaigh siad sna súile ar a chéile. Ní raibh aon rian orthu go raibh sí tar éis a bheith ag caoineadh ach stuaim agus gean ag lonrú iontu nár thuig sé ach ar éigean agus a théigh a chroí.

Anois thar riamh a bhí a fhios aige gurbh aoibhinn leis tuiscint agus spraoi an chailín seo. Chonaic sé freisin inti ábhar mná áille. Rith rois focal leis nach n-úsáidfeadh sé go hiondúil. Ní raibh a fhios aige cé as a tháinig siad, faghartha, stuama, stáidiúil, seangchruthach. Sin agus a neamhfhiúntas féin; a shuarachas féin, fiú; a bhréige féin. Ach le cúnamh Dé bheadh sé ar ais.

Bhí rud éigin idir a méara ag Isabelle. Bhreathnaigh siad ar a chéile arís.

'Crom do cheann,' ar sise leis go héadrom leathmhagúil.

Chrom Lúcás a cheann agus chuir Isabelle slabhra fíneálta thairis.

'Bonn a bhfuil íomhá na Maighdine air,' ar sise. 'Coinnigh gar do do chroí é.'

D'ardaigh Lúcás a chloigeann agus bhronn Isabelle póg ar gach leiceann. Anois bhí dhá rud lena chroí.

I rith an ama bhí an bheirt ghasúr tar éis fanacht siar gan focal astu. Ba é a seal siadsan anois é. Tháinig siad chun tosaigh, Péatar, an duine ba shine, gléasta i dtriús dubh agus léine bhán agus Honóra i gcóitín bán. Ábhar maith

172

Políté

bardasaigh ba ea Péatar agus bhí sé béasach dá réir. Shín sé
a lámha amach.

'Ba mhaith linn gach rath a ghuí ort, a Lúcáis,' ar seisean
le foirmeáltacht nach raibh ag teacht leis na naoi mbliana
ar éigean a bhí aige.

'Táim an-bhuíoch díot, a Phéatair,' arsa Lúcás ag breith
ar lámh air.

Tháinig Honóra suas mar a chéile.

'Tar ar ais go luath, a Lúcáis. Mar aireoimid uainn go
mór thú.'

Chuaigh Lúcás síos ar a ghogaide agus bhronn póigín
ar bhaithis Honóra. Nuair a chuimhnigh sé ar an spraoi a
dhéanadh sé leis an mbeirt ghasúr seo tháinig tocht air is
níor fhan focal aige. D'éirigh sé ina sheasamh arís.

D'fhiafraigh Úna de go béasach ar mhaith leis fanacht
le haghaidh béile. Ghabh Lúcás buíochas léi ach dúirt nach
raibh sé sa bhaile fós is go gcaithfeadh sé imeacht. Bhí
Jacques tar éis dul chuig an gcófra arís agus teacht ar
sheanhata leathan a raibh cleite piasúin ann.

'Anois mar sin,' ar seisean, ag teacht ar ais agus ag leagan
an hata liobarnach anuas a chloigeann Lúcáis. Rinne gach
duine eile gáire breá, ach amháin Jacques. Threoraigh
Jacques Lúcás go dtí an doras mór go deifreach. D'oscail sé
é, rug barróg arís ar Lúcás, agus ansin chuir sé féin, agus
Úna, agus na gasúir agus Isabelle slán le Lúcás ar bharr an
staighre agus na gasúir a rá 'go dtuga Dia slán abhaile thú,'
as béal a chéile, nath coitianta na Gaillimhe leo siúd a bhí
ag dul thar sáile.

18

Fuarbholadh

Trí chéile is a bhí sé i ndiaidh na scarúna, is mar phionsóir a shiúil Lúcás amach ó Le Brochard. Bhí spreacadh ina choisíocht agus b'iontach an tógáil croí é hata a bheith ar a chloigeann agus ráipéir a bheith ar crochadh lena thaobh. Agus bhí litir ina sheilbh aige a bhí sé chun leagan isteach i lámha an taoisigh Ghaelaigh ab airde cáil san Eoraip. Taobh istigh de chúpla seachtain bheadh sé sa Róimh, i ardchathair na Críostaíochta. Agus nuair a thabharfadh sé an litir d'Ó Néill, bhainfí croitheadh nach beag as Éirinn agus as Sasana agus an Eaglais féin, gan trácht ar chomhairlí Rí na Spáinne.

Bhí a chroí go hard. Chomh hard le spuaic Eaglais San Nioclás agus é ag siúl thairisti síos an Chéim Cham — an bealach ba dhírí i dtreo an bhaile. Thiocfadh sé ar ais go Gaillimh ansin, sheasfadh sé i lár an urláir sa grande salle, gaisce na hEorpa déanta aige, agus os comhair a hathar agus a leasmháthar, d'iarrfadh sé Isabelle le pósadh.

An nóiméad sin go díreach brúdh go láidir sa droim é. An chéad rud eile bhí mála garbh cnáibe á chur thar a chloigeann agus é á fháisceadh faoina smig. Rinne sé iarracht breith ar an ráipéar ach bhí lámha teanna righne caite timpeall air mar a bheadh téada loinge sa chaoi is nach bhféadfadh sé corraí. Ba bheag nár ardaíodh den talamh é.

Tarraingíodh é i leataobh agus bíodh is nach bhféad- fadh sé tada a fheiceáil bhí tuairim mhaith aige gur tugadh isteach faoin bpóirse é idir an Chéim Cham agus an tSráid Thuaidh. An chéad rud eile, d'airigh sé lann ag brú ar a bholg díreach faoi bhun na heasnacha ar an taobh clé. Scaoileadh an greim de bheagán agus brúdh chun cinn é — ní raibh a fhios aige cén áit, ach amháin gur ar dheis é. Níor labhair éinne.

An t-aon smaoineamh amháin a bhí ag Lúcás: bhí an Sionnach tar éis breith air. Is beag nár lúb a chosa faoi. Ach bhí níos mó ná sin ag cur as dó.

Bhí an seanbholadh sa mála ag dul síos a scornach. Rinne sé casacht. Seanmhála plúir é a raibh boladh plúcht- ach iomarcach ann. Bhí an fear a ghabh é á bhrú ón gcúl lena cholainn féin, greim aige ar a lámh chlé agus í sáite suas taobh thiar dá dhroim. Bhí a lámh eile, an lámh a raibh an claíomh inti, fáiscthe timpeall air, sa chaoi is nach bhféadfadh sé a lámh dheas a bhogadh. Bhí gleo na sráide i bhfad uathu.

Ainneoin na contúirte, na laige, agus na mórimní a bhí air, tháinig sástacht éigin ar Lúcás. Faoi dheireadh bhí an namhaid chuige. Fiú má mharaigh sé Murchadh Shéamais, fós b'fhearr leis an Sionnach os a chomhair ná in áirse dorcha éigin ag bagairt air.

Go tobann, bhuail a chos in éadan céime. Fáisceadh tuilleadh é agus brúdh chun tosaigh é. B'éigean dó na céimeanna a dhreapadh. Ceithre cinn a bhí ann. Cúpla coiscéim eile agus d'airigh sé athrú fuaime agus aeráide; fuacht agus taise. Bhí siad taobh istigh anois. Brú garbh eile ar clé agus bhí urlár clár faoina chosa. Bhí an solas a bhí ag teacht tríd an mála tar éis laghdú. Bhí boladh eile anseo. Fuarbholadh mídheas éigin.

Chuala sé cathaoir á tarraingt trasna an urláir adhmaid. Chas an fear a bhí á fháisceadh thart go tobann é agus brúdh síos é ar an gcathaoir. D'airigh sé na súgáin gharbha faoina thóin. Níor luaithe ina shuí é ná bhí rópa caite thar a lámha is thar a cholainn.

'Ceangail go maith é.' Glór fir; fuinniúil, gan a bheith sean.

Ceanglaíodh. Agus go docht, a lámha thart ar chúl na cathaoireach. Ansin tarraingíodh an ráipéar amach as a chrios.

'Ní móide go mbeidh an miodailín stáin seo ag teastáil uait,' arsa an glór céanna agus chuala sé cleatar an chlaímh ar bhord adhmaid taobh thiar dá ghualainn chlé.

Fad a bhí sé sin ag caint bhí an duine eile — bhí sé sásta anois gur beirt acu a bhí ann — ag ceangal caola a lámh le chéile le téad tanaí taobh thiar de dhroim na cathaoireach. Chuaigh pian ghéar trí chnámh chaol a lámh nuair a fáisceadh na téada.

I ndiaidh ardchúirtéis na pionsóireachta sa Salles d'Armes, an tséimhe ghrámhar a bhí blasta aige le muintir an tí, gan trácht ar arraing mhilis na scarúna le hIsabelle, anois féach a chloigeann i mála, a lámha ceangailte, agus an ráipéar álainn caite i leataobh amhail is gur bréagán gasúir é.

'Anois a ghaigín,' arsa an duine os a chomhair. 'Tá súil agam go bhfuil fonn cainte ort.'

Géire an Achréidh a bhraith sé ar an gcanúint. D'fhan an duine taobh thiar ina thost.

Bualadh sonc sa ghualainn air. Ba í a ghualainn chlé í agus d'airigh Lúcás arraing ghéar arís ann.

'Tosaímis ag baint spreabanna,' arsa an glór. 'Is bainfidh mise an chéad spreab.'

Tugadh sonc eile dá ghualainn agus d'airigh sé an phian ghéar chéanna arís.

'Cé leis a raibh tú ag caint ar maidin?'

Ab in é an fáth ar maraíodh Murchadh Shéamais, mar nach raibh sé sásta sceitheadh ar an sagart?

'Bhí mé ag caint le go leor daoine,' arsa Lúcás mar fhreagra. B'aisteach leis a bheith ag caint taobh istigh de mhála.

'Freagair an cheist.'

'An Máistir Ó Maol Chonaire....'

'Sin bréag,' a bhéic glór taobh thiar de — bhraith sé gur glór níos óige é, an chanúint chéanna. 'Cén t-ábhar...?'

'Fóill, fóill, a Ghéag.' Chuir an chéad fhear a labhair isteach ar a chompánach. 'Tá neart ama againn.'

Bhí tamall tosta ann.

'Bain an púicín de,' arsa an chéad duine.

'Ar cheart dúinn?'

'Déan mar a deirim leat.'

Thángthas taobh thiar de, scaoileadh an téad fáiscthe agus sciobadh an mála dá chloigeann d'aon tarraingt gharbh amháin. Thit an liobar de hata ar an urlár. Bhí solas lag liath sa seomra, agus an fuarbholadh a d'airigh sé nuair a brúdh isteach sa seomra é an chéad uair, bhí sé níos láidre anois. Fuarbholadh allais a bhí ann. Os a chomhair amach bhí fear óg ard na glibe fada duibhe ina shuí ar chathaoir shúgáin thart ar dhá shlat uaidh. Bhí seaicéad agus léine air agus bríste olla glas a bhí caite go maith. Bhí téagar ina cholainn chaol. Bhí claíomh gearr trasna a ghlúna scartha. Taobh thiar dá ghualainn deas bhí fuinneog chaol ghobach ag ligean an tsolais isteach sa seomra — níor mhórán é — agus taobh thiar dá ghualainn chlé bhí an doras, sa bhalla céanna, é dúnta.

'Anois an n-aithníonn tú mé?'

Bhreathnaigh Lúcás go géar ar an éadan liathbhán a raibh an ghlib dhubh ag clúdach a leath de. Chonaic sé an fhéasóg dhubh bhearrtha agus, arís sa leathshúil, dorchadas buile. Bhí muinín chontúirteach ag an bhfear as féin agus as a raibh ar siúl aige. Agus bhí sé spadhartha.

'Nílim cinnte.'

'Bréagadóir. Ná lig leis é.'

An dara fear a labhair. Bhí sé ina sheasamh taobh thiar de Lúcás agus gan aon radharc ag Lúcás air. Chas Lúcás a chloigeann thart chomh maith is a d'fhéad sé. Ní fhaca sé ach bun a sheaicéid mar bhí sé fáiscthe go maith leis an gcathaoir.

Léim an chéad fhear suas agus caitheadh a chathaoir shúgáin seisean siar ar a cúl.

'Ná corraigh, a dhiabhail.'

Dhírigh sé an claíomh ar a scornach. Ansin d'íslígh é chomh tobann céanna. Chas sé uaidh agus thóg a chathaoir féin den urlár.

'Bí cúramach, a mhaicín, nó tá tú réidh.'

Rinne sé gáire leamh.

'B'fhéidir go bhfuil tú réidh ar aon chuma.'

Shuigh ar ais ar a chathaoir féin.

'Tá eolas uainn. Ach tig linn fanacht.'

Ansin bhreathnaigh sé thar ghualainn Lúcáis.

'Imigh, a Ghéag, agus abair leis an bhFear Mór go bhfuil sé againn.'

D'imigh Géag—níor shíl Lúcás gurb in é a ainm ceart ach ainm a bhí á úsáid acu le nach n-aithneofaí é—agus dhún an doras ina dhiaidh. Fuair Lúcás radharc ar a chúl, ar a sheaicéad de ghlas na gcaorach. Fear mór téagartha a bhí ann, níos leithne go mór ná Fear na Glibe.

D'éirigh sé seo ina sheasamh ansin agus thosaigh ag siúl thart sa seomra. Seomra lom a bhí ann, aol ar an ballaí a bhí éirithe buí. An fhuinneog sa bhalla in aice leis an doras, ní fuinneog í a thug amach ar an tsráid ach ar phasáiste ba chosúil. Sa chúinne thíos ar chlé uaidh, an cúinne ab fhaide ón doras, chonaic carn luachra. Bhí an chuma air sin agus ar an mboladh trom san áit go raibh daoine tar éis a bheith ina gcodladh anseo.

'Tá súil agam nach bhfuil aon duine ag fanacht ort sa bhaile,' arsa Fear na Glibe go magúil. 'Beidh siad ag fanacht.'

Shuigh sé siar ar a chathaoir arís agus chuir í ar a cosa deiridh. Ansin lig ar ais arís í. Lean sé air ar an gcaoi sin, scaití ina shuí siar, scaití lena uillinneacha ar a ghlúine aige agus méara a dhá lámh faoina smig, an claíomh gearr ar sileadh as méara na láimhe deise. Amanta dhéanadh sé gáire go gránna le Lúcás gan údar; scaití bhreathnaíodh ar an gclaíomh, thógadh ina dhorn é agus thosaíodh ag bualadh bhos na láimhe clé leis an lann; gan aon rud á rá aige.

Ní dúirt Lúcás focal ach an oiread. Bhí sé ag iarraidh léamh ar an bhfear.

D'éirigh Fear na Glibe arís agus thosaigh ag siúl thart.

'Gaigín ceart thú. Cá bhfuair tú an fuip faip?' Bhagair sé a cheann ar an ráipéar a bhí áit éigin taobh thiar de Lúcás.

Ní dúirt Lúcás tada.

'Cuma,' arsa an fear eile. 'Labhróidh tú go maith nuair a thiocfaidh an té a gcaithfidh tú labhairt leis.'

Chas sé thart. Chonaic sé an hata ina luí ar an urlár. Chrom sé is phioc suas é. Chuir sé ar a chloigeann é.

'Aidhe!' ar seisean.

Ansin chomh sciobtha céanna bhain sé de arís é agus chaith taobh thiar de Lúcás é san áit a raibh an ráipéar caite cheana aige agus gramhas drochmheasa ar a aghaidh.

flaby 'Liobar lofa,' ar seisean.

Lean sé air ag siúl thart. Bhí sé ag baint suilt as an gceilt, as an diamhrachas, agus as an gcumhacht a bhí aige ar dhuine ceangailte. Bhreathnaigh sé amach an fhuinneog. Bhuail sé a thaobh le lann an chláimh amhail is gur fleasc tiomána beithíoch é. Bhí Lúcás ag faire air i rith an ama: fear míshocair, fear a chaithfidh a bheith ag déanamh rud éigin an t-am uile, gan aon taithí aige ar a bheith ina shuí, gan mórán taithí aige ar a bheith ag labhairt, ach taithí aige ar chlaíomh, seans — ceithearnach ar scor.

Shuigh Fear na Glibe ar ais ar an gcathaoir. Ach tar éis

cúpla nóiméad bhí sé ina sheasamh arís. Shiúil sé taobh thiar de Lúcás. Níor thaitin sin le Lúcás nó ní raibh aon radharc aige air agus ní raibh a fhios aige céard a dhéanfadh sé. D'airigh sé é ag teacht níos gaire dó agus ansin mhothaigh sé lann an chlaímh ag cuimilt leis an ngruaig ar chúl a mhuiníl. Ansin baineadh an lann agus tháinig an fear timpeall arís. Thosaigh sé ag siúl suas síos os a chomhair.

Shíl Lúcás dul sa seans.

'Cad chuige ar mharaigh sibh é?'

Stop an fear os a chomhair agus bhreathnaigh anuas air. Rinne sé gáire aisteach.

'Tá teanga agat, tá teanga ag an gcriogar.' CRICKET

Thóg sé coiscéim níos gaire do Lúcás.

'Ach níl cead labhartha agat, a chriogair lofa. Go fóill.'

'Ach cad chuige ar mharaigh sibh é?'

'Éist do bhéal,' a scread Fear na Glibe agus bhuail sé cloigeann Lúcáis le cúl a láimhe.

Buille trom treascartha a bhí ann. Ach ní raibh Lúcás chun é a ligean leis.

'Ní raibh....'

Tháinig an dara buille, trí oiread níos láidre is níos treascaraí ná an chéad cheann. Pictiúr éiginnte d'Isabelle a chonaic Lúcás ina intinn sular thit sé siar sa chathaoir. Baineann stangadh chomh mór sin as gur fágadh é gan aithne gan urlabhra.

19

An Claíomh Gearr

Ní raibh a fhios ag Lúcás cé chomh fada is a bhí sé mar sin, gan aithne. Ní rófhada, shíl sé. Cúig nóiméad ar a mhéid. Níos lú. Leathnóiméad. Nuair a tháinig sé chuige féin bhreathnaigh an seomra níos loime agus níos dearóile ná riamh. Bhí an doras ar oscailt. Bhí an chuma air go raibh sé ina aonar. Bhí pian ina chloigeann agus bhí a ghualainn chlé ag goiliúint air arís. Bhí mairbhe phianmhar ina lámha freisin. Bhí an ceangal chomh docht ar a rostaí is a bhí an chéad uair a ceanglaíodh iad agus na téada ag gearradh isteach ina chnámha. Ach bhí sé in ann a mhéara a bhogadh. Bhí an mhiodóg slán i gcónaí ina chrios taobh istigh dá sheaicéad — la Fiorentina — mar a bhí sé chun a thabhairt ar an miodóg chéanna as seo amach.

Ach bhí taca cúil na cathaoireach idir a lámha ceangailte agus a sheaicéad, agus éadach tiubh a sheaicéid idir cúl na cathaoireach agus an scian. Chuir sé a mhéar, brathadóir na láimhe deise, isteach faoi thaca trasna na cathaoireach agus thosaigh á hoibriú le cúl an tseaicéid a ardú. Ansin chuala sé coiscéimeanna sa phasáiste lasmuigh agus, geall leis ar an bpointe, bhí Fear na Glibe ina sheasamh i mbéal an dorais oscailte ag breathnú air.

'Hea. Tá tú beo arís.'

Tháinig sé isteach sa seomra. Sheas sé os comhair Lúcáis. D'aistrigh sé an claíomh chuig an lámh chlé agus d'ardaigh an lámh dheas amhail is go raibh sé le buille eile a tharraingt air. Ansin rinne sé gáire, chas thart agus chuaigh go dtí an fhuinneog. Bhreathnaigh amach ar an bpasáiste. Chas sé thart arís ansin agus shuigh sé síos.

Bhreathnaigh sé san aghaidh ar Lúcás. Bhí déistin i bhféachaint na súile dorcha agus aduaine, mar aon le rud éigin eile nach bhféadfadh Lúcás a thomhas. Bhí an feitheamh seo leis an bhFear Mór ag goilliúint air, amhail is gur ainmhí fiain é, as a chleachtadh, coinnithe i gcás, agus contúirt ann dá réir. Gan duine a bheith os a chionn, gan an té ar cuireadh fios air a bheith tagtha, ní raibh a fhios aige ar cheart dó a dhéanamh: labhairt nó gan labhairt, suí nó seasamh. D'fhéadfadh sé rud ar bith a dhéanamh. Ansin labhair sé.

'Linne an áit seo,' ar seisean go sásta. 'Ar fhaitíos go gceapfá gur le duine éigin eile é.' Rinne sé gáire. 'Sin é an fáth gur anseo a thugamar thú.'

Ansin, d'éirigh sé arís, shiúil thart, bhreathnaigh amach an fhuinneog, chas thart agus chuaigh amach as an seomra arís. D'airigh Lúcás é ag siúl suas síos lasmuigh. Chonaic sé a scáth cúpla uair ag dul thar an bhfuinneog.

Lean Lúcás air ag ardú bun an tseaicéid beagán ar bheagán lena mhéar. Bhí a aire uile dírithe anois ar an spás beag taobh thiar de nach bhféadfadh sé a fheiceáil. Bhí sé ag brath go hiomlán ar mhothú a mhéar. Sa deireadh chuimil alt a ordóige le cos mhiotail na miodóige. Níor ghá an scian a thógáil amach ar fad. Ba leor cuid den lann a nochtadh. Rinne sé iarracht sin a dhéanamh trí alt a ordóige a bhrú suas in éadan chos na miodóige. Ach tháinig an truaill leathair leis. Ní raibh ag éirí leis an lann féin a nochtadh. Chuala sé na coiscéimeanna sa phasáiste arís. Bhí an géagachán ar a stáidiúr arís suas síos.

Tháinig sé thar an doras, d'fhéach isteach, lean air. Nuair a chuala Lúcás na coiscéimeanna ag imeacht uaidh arís, bhrúigh sé a dhroim suas le cúl na cathaoireach. D'éirigh leis an mhiodóg a ghreamú idir a dhroim agus taca na cathaoireach. Arís thosaigh sé ag brú ar an lann le halt a ordóige, suas faoi fheirc na scine. Níor tháinig an truaill leis an uair seo ach d'éirigh leis cuid bheag den lann gar don fheirc a nochtadh. Dhéanfadh orlach go leith cúis. Níor ghá ach ligean do na téada cuimilt leis an lann. Ach dá n-ardódh sé an scian an iomarca b'fhéidir go dtitfeadh sí. Go mall cúramach, d'ardaigh sé la Fiorentina amach tuilleadh as an truaill. Bhí orlach nó mar sin den lann nochta aige. Bhí Fear na Glibe stoptha áit éigin thíos an pasáiste.

Ba é taca trasna na cathaoireach an fhadhb i gcónaí. Ní raibh ach aon bhealach amháin leis na téada a chur in aice leis an lann: uachtar a choirp a chlaonadh i leataobh. Ach bhí uachtar a choirp ceangailte chomh docht céanna lena lámha. Ní hamháin sin ach dá bhfeicfeadh an fear eile é ag corraí thart sa chathaoir bheadh sé réidh. Bhí pian a ghualainne tar éis maolú beagán ach bhí a chloigeann fós go dona.

Chuala sé na coiscéimeanna ag druidim leis an doras arís, an uair seo go mall staidéartha. Mar a chéile leis an uair roimhe, d'fhéach an fear isteach agus ansin lean air ag siúl. Chlaon Lúcás a cholainn oiread agus a ligfeadh na téada móra dó a dhéanamh. Bhrúigh sé caol a láimhe suas leis an lann ach níor leor é. Ghearr sé bun a ordóige. Baineadh geit as sa chaoi is nach bhfaca sé Fear na Glibe ina sheasamh sa doras arís. Tháinig sé isteach sa seomra agus shuigh ar ais ar an gcathaoir. Bhreathnaigh ar Lúcás, súil ag Lúcás nach raibh fuil na hordóige ag sileadh ar an urlár.

'Nílim chun labhairt leat,' arsa an fear a bhí os a chomhair. 'Dúirt mé nach raibh mé chun labhairt leat agus nílim chun labhairt leat. Fágfaidh mé faoin bhFear Mór é. Ní mise atá ceaptha plé leat. Pléifidh seisean leat. Ach déarfaidh mé an méid seo. Ní éireoidh libh. Ní éireoidh libh. Lucht comhcheilge. Lucht na gcúlseomraí lofa. Ní éireoidh libh, ná leatsa, a sciotacháin bhréin.'

D'éirigh sé agus chuaigh amach chomh tobann is a tháinig isteach.

A luaithe a bhí sé imithe, rinne Lúcás iarracht eile a cholainn a chlaonadh níos mó i leataobh ach níor éirigh leis. Bhí an teacht is an imeacht, giodam leathfhiain an fhir eile, ag goilliúint go mór air. Ghlac sé sos. Ansin rinne sé sáriarracht eile bogadh a bhaint as a cholainn cheangailte. Ní raibh ann ach leath orlaigh ach d'éirigh leis an uair seo. Chuaigh téada a rostaí suas chomh fada leis an lann. Ba leor an chuimilt ab éadroime. Ghearr an mhiodóg na téada mar a ghearrfadh an t-aer féin. Bhí a rostaí scaoilte. Ach choinnigh sé greim docht ar na téada gearrtha agus súil aige nach raibh ceann ar bith acu ag sileadh síos sa chaoi is go bhfeicfí é. Bhí an rópa mór le gearradh anois.

Is éard a theastaigh chuige sin an mhiodóg a ardú amach as an truaill ar fad. Leag sé a mhéara ar chos na miodóige. Bhí sé ar tí í a tharraingt amach nuair a chuala sé na coiscéimeanna sa phasáiste arís. Mar a tharla a liacht sin uair cheana chuaigh na coiscéimeanna thar an doras. Ach má chuaigh, bhí Fear na Glibe ar ais sa seomra i bhfaiteadh na súl. Bhí méara Lúcáis fós ar chos na miodóige ach níor fhéad sé corraí ar fhaitíos go dtitfeadh na téada go talamh nó go dtitfeadh an mhiodóg féin.

'Tá sibh bréan,' ar seisean le hoiread déistin agus ab fhéidir leis. 'Tá sibh sin. Mar atá an chathair lofa seo a bhfuil sibh ina bhur gcónaí ann. Bréan. Boladh bréan. Boladh bréan ar an sráideanna. Gach uile dhiabhal rud bréan.'

Bhí cinneadh le déanamh ag Lúcás agus cinneadh sciobtha. An n-ardódh sé la Fiorentina amach as a truaill anois agus féachaint leis an rópa mór a ghearradh agus an fear eile fós sa seomra ag breathnú air. Nó an bhfanfadh sé le súil go n-imeodh sé amach arís.

Chas Fear na Glibe thart arís agus shiúil amach as an seomra.

'Ní bheidh sé ró-fhada anois,' ar seisean ag dul amach dó, agus rinne sé gáire leamh.

D'fhan Lúcás soicind. Chuala sé na coiscéimeanna ag imeacht síos an pasáiste. D'ardaigh sé an mhiodóg go réidh amach as an truaill bheag. Bhí greim aige anois uirthi ina dhorn deas. Tháinig sí leis. Thóg amach as faoi bhun a sheaicéad í. Ach bhí bior na miodóige i dtreo an urláir agus bhí sliopach fós ina mhéara. Bhí ag dul dian air greim a choinneáil ar an miodóg.

D'fhéach sé suas. Bhí fear na glibe ina sheasamh sa doras amhail is go raibh rud éigin cloiste aige agus go raibh sé tar éis teacht ar ais ar chosa boga le fáil amach a raibh ar bun. Choinnigh Lúcás a lámha taobh thiar dá dhroim, an mhiodóg anois scaoilte ón truaill agus ag sileadh síos idir brathdadóir agus méar fhada na láimhe deise. Ba í an iarracht mhór anois í a chasadh suas idir a mhéara agus a ardú le go gcuimleodh leis an rópa a bhí á cheangal den chathaoir gan ligean di titim. Choinnigh sé a cholainn righin ach, taobh thiar den chathaoir, thosaigh sé ag brú ar chos na scine lena ordóg, oiread agus a ligfeadh mairbhe a mhéar dó a dhéanamh, leis an lann a chasadh thart.

D'fhan Fear na Glibe ina sheasamh i mbéal an dorais. Bhreathnaigh sé ar Lúcás. Bhreathnaigh Lúcás air siúd fad a bhí a dhorn ag breith ar chos na miodóige a bhí anois casta sa treo ceart aige. Ansin thit na téada de phlimp éadrom ar an urlár taobh thiar den chathaoir.

'Hé!' a scread Fear na Glibe agus thug abhóg sciobtha fhíochmhar i dtreo Lúcáis.

Bhrúigh Lúcás an mhiodóg suas go sciobhta in éadan an rópa. Chuimil la Fiorentina leis agus ghearr tríd go glan. Thit an rópa ina liobarna thar ghlúin Lúcáis. An nóiméad sin díreach bhí an fear eile sa mhullach air. Chlaon Lúcás i leataobh. Rug an fear eile ar chúl na cathaoireach agus san am céanna chaith Lúcás é féin go talamh. D'imigh an chaothair siar agus Fear na Glibe anuas uirthi.

D'éirigh Lúcás ina sheasamh de phreab, an mhiodóg ina lámh dheas. Chonaic sé la Guarda ina luí ar bhord sa chúinne dhá shlat uaidh. Chas sé timpeall, léim sé chuig an mbord agus a lámh clé á síneadh amach aige le breith ar an ráipéar. Ach bhí an fear eile níos sciobtha. Thug sé seáp faoi chosa Lúcáis agus tharraing go talamh é. Gan smaoineamh, chuir Lúcás bonn a choise le gualainn an fhir eile agus bhrúigh uaidh é go láidir. B'in í an soiceand a theastaigh. Léim sé ina sheasamh agus rug ar an ráipéar.

Bhí an bheirt acu ina seasamh anois, ar aghaidh a chéile, ag faire ar a chéile. Chuir an fear eile an ghlib siar. Bhí fíoch damanta ina shúile. Gan a shúile féin a bhaint de, d'aistrigh Lúcás an ráipéar go dtí a dhorn deas agus thóg la Fiorentina ina dhorn clé. Shín sé an ráipéar amach roimhe. Ba é an en garde é ach ní dúirt sé tada. Bhí an fear eile ag glacadh seasaimh chosanta os a chomhair, an claíomh gearr réidh aige le haon ionsaí a dhéanfadh sé a bhac. Ba é an chéad tástáil ar Lúcás é mar phionsóir lasmuigh de sheomraí Jacques. Agus ní pionsóir a bhí os a chomhair ach fear claímh den seandéanamh agus é taghdach tobann.

D'airigh Lúcás lag. Thosaigh a chloigeann ag snámh. Amhail is gur thuig an fear eile sin thug sá tobann amach roimhe gan bogadh ón áit a raibh sé ina sheasamh. Rinne Lúcás retraite. Bhí air. Ach cúpla cúlú eile mar sin agus bheadh a dhroim le balla. Chaithfeadh sé teacht chuige féin. In ionad ligean don fhear eile teacht chun tosaigh arís rinne sé feinte ach ní raibh a chroí ann. Bhí pianta air; ar a lámha, ar a ghualainn, ina cheann. Os a choinne sin, bhí an fear eile aclaí lúfar, é cromtha anois mar a bheadh coraí ann. B'ionann baint leis agus méar a shá i nead foichí. Ach mar sin féin chaithfí triail a bhaint as.

Chuaigh Lúcás ina threo arís. Rinne sé marche agus

ansin fogha eile. Ar an bpointe chuir an fear eile cosaint suas lena bhac. Luigh lann la Guarda trasna ar an gclaíomh gearr gan éifeacht agus d'éirigh leis an bhfear eile é a bhrú uaidh. Ach níor tháinig an cuthach a raibh Lúcás ag súil leis. Bhí Fear na Glibe glic agus tomhaiste i mbun claímh. Má bhí sé ar scor féin bhí scil chlaímh an cheithearnaigh i gcónaí aige. Ní hamháin sin ach bhí sé láidir.

Ach ba léir do Lúcás an buntáiste mór a bhí ag fear an ráipéir ar fhear an chlaímh ghearr. Bhí sé seo in ann cosaint mhaith a chur suas ach ar éigean a bhí sé in ann ionsaí nó bheadh sé ag teacht faoi raon ionsaithe an ráipéir — ní raibh an miosúr aige.

Thug Lúcás fogha eile faoi. D'éirigh leis an bhfear é féin a chosaint agus tháinig an dá lann trasna ar a chéile arís. Ach chun é féin a chosaint i gceart an babhta seo bhí ar Fhear na Glibe druidim níos gaire do Lúcás. D'fhéadfadh Lúcás deireadh a chur leis an troid ar an bpointe ach la Fiorentina a shá suas sna heasnacha air nó fiú rop maith a thabhairt don lámh ina raibh an claíomh. Is é sin ag leanacht air mezzo tempo nó lámh chlaímh an duine eile a ghoineadh agus deireadh a chur le troid éagothrom gan mórán dochar a dhéanamh don chéile comhraic.

Ach shocraigh sé gan sin a dhéanamh. Shocraigh sé, ar phrionsabal na huaisleachta, deireadh a chur leis an troid leis an ráipéar amháin agus sin gan an fear eile a ghortú, dá mb'fhéidir leis ar chor ar bith é. Bhí sé sásta go raibh an lámh in uachtar aige. Rinne sé dearmad glan ar té a raibh fios curtha air agus ar dócha a bheadh ag teacht nóiméad ar bith feasta. Is éard a bhí uaidh sásamh a bhaint as an troid.

Bhí an chontúirt feicthe ag an bhfear eile agus shíl sé gur easpa scile é, ó thaobh Lúcáis de, nach raibh sé in ann an buille deireanach a thabhairt. Chúlaigh sé agus ghlac seasamh cosanta in aice leis an leaba luachra. Rinne Lúcás invite lena mhealladh amach arís. Ach chúb Fear na Glibe a ghuaillí agus chuir cuma an choraí air féin arís. Thug sin an deis do Lúcás guaille a sheaicéid a phriocadh.

Chúlaigh an fear eile arís isteach ar an luachair. Bhí Lúcás ag ceapadh go raibh leis. Ach bhí dearmad déanta aige ar fhíoch damanta an fhir a bhí os a chomhair. Chrom sé seo go tobann agus thug fogha faoi Lúcás in íochtar. Ba é a leagan féin é den passato sotto. Ní raibh ann ach gur éirigh le Lúcás casadh beagán i leataobh. Ba leor é. Ní raibh ann ach gur chuimil lann an chlaímh ghearr le héadach a sheaicéid. Ach léirigh sé an chontúirt. Chúlaigh Lúcás ar an bpointe. Mar a chéile Fear na Glibe. Bhí siad saor óna chéile arís. Chuaigh Fear na Glibe ar a chosaint, a fhios aige anois nach raibh le déanamh aige ach Lúcás a choinneáil uaidh go dtiocfadh cúnamh.

Thuig Lúcás an baol. Chúlaigh sé féin roinnt. D'ísligh an ráipéar mar a bheadh in octave agus dhírigh i leataobh é. Invite eile a bhí ann. D'éirigh leis. nó shíl Fear na Glibe arís gur easpa scile a bhí ann ó thaobh Lúcáis de. Go géar is go tobann thug sé fogha eile faoi Lúcás. Chúlaigh Lúcás lena mhealladh amach tuilleadh. Rinne sé dearmad ar an gcathaoir leagtha taobh thiar de. Thit sé tharaisti siar ar chúl a chinn. Bhí an fear eile sa mhullach air. Lig sé béic sástachta as.

Ach d'éirigh le Lúcás buntáiste a bhaint as a míthapa

féin. Bhrúigh sé an chathaoir siar uaidh lena chosa agus ansin rinne sé mullach gróigeáin san aer agus chaith a thóin thar a cheann siar. Soiceand eile agus bhí sé ina sheasamh os comhair Fhear na Glibe arís agus an chathaoir leagtha eatarthu.

Ach ní raibh cathaoir ná cleasaíocht ná aon rud eile chun stop a chur le Fear na Glibe anois. Léim sé thar an gcathaoir agus a chlaíomh dírithe ar ghualainn dheas Lúcáis. Bhac Lúcás an claíomh agus chúlaigh tuilleadh. Bhí a thóin leis an mbord sa chúinne anois agus an ráipéar díreach síos in seconde. Ach le bagairt na miodóige, d'éirigh leis an fear eile a choinneáil uaidh. Dhírigh sé an ráipéar ansin, tierce, agus thosaigh á bhagairt ó thaobh taobh. Chúlaigh Fear na Glibe. Ba é a sheal seisean anois dearmad a dhéanamh ar an gcathaoir.

Thug Lúcás fogha beag tobann faoi, léim an fear eile siar, agus thit sé i gcúl a chinn thar an gcathaoir leagtha. Sula raibh aon deis aige teacht chuige féin bhí bior an ráipéir lena ghualainn.

'Leag uait an claíomh,' arsa Lúcás anuas leis.

Ar éigean a chreid Fear na Glibe a raibh tarlaithe, é sínte siar ar fhleasc a dhroma, an chathaoir leagtha ar an urlár faoi agus a chosa lúbtha thar chosa na cathaoireach. Ní dhearna sé tada.

'Leag uait é,' arsa Lúcás arís ag tabhairt an priocadh is lú dá ghualainn.

Cualathas glórtha lasmuigh.

'Anois,' arsa Lúcás.

Shleamhnaigh an fear leagtha an claíomh amach ar an

urlár. Chuaigh Lúcás timpeall agus tharraing sé an claíomh chuige le barr a bhróige agus shleamhnaigh taobh thiar de é, bior an ráipéir aige féin ar ghualainn an fhir eile an t-am ar fad.

'Anois,' arsa Lúcás ag breathnú anuas air, 'cén fáth ar mharaigh sibh Murchadh Shéamais?'

Rinne an fear sínte iarracht bogadh.

'Ná corraigh,' arsa Lúcás go híseal leis. 'Freagair an cheist.'

An nóiméad sin dorchaíodh an doras.

20

An Fear Mór

Bhreathnaigh Lúcás suas agus chonaic beirt ina seasamh sa doras: fear téagartha guaireach a raibh hata olla den déanamh Gaelach ar a chloigeann mór agus seanbhrat dhúghlas thar a ghuaillí leathana, agus an fear óg, Géag, a d'aithin sé go cinnte anois gurb é an béinneach cnámhach céanna é a labhair leis ar chéimeanna na cúirte. Bhí maide tiubh draighin ina lámh aige seo agus chonaic sé rinn chlaímh ghearr ag gobadh amach faoi bhinn bhrat an athar — mar ba léir ar a gceannaithe agus ar a n-iompar gur athair agus beirt mhac a bhí aige.

Sula raibh deis ag ceachtar acu teacht chucu féin — mar níorbh é seo an radharc a raibh súil acu leis — labhair Lúcás go grod.

'Caith síos an claíomh sin agus an maide agus sleamhnaigh chugamsa trasna an urláir iad go bog réidh. Nó tá sé seo pollta.'

Ní raibh a fhios aige cé as a tháinig an focal 'pollta' nó cé as a tháinig an smaoineamh bior an ráipéir a bhogadh suas cúpla orlach go dtí muinéal an fhir shínte. Ach bhí éifeacht leis an dá rud. Lig an fear sínte geoin íseal as amhail is go raibh sé ag rá leis an mbeirt eile déanamh mar a dúradh leo.

Lúb an Fear Mór a ghlúna — más é a bhí ann — len é féin a ísliú agus leag an claíomh ar an urlár gan a shúile a bhaint de Lúcás. D'fhan an fear eile mar a raibh sé.

'Déan mar a deir sé leat,' arsa an t-athair leis á dhíriú féin arís.

Leag an fear óg síos an maide ar an gcaoi chéanna.

'Cuir anall anseo chugam iad,' arsa Lúcás.

Thug an Fear Mór cic don chlaíomh. Bhí sé tomhaiste go maith. Stop sé leathbhealach idir é féin agus Lúcás. Murab ionann agus claíomh garbh a mhic a bhí faoi chosa Lúcáis, ba phíosa dea-cheardaíochta de dhéantús Gaelach an claíomh seo, dornchla croise air agus cor ar a bharr i gcruth fáinne. Thug an Fear Mór cic don mhaide draighin mar a chéile. Stop sé sin in aice leis an gclaíomh.

An rud ba mhaith le Lúcás a fhios a bheith aige anois cé hiad na daoine seo agus cén fáth ar mharaigh siad Murchadh Shéamais agus cén bhaint a bhí acu leis an Sionnach. Ach ba í an phríomhaidhm a bhí aige an litir a thabhairt slán. An buntáiste ba mhó a bhí aige an fear a bhí sínte ag a chosa agus bior an ráipéir lena scornach. Sin agus an ráipéar féin a bhí socair ina lámh réidh lena thoil a dhéanamh. Sin agus nach raibh a fhios ag na daoine seo cén saghas é Lúcás. Cá bhfios dóibh seo nach raibh ar a chumas gach duine acu a shá agus a fhágáil ina slaod fola gan smaoineamh air.

Bhreathnaigh Lúcás isteach sna súile ar an athair agus an smaoineamh sin ina chloigeann. Ní naimhdeas go baileach a chonaic sé sna súile liatha sin ach féachaint ghéar; bhí an Fear Mór á thomhas. Duine a bhí ann ar a nós féin: bhí sé ag iarraidh cúrsaí a oibriú amach.

'Cé thusa?' ar seisean go tobann.

Bhíothas tar éis teacht aniar aduaidh ar an bhFear Mór seo. Bhí sé anois ag iarraidh greim a fháil ar an scéal; insint an scéil a bheith aige mar a shíl sé a bheadh sular tháinig sé isteach sa seomra.

'Níl ionat ach gearrbhodach, griolsach Gaillimheach,' ar seisean.

'Cén fáth ar mharaigh sibh Murchadh Shéamais?' arsa Lúcás.

'Cé hé Murchadh Shéamais?' arsa an Fear Mór.

'Hea!' arsa Lúcás ag breathnú síos ar an bhfear sínte agus ag tabhairt flíp bheag don ráipéar.

Leathnaigh na súile ar an bhFear Mór.

'Cé hé Murchadh Shéamais?' ar seisean arís agus dubhiontas air an babhta seo.

'Tógadh fear as an uisce ag Léim Thaidhg ar maidin. Ná habraigí liom nach sibhse a mharaigh sé.'

'Déarfaidh mé leat é, mar ní raibh baint ná páirt againn leis.'

Ní fhéadfadh Lúcás macántacht an iontais sin a shéanadh. Baineadh dá threoir é.

Bhreathnaigh an Fear Mór go géar ar Lúcás.

'Tusa an fear óg a bhfuiltear sa tóir air. Deir siad gur tusa a mharaigh é.'

'Ní mise a mharaigh é.'

'Cé thú féin?' arsa an Fear Mór arís.

'Ní miste liom é sin a insint daoibh má insíonn sibhse domsa cé sibhse.'

'Tá a fhios aige go maith cé muid. Ná héist leis, a Dheaide.'

An mac a bhí ina sheasamh in aice leis a labhair, an mac místuama, mura raibh siad beirt místuama ar a mbealach féin. Ach ba shaghas eile ar fad an t-athair.

'Ní maith liom abhlóirí,' arsa an t-athair. 'Feictear dom gur abhlóir thú.'

B'aisteach an mac é Lúcás. A luaithe a chuala sé an focal, abhlóir, arbh í an bhrí a bhí aige féin leis fear a bhíonn ag caitheamh úlla san aer ach arbh í an bhrí a bhí ag an bhFear Mór leis cleasaí, ba bheag nár phléasc sé amach ag gáire. Ach tháinig sé chuige féin go sciobtha nuair a bhreathnaigh sé ar aghaidh scanraithe an fhir shínte.

'Ní habhlóir ar bith mé. Rug sibhse ormsa. É seo agus an fear atá in aice leat. Le lámh láidir. Agus mé i mbun mo chuid gnaithe féin. Thug siad anseo mé in éadan mo thola.'

'Rinne siad mar a dúradh leo. Ceapann tusa gur féidir leat do rogha rud a dhéanamh.' Rinne an fear mór gáire searbhasach. 'Toisc go bhfuil tú istigh leis na Sasanaigh. Ach ní éireoidh leat. Níl ionat ach abhlóir.'

'Tá sé istigh leo. Bhí sé ag labhairt leo. Ansin tháinig amach uathu chomh meidhreach le meannán. Chonaic mé é.'

'Má tá mé istigh leo cén chaoi a dtarlaíonn sé go bhfuil siad sa tóir orm?'

'An Báille atá sa tóir ort. Ní na Sasanaigh.'

'Agus níl sibhse istigh leis na Sasanaigh?'

Rinne an Fear Mór gáire.

'Céard a cheapann tú féin?'

Amhail is gur thuig sé go raibh athrú ann, bhog Fear na Glibe. Leis an aird a bhí ag Lúcás ar an athair, is beag nach raibh dearmad déanta aige ar a phríosúnach. Ba í géire rinn an ráipéir a shábháil é. Tharraing fear an urláir a anáil go sciobtha trína fhiacla. Bhí a chraiceann priochta. Nuair a d'fhéach Lúcás síos chonaic sé spota fola faoi bhior an ráipéir agus ceann eile ar scornach an fhir.

'Má ghortaíonn tú é, dar lámh Dia....'

Thóg an t-athair coiscéim chun tosaigh ach bhéic Lúcás.

'Socair! Ná corraígí.'

Bhí Lúcás buíoch nach í féith na scornaí a d'aimsigh la Guarda agus a liacht sin uair a bhí an buille marfach sin taispeánta ag Jacques dó. Maith a thuig an chuid eile acu é sin freisin. Bhí an eachtra bheag tar éis croitheadh a bhaint as gach uile dhuine. Bhí neirbhís bheag i nglór Lúcáis nuair a lig sé an bhéic sin leo. Ach d'fhéadfadh sé gur buntáiste dó sin seachas a mhalairt.

Sheas an t-athair siar. Thapaigh Lúcás an deis le greim a bhreith ar an scéal aisteach seo arís.

'Céard a thug go Gaillimh sibh murab é drochobair na Sasanach é.'

'Drochobair. Labhraíonn tusa ar dhrochobair? Dia ár sábháil.'

Bhí an Fear Mór oibrithe ach níor bhog sé ón áit a raibh sé.

'Freagair an cheist.'

'Ceapann tú gur mharaíomarna an fear sin? Compán-ach leat ba ea é? Fear gaoil?'

Bhog Lúcás bior an ráipéir síos scornach an fhir sínte, thar bhacán a bhráid, tharraing líne fhíneálta dhearg dhá orlach ar fhad.

'Mac na Maighdine ár gcosaint is ár gcumhdach, an bhfuil tú as do mheabhair?' arsa an Fear Mór.

'Chuir mé ceist an-simplí oraibh. Níor fhreagair sibh é. Tá rud éigin ar bun anseo nach dtuigim. Céard a thug go Gaillimh sibh?'

'Céard a thugann aon duine go Gaillimh na laethanta seo?' ar seisean. 'Céard eile ach cúirt bhradach sin na Sasanach.'

'Cén spéis atá agaibhse sa chúirt?'

'Ná héist leis, a Dheaide.'

'Bhí tú féin sa chúirt. Chuala tú é. Tá a fhios agatsa an scéal chomh maith le duine. Níos fearr.'

'Cé a chuala mé?'

'Dia ár sábháil, céard tá ar bun anseo.'

Bhí an Fear Mór réidh le ceangal. Bhreathnaigh sé ar an mac a bhí sínte agus ansin ar an bhfear a bhí in aice leis.

'Ab é seo an fear?' ar seisean leis an mbeirt acu.

'Is é,' a d'fhreagair an bheirt acu as béala a chéile.

Bhreathnaigh an Fear Mór ar Lúcás arís. Bhreathnaigh Lúcás airsean agus chonaic rud éigin san aghaidh mhór. Tháinig focail Phádraig Uí Dhorchaigh ar ais chuige. Tá cumhacht na dtaoiseach á lagan is níl aon taca ag an bpobal. Tuathánaigh gan treoir gan taoiseach. Bhí an chuma air gurb in mar a bhí an fear seo agus a chlann mhac; agus dála go leor eile, ag faire amach dóibh féin feasta. Agus sin chomh maith is a bhí ar a chumas, trí na daoine a bhí ag iarraidh an talamh a bhaint díobh a bhatráil nó a mharú dá dteipfeadh ar gach rud eile. Agus ní raibh ag éirí leo go dtí seo. Bhí an lámh in uachtar ag an gcúirt orthu ar maidin. I láthair na huaire is ag Lúcás a bhí an lámh in uachtar orthu. Thuig sé anois, freisin, an rud eile a chonaic sé in aghaidh an Fhir Mhóir.

'Cén bhaint atá agaibhse leis an bhfear a bhí sa chrannóg?'

'Amhail is nach bhfuil a fhios aige. Bréagadóir. Ní éireoidh....'

'Dún do chlab a Thomáis,' arsa an t-athair go tobann, ag léiriú nach 'Géag' a bhí air ó cheart ach 'Tomás.'

Bhreathnaigh an Fear Mór ar Lúcás.

'Is é m'athair é,' ar seisean go ciúin.

Ba é an chéad chomhartha boige san Fhear Mór é.

Amanta bhíodh an chuma air nach smaoiníodh Lúcás ar chor ar bith. Ach, ina dhiaidh sin, bhí cineál bua aige an rud ceart a dhéanamh gan mórán smaoinimh a dhéanamh. Duine eile agus comhartha laige braite aige ina chéile comhraic d'fhéachfadh sé le buntáiste a bhreith air. Níor mhar sin do Lúcás. Go háirithe anois agus an scéal tuigthe aige.

'Agus tá faitíos atá oraibh go gcaillfidh sibh bhur gcuid talún?' ar seisean tar éis tamaill.

'Céard a cheapann tú féin?' arsa an Fear Mór.

'Agus gur mise nó mo mhuintir atá ag iarraidh í a ghoid uaibh?'

'Nach bhfuil daoine á gcur as a gcuid talún ó thuaidh agus ó dheas thoir agus thiar,' arsa an Fear Mór. 'Gach uile áit. Á gcaitheamh amach ar thaobh an bhóthair. Tá an ghadaíocht tosaithe anseo anois leis na cúirteanna seo agus níl a fhios ag aon duine cé atá taobh thiar de. Ceannaithe na Gaillimhe is mó, feictear dom.'

Ní dúirt Lúcás tada. Bhí fonn air éirí as, á rá leo go simplí nach raibh aon bhaint aige lena gcuid talún. Ach bhí a fhios aige dá scaoilfeadh sé leis an bhfear sínte bheadh an triúr acu anuas air de léim. Mharófaí é.

'Feictear domsa,' arsa Lúcás sa deireadh, 'go bhfuil droch-obair ar bun sa chúirt sin. Ach níl baint ná páirt agamsa leis.'

'Ná tabhair cluas dó, a Dheaide. Ná tabhair cluas dó.'

'Éistigí leis,' arsa an fear sínte go lag.

Bhí tost ann. Níor bhog Lúcás.

'Ní haon dochar éisteacht,' arsa an t-athair.

'Níor thaitin an chúirt sin liomsa ach an oiread. Dá mbeadh aon chiall agam d'fhanfainn glan uirthi. Chuir sé olc orm an chaoi nár tugadh éisteacht cheart do d'athair. Bhí a fhios sin ag an mbreitheamh agus thug sé comhartha do na saighdiúirí breith orm. Gabhadh mé ar mo bhealach amach.'

'Ní mar sin a chonaic mise é.'

'Éist leis nóiméad, a Thomáis.'

'Chuaigh sé isteach sa seomra leis an saighdiúir. Chonaiceamar é. Bhí sé ag labhairt leo.'

'Is ea, ar an gcaoi chéanna a tugadh anseo mé. In éadan mo thola. Agus murach Dia a bheith ag cuidiú liom bheinn ann go fóill. Cinnte bhí mé ag labhairt leo. Tá an ceart agat,' ar seisean ag breathnú ar an bhfear óg trom os a chomhair, 'Ach chonaic tú nach raibh aon rogha agam má bhí tú ag breathnú i gceart.'

'Nach scaoilfeá leis an diabhal bocht?' arsa an t-athair nuair a chonaic sé Lúcás ag caitheamh súile ar an bhfear ar an urlár tar éis a phíosa cainte.

Níor thug Lúcás aon aird air. Dhírigh sé é féin agus chuir gothaí uile an duine uasail d'fhuil Bhrianach air féin.

'Nuair a tháinig an t-oifigeach, dúirt mé go neamhbhalbh leis gur shíl mé gur labhair an seanfhear go maith. Ní raibh a fhios agam ag an am cérbh é féin ach amháin go ndúirt sé gur de mhuintir Neachtain é.'

Bhí tuin Lúcáis tar éis fuaire éigin a tabhairt isteach sa chomhrá. Bhí imeartas éigin uaslathach ar bun aige a chuir mífhoighne ar an bhFear Mór. Ainneoin na muiníne agus na scile a bhí Lúcás a léiriú os a chomhair, i súile an Fhir Mhóir ní raibh i Lúcás fós ach geosadán d'ógánach as Cathair na Gaillimhe.

'Dúirt mé leo gur labhair sé go maith ach dúirt mé freisin gur mhór an feall a bheith ag iarraidh páipéar ar na daoine agus gan aon pháipéir acu.'

'Cé na páipéir? A Dheaide, ná héist leis. Tuilleadh cleasaíochta í seo.'

'Cé na páipéir?' arsa an t-athair.

'Bíonn an chúirt ag iarraidh páipéar. Ab é nach dtuigeann sibh é sin?'

'Ní dúirt aon duine linne tada mar gheall ar pháipéir. Cé na páipéir?'

'Ná héist leis, a Dheaide.'

D'iompaigh an t-athair ar an mac.

'Éist do bhéal, a phleidhce. Tá a fhios ag an ngaigín seo níos mó ná mar a bheidh a fhios agatsa go brách.'

D'iompaigh sé ar ais ar Lúcás agus labhair leis ar bhealach eile ar fad. Ba é glór an réasúin agus na céille é. Ainneoin go raibh buntáiste an chlaímh aige chuir sé iontas air an chaoi a raibh fear téagartha seo an bhrait Ghaelaigh, an Fear Mór seo, in ann gach rud a striúradh chun a leasa féin, fiú is a mhac a náiriú os comhair strainséara chun é a dhéanamh.

'Lig leis an duine bocht. Is é an mac is sine agam é. Ní raibh sé i gceist acu aon dochar a dhéanamh duit. Greim a choinneáil ar an talamh seo againne. Sin an méid atá uainn. Nuair a tháinig tú isteach sa chúirt an t-am sin … ach scéal thairis é sin anois. Mura bhfuil suim agatsa sa talamh níl aon aighneas againn leat.'

Bhí an Fear Mór tar éis gach rud a thomhas. Má ghlac sé le focal Lúcáis bhí seans aige a mhac a thabhairt slán agus rud éigin a fhoghlaim faoi chúrsaí na cúirte. Murar ghlac, bhí sé sáinnithe agus mac leis caillte seans.

'Abraigí liom cé sibh agus tugaigí focal dom agus comhartha nach bhfuil aon aighneas agaibh liom, nach mbeidh feasta agus nár cheart go mbeadh riamh aon aighneas agaibh liom.'

'Agus inseoidh tú dúinn faoi na páipéir?'

'Inseod.'

Chroch an Fear Mór a lámh dheas agus thaispeáin a bhos do Lúcás amhail is go raibh sé os comhair breithimh.

'Mise Seán mac Séamais Rua mhic Céin mhic Éamoinn Chluasaigh Uí Neachtain, dar an leabhar, deirimse nach bhfuil aon aighneas agam....'

Stop sé agus bhreathnaigh sna súile ar Lúcás.

'Níl a fhios againn cén t-ainm atá ort.'

'Lúcás Ó Briain.'

'Deirimse agus móidím dar gach mionn is dual dom

mhuintir nach bhfuil aighneas agam ná ag aon duine de mo chlann le Lúcás Ó Briain ná lena mhuintir agus nach ceart go mbeadh agus mar chomhartha air sin tugaim an claíomh gearr dó atá ar an urlár eadrainn agus iarraim air béile a chaitheamh in éineacht linn i gCathair na gCeapach anocht.'

Bhí sé sin níos iomláine ná a raibh súil ag Lúcás leis ná níor bhraith sé aon chur i gcéill ann ach faoiseamh.

'Agus do chlann mhac? Ba mhaith liom a bhfocal féin air,' arsa Lúcás, ag cur an mhiodóg taobh thiar dá dhroim agus á sleamhnú ar ais isteach sa truaill bheag. San am céanna is a tharraing an ráipéir siar ó mhuineál an fhir shínte.

Fuair Lúcás freagra ach ní hé an ceann é a raibh súil aige leis. Rolláil an fear ar an talamh trí huaire ar thaobh na láimhe deise aige, pisreog ar chuala Lúcás cheana faoi ach nach bhfaca sé aon duine ag géilleadh dó riamh. Rolláil sé thar an gclaíomh agus an maide draighin. An chéad rud eile bhí sé ina sheasamh agus claíomh an athar ina lámh aige. Thug sé cic siar don mhaide draighin agus phioc a dheartháir suas é. Bhí an bheirt acu ina seasamh os comhair Lúcáis anois, a lámha agus a gcosa scartha, réidh le haghaidh ionsaí.

Ghlac Lúcás seasamh cosanta ar an gcaoi chéanna, an ráipéar sínte amach aige. Chaith sé súil sciobtha ar an bhFear Mór.

'Ní hé seo an bealach, a fheara,' ar seisean go lag lena chlann mhac. 'Tá m'fhocal tugtha agam. Níl aon aighneas againn leis an bhfear seo.'

'Níor thugamar aon fhocal don chriogar,' arsa fear an chlaímh, a shúile ar bior anois agus é ar bís le díoltas a bhaint as Lúcás as an masla a tugadh dó roimhe sin trína leagan.

'Níor thugamar aon fhocal, a Dheaide,' arsa an mac eile. 'Fan tusa as.'

Thosaigh an bheirt ag druidim le Lúcás. Thosaigh siad ag bogadh óna chéile, duine acu ar chlé, duine ar dheis, le teacht timpeall air ón dá thaobh. Léim Lúcás ar dheis leis an mbogadh a bhí fear an mhaide draighin ag déanamh a bhac agus an bheirt acu a choinneáil le chéile i gcónaí os a chomhair amach.

Bhí an chathaoir leagtha ar an urlár eatarthu anois. D'éirigh le Tomás breith air lena lámh chlé, choinnigh sé suas lena ucht í mar a bheadh sciath, an maide draighin á bagairt aige leis an lámh eile. Thosaigh Fear na Glibe ag bogadh uaidh arís ag iarraidh teacht ar Lúcás ón taobh clé. Thug Lúcás feinte faoi fhear na cathaoireach. Chaith sé seo an chathaoir le Lúcás. Léim Lúcás i leataobh i dtaobh na láimhe deise agus thit an chathaoir ar an urlár arís. San am céanna thug Lúcás fogha faoin leota agus d'éirigh leis é a phriocadh sa ghualainn chlé. Ba mhór idir seo agus an phionsóireacht Tigh Jacques.

In ionad cúlú chuaigh Tomás ar buile agus thug fogha é féin leis an maide draighin. San am céanna thug an fear eile faoi Lúcás leis an gclaíomh. Ach ba mhó de phaisean ná de chruinneas a bhí sa dá ionsaí. Léim Lúcás i leataobh arís, cineál esquive, agus chuaigh an dá ionsaí thairis. Bhí an doras ar thaobh na láimhe deise aige anois agus an Fear Mór fós ina sheasamh ann.

'Abair leo éirí as,' arsa Lúcás leis. 'Níl siad chun an ceann seo a bhuachan.'

'Fan as, a Dheaide,' arsa fear an claíomh.

Bhí gualainn an fhir eile á ghortú agus fuil leis ag dathú éadach olla a sheaicéid. Ach ba chontúirt i gcónaí é féin agus a mhaide draighin. Bhí a fhios ag Lúcás go gcaithfeadh sé fáil réidh le duine acu agus ó ba é Tomás ba laige agus ba neamhaclaí shocraigh sé tabhairt faoi siúd. Ach níor thug Fear na Glibe an seans dó agus chuir é féin idir Lúcás agus an fear eile.

B'fhearr go mór a bhí sé sin in ann é féin a chosaint. Níor bhain sé a shúile de Lúcás. Thosaigh Lúcás ag lascadh an ráipéir ó thaobh go taobh ar luas lasrach, mar a bheadh parade circulaire, é ag bagairt ar an mbeirt acu in éineacht.

'Fuip fuaip,' arsa Lúcás, ag druidim leo.

Chuir Fear na Glibe an claíomh in airde le stop a chur le lascadh an ráipéir. Ar an bpointe thug Lúcás ionsaí faoi agus sháigh é faoin ascaill dheis ó quarta. Lig sé béic as ach choinnigh greim ar an gclaíomh. Bhí Lúcás tar éis cúlú sula raibh deis ag an bhfear eile tada a dhéanamh.

Bhí an bheirt acu gortaithe, iad mar a bheadh dhá tharbh óga ann, agus cuthach fola orthu. Ach bhí fear an chlaímh gortaithe chomh dona sin gur ar éigin a bhí sé in ann an claíomh a choinneáil suas ach lean sé air á shá roimhe agus a lámh chlé ar a ghualainn deas aige. Bhí an fear eile imithe as a chiall, geall leis. Thug sé ionsaí buile i dtreo Lúcáis. Sheas Lúcás i leataobh an ráipéar ardaithe aige réidh lena shá sa leathshliasaid ba ghaire dó. Ach ní raibh aon deis aige an imbroccata a dhéanamh agus an coup fini a thabhairt. Leagadh an fear ar an urlár ina phleist. Bhí a athair tar éis a chos a chur amach agus barrthuisle a thabhairt dó.

Chrom an t-athair síos agus thóg sé an maide draighin as a lámh.

'Fág síos an claíomh, a Shéamais,' ar seisean leis an bhfear eile. 'Tá tú in ann é a úsáid, ach ní i gcoinne fhear ráipéir mar é seo.'

Leag Séamas an claíomh ar an urlár. Bhreathnaigh an Fear Mór ar Lúcás. Níorbh aon ghaige de chuid na Gaillimhe é Lúcás níos mó ach fear claímh den chéad scoth agus duine a gcaithfí labhairt leis.

'Na páipéir seo,' ar seisean leis amhail is nár tharla tada.

Thóg Séamas an chathaoir den talamh agus shuigh síos uirthi, a lámh chlé lena ascaill agus fuil leis siúd freisin, a aghaidh ag bánú. Bhí Tomás ar a ghlúna agus shiúil sé orthu go dtí an chathaoir eile. Shuigh suas uirthi. Bhí siad cloíte, ag Lúcás agus ag focail a n-athar.

'Ní maith liom iompar do chlann mhac,' arsa Lúcás.

'Tá tú ag plé liomsa, ní leo sin.'

'Mar sin féin bhí gnó beag ar bun againn agus ba mhaith liom go gcríochnófaí é.'

'A Shéamais,' arsa an Fear Mór.

Ní dúirt Séamas focal. Bhí an lámh chlé fáiscthe timpeall na láimhe eile aige chun an fhuil a stopadh.

'Abair leis an bhfear seo nach bhfuil tada agat ina aghaidh ná aighneas agat leis.'

'Níl tada agam i d'aghaidh.'

'A Thomáis,' arsa an Fear Mór.

'Níl tada agam i d'aghaidh,' arsa an deartháir eile, agus a shúile ar an urlár.

'Tá sé an-simplí,' arsa Lúcás, ag ísliú an ráipéir ach gan é a chur ina chrios.' Agus ní choinneoidh mé sibh mar b'fhearr fáisceáin a chur ar na créachta sin. Creideann na Sasanaigh i bpíosaí páipéir. Ní chreideann siad sa chaint. Chuala mé an seanfhear ar maidin. Labhair sé go breá. Creidim gach uile fhocal dár dhúirt sé, bhí gach uile fhocal aige san áit cheart. Ach dar leis na Sasanaigh, gach uile rud a thagann as béal duine is bréag é. Ní chreidfidh na Sasanaigh focal de mura bhfuil sé scríofa síos. Feileann sin dóibh. Faighigí duine a scríobhfas síos a ndeir sé agus faigh triúr nó ceathrar eile lena n-ainmneacha a chur leis an bpáipéar sin. Ansin faigh triúr nó ceathrar eile de na daoine is sine sa bhaile leis an rud céanna a rá agus arís faigh daoine lena n-ainmneacha a chur leis na páipéir sin. Agus bíodh na páipéir sin sa Laidin nó sa Bhéarla féin, chomh maith le Gaeilge. Tabhair na páipéir sin libh chuig an gcúirt an tseachtain seo chugainn. Nílim a rá go n-éireoidh libh ach tá a fhios agam an méid seo, gan na páipéir sin, bainfear an talamh díobh chomh cinnte is atá mise i mo sheasamh anseo.'

'Ach cén áit a bhfaighimidne páipéar nó duine a scríofas air? Níl léamh ná scríobh ag aon duine againn ná dheamhan mórán Laidine ach an oiread ná Béalra seachas gú dae agus gad sae bhiú.' Rinne an Fear Mór gáire leamh.

Rinne Lúcás gáire beag. Chuimhnigh sé ar ainm Phádraig Uí Dhorchaigh a thabhairt dóibh. Ach níor mhaith leis na Neachtain seo a tharraingt anuas ar Phádraig bocht.

'Tá go leor dlíodóirí i nGaillimh.'

'Tá. Iad uile chomh cam le adharc reithe.'

'Tá daoine óga ann. Cuir scéala thart.'

'Tá aithne agat ar dhuine.'

'Tá aithne agam ar go leor daoine. Ach cá bhfios dom dá ndéarfainn leat cé hiad nach bpléifeadh sibh leo mar a phléigh sibh liomsa. Nílim chun beatha aon duine a chur i mbaol.'

Rinne an Fear Mór gáire leamh arís.

'Ní raibh do bheathasa riamh i mbaol.'

'Déan fiosrú sna scoileanna thart.'

Bhí Lúcás ag cuimhniú ar an tóir a bhí ag Ó Dorchaigh ar dhíospóireachtaí i mBéarla le haon duine a d'éisteodh leis. Rinne sé gáire beag leis féin: go raibh na haoirí imithe agus na caoirigh fágtha gan fál. Chuirfeadh sé spéis sna Neachtain mar shampla de na caoirigh úd a bhí i gceist aige. Caoirigh! Ní raibh Lúcás róthógtha leis an gcaitheamh anuas ar an taoisigh ach bhí meas aige ar Ó Dorchaigh ina dhiaidh sin. Dóthain measa le nach luafadh sé a ainm leo seo.

'Agus cibé duine a gheobhaidh sibh, bí cinnte go n-íocfaidh sibh é.'

'Íoc?' arsa Séamas Ó Neachtain ón gcathaoir.

'Táim cinnte go bhfuil muc agaibh nó hoigiséad de rud éigin. Nó cúpla mála plúir.'

Bhí Lúcás ag smaoineamh ar an spórt a bheadh ag scoláirí na hardranga dá dtabharfadh Pádraig Ó Dorchaigh muc nó oigiséad nó leataobh muice isteach sa rang leis. Ar ndóigh, sin díreach mar a tharla. Is é Pádraig Ó Dorchaigh a fuair siad, lá a tháinig an Fear Mór chuig an gColáiste agus ainm Lúcáis aige ar bharr a theanga. Rinne Pádraig cibé páipéir a bhí ag teastáil a dhréachtadh agus roinnt seachtainí ina dhiaidh sin tugadh dhá uan, mí d'aois, isteach sa seomra ranga chuige. Mar a tharla ba rang Laidine a bhí ann. Bhí Vigilius á léamh, Éamonn Frinseach ag iarraidh an chéad chuid den Georgicon a aistriú: Pan ovium custos adsis — Pan, garda na gcaorach, bí i láthair, ar seisean agus ar an bpointe chualathas méileach lasmuigh den doras. B'iontach an spórt é. Scaoileadh an dá uan isteach sa seomra. Bhí sé ina raic.

'Ní bheidh aon fhadhb leis sin,' a dúirt an t-athair. 'Táimid buíoch díot.' Ansin chuimhnigh sé air féin. 'Níl tú chun béile a chaitheamh linn? Bheifeá níos sábháilte. Táthar sa tóir anseo ort.'

'Tá an-aiféala orm,' arsa Lúcás agus é ina fhear uasal i gcónaí.

Chuir sé an ráipéar isteach faoina chrios.

'Ní hé nár mhaith liom ach táthar ag súil abhaile liom. Beidh siad buartha fúm.'

Bhreathnaigh sé sna súile ar an bhFear Mór. Bhí cibé naimhdeas agus fearg a bhí ann imithe agus aiféala de shaghas tagtha ina áit.

'Cá bhfuil cónaí ort?'

'Sa bhaile ó thuaidh. Lasmuigh de na ballaí.'

'Tá na geataí ar fad á bhfaire acu. Beirfear ort.'

Bhí a fhios ag Lúcás go raibh an ceart aige ach luath go leor a bheadh air aghaidh a thabhairt ar shaighdiúirí an

Gheata Bhig. Phléadh sé leo nuair a chaithfeadh sé. Ba mhó go mór an imní a bhí air faoin Sionnach. Bhreathnaigh sé ar an dá chlaíomh a bhí ina luí ar an urlár.

'Fágfaidh mé iad sin agaibh,' arsa Lúcás. 'Tá mo chlaíomh féin agam.'

Thóg sé coiscéim i dtreo an dorais.

'Agus do hata,' arsa an Fear Mór.

Bhí dearmad déanta aige air. Chas sé thart agus thóg a hata den bhord sa chúinne. Bhí an triúr Neachtan ina seasamh sa doras, sa bhealach air. Bhreathnaigh sé orthu. Sméid an Fear Mór air.

'Táimidne ag dul leat,' ar seisean.

21

Filleadh

Bhí an ghrian imithe den tSráid Ard nuair a shiúil an ceathrar amach uirthi. Bhí na póirsí agus na lánaí éirithe scáthach bagarthach. Bhí lucht díola ag bailiú leo agus ag déanamh ar na geataí. Ach ní raibh gach duine ag imeacht. Níorbh aon stró an bheirt fhear a bhí ina seasamh faoi phóirse an Tigh Malairte a aithint mar chuid de gharda an Bháille. Ach cibé ar le teann faitíosa é nó de bharr neamhairde, níor chuir siad aon chaidéis ar an gceathrar fear a bhí ag siúl síos an taobh eile den bhóthar — fear mór meánaosta agus brat go colpaí air, fear óg agus hata ar liobairne thar a shúile agus beirt fhear eile i gculaith olla ag siúl go dlúth taobh thiar díobh. Ba chomhluadar Gaelach iad arbh fhearr fanacht amach uathu agus ar bheag a mbaint le gnóthaí inmheánacha na cathrach, déarfá.

Ghrinnigh Lúcás gach duine ar an tsráid: an fear uasal thall ag marcaíocht ar a chapall, bean uasal agus a cailín aimsire ag filleadh abhaile. Chaith súil i dtreo gach áirse, gach póirse ornáideach, gach lána. Má bhí na Neachtain ag faire amach don Bháille agus a chuid fear is don Sionnach a bhí Lúcás ag faire. Ach ní raibh súil ag aon duine acu leis an mbeirt reangartach a bhí ag déanamh anuas orthu anois.

'Thusa,' arsa an duine ab airde agus ba dhorcha acu nuair a tháinig siad fad leo. 'Tusa an té a bhfuil an Báille ar a thóir.'

Rinne sé iarracht stamrógach breith ar ghualainn Lúcáis. Sheas an Fear Mór amach roimhe, rug ar a lámh agus chas taobh thiar dá dhroim é. An nóiméad céanna sheas Tomás chun tosaigh agus bhuail an fear eile, fear fionn bán-chraicneach, ar an gcloigeann leis an maide draighean.

'Imíodh tusa ar aghaidh le Séamas,' arsa an Fear Mór os íseal le Lúcás. 'Tabharfaimidne aire don bheirt seo. Feictear dom gurb é Dia féin a chas inár dtreo iad. Tá siad leathdhallta.'

D'imigh Lúcás ar aghaidh mar a dúradh leis agus Séamas ar aon chéim leis. Ba dhuine eile ar fad anois é Fear na Glibe. Abairt a chaith sé le Lúcás gur maith a dhéanfadh sé in aimsir Uí Néill agus freagra dearfa a thug Lúcás air a d'athraigh an scéal ar fad. Chomh fada is a bhain le Séamas bhí an bheirt acu anois ar an taobh céanna agus ní raibh aon stop leis ach ag moladh a chéile comhraic mar fhear claímh den chéad scoth.

Chas siad an coirnéal le chéile síos Sráid na Mainis-treach. Chaith Lúcás súil i dtreo na fuinneoige thuas áit a bhfaca sé an Sionnach níos luaithe. Ach bhí sí dúnta agus gan aon rian beochta le feiceáil taobh thiar di. Ansin chuala siad an raic taobh thiar díobh, athair Shéamais ag béicíl in airde a chinn is a ghutha, á rá go raibh sé acu agus ag iarraidh ar na daoine fios a chur ar an mBáille ar an bpointe.

Faoin am a tháinig Lúcás agus Séamas fad leis an nGeata Beag bhí aird na saighdiúirí ar fad ar an slua beag glórach a bhí ag teacht taobh thiar díobh anuas an bóthar: an Fear Mór ag brú duine roimhe ar léir go raibh sé ar meisce ar na heascainí a bhí sé a chaitheamh le lucht a ghafa agus Tomás ag iompar fir eile thar a ghualainn, duine nach bhféadfaí a shéanadh ach gur fionn a bhí sé.

'Tá an sceantóir againn. Tá an sceantóir againn,' a bhí Tomás ag screadach arís is arís eile.

Níor tugadh aon aird ar Lúcás ná ar Shéamas agus ligeadh tríd an nGeata iad in éineacht leis na mangairí agus an lucht díola.

Ag dul síos ón nGeata dóibh d'inis Lúcás do Shéamas faoin ngabha agus an scil a bhí aige i gcúrsaí leighis. Dúirt leis nach mbeadh aon stró air ag cur caoi ar an lámh dó. D'fhág siad slán lena chéile agus Séamas ag dearbhú arís nach bhfaca sé fear claímh mar Lúcás agus go seasfadh sé leis am ar bith a bheadh sé ina ghátar.

Chas Lúcás ar dheis i dtreo an bhaile. Ní raibh sé imithe ach cúpla slat nuair a chuala sé duine taobh thiar de ag glaoch air as a ainm. Níor thug sé aon aird air ach thapaigh a chois de bheagán. Lean an duine ag glaoch. Bhí sé ag rith ina dhiaidh. Shiúil Lúcás níos sciobtha agus ansin, chomh sciobtha agus ab fhéidir leis, léim sé isteach idir dhá bhinn tí. Thosaigh an fear a bhí ina dhiaidh ag rith níos sciobtha. Chonaic Lúcás é ag rith thar an lána. Ba é Michael, giolla an Choláiste, a bhí ann.

Sheas Lúcás amach as an áit fholaigh agus ghlaoigh ar ais air. Stop Michael, chas thart agus nuair a chonaic sé Lúcás, rith sé ar ais go dtí é. Bhí sé as anáil.

'Shíl mé gur tú a bhí ann, a Lúcáis. Ach leis an hata, níor

aithin mé thú an chéad uair.' Tharraing sé anáil mhór. 'Nílim chomh haclaí is a bhí mé.'

D'fhan Lúcás ag breathnú air. Bhí sé amhail is nár bhain Michael leis níos mó ach le saol eile nuair a bhí sé níos óige; agus ní raibh ann ach an mhaidin sin féin ó chonaic sé é i gclós na scoile.

'Tá an Máistir buartha fút. Níor tháinig tú ar ais chuig an scoil.' arsa Michael.

'Níor tháinig.'

'Dúirt an Máistir liom do thuairisc a chur. Go háirithe nuair a chualamar faoin bhfear a maraíodh. Ansin tháinig an Báille chuig an gColáiste do d'iarraidh. Nuair nach bhfuair sé sa bhaile thú tháinig sé chugainne.'

'Go raibh maith agat, a Mhichael. Táim ceart go leor. Mar a fheiceann tú, táim ar mo bhealach abhaile.'

'Tá sin iontach. Iontach.' Stad Michael amhail is nach raibh a fhios aige céard a theastaigh uaidh a rá. 'Tá siad á rá, a Lúcáis, tá sé chomh maith agam é a rá leat, gur tusa a mharaigh é. Ní chreidimidne sa Choláiste focal de agus deir an Máistir má tá tú ag iarraidh go seasfaidh sé leat go ndéanfaidh sé sin.'

'Táim an-bhuíoch den Mháistir. Ach abair leis go mbeidh mé ceart go leor.'

D'fhág Michael slán le Lúcás.

'Go soirbhí Dia dhuit, a Lúcáis.'

'Go ngnóthaí Dia dhuit,' arsa Lúcás ar ais leis agus d'imigh Michael, an giolla beag caol, ar ais arís agus suas an bóthar chuig an nGeata Beag gan aon deifear air an uair seo, ach é ag feadaíl leis go sásta.

Lean Lúcás air i dtreo an tí. Bhí imní breise air. Le cabhair na Neachtain d'éirigh leis éalú ó na saighdiúirí agus an Sionnach féin a choinneáil uaidh, seans. Ach murab ionann agus an Sionnach ní fhéadfaí an Báille a choinneáil amach dá dtiocfadh sé ar ais. Ach ní raibh sé chun é féin a bhuaradh le rudaí nach gá a tharlódh.

Chuaigh sé isteach sa teach agus chuir an bolta trasna an dorais. Níor bhac sé le dul isteach sa chistin le beannú don bheirt a bhí a fhios aige a bhí istigh ag fanacht air. Bhí sé in ann iad a shamhlú: a Dhaideo ina shuí ar chathaoir shúgáin le hais na tine ag caitheamh a phíopa; i lár an tseomra bhí an bord trom darach agus ar an taobh eile de, bhí an searbhónta, Máire, ag ní soithí i dtobán nó ag fuint aráin le bácáil. Bhí cúinge bheag éigin sa teach nár airigh sé riamh cheana ann agus é ag dreapadh an staighre go dtí a sheomra.

Seomra faoin díon a bhí aige agus fuinneog bheag ag breathnú anuas ar an tsráid. Dhún Lúcás an doras taobh thiar de, bhain an hata dá cheann agus chaith anuas ar an leaba é. B'fhaoiseamh choirp agus intinne a bheith ar ais ina áit féin. Scaoil sé an crios, d'ardaigh an ráipéar lena bhéal agus thug póg dó faoin dornchla. Bhí sé ar tí é a leagan anuas ar an leaba nuair a thug sé an spota fola faoi deara. Bhain sé ciarsúr póca den chathaoir in aice le ceann na leapa agus ghlan bior an ráipéir. Ansin leag sé anuas ar bhráillíní bána na leapa é in aice leis an bpluid de ghlas na caorach a bhí, mar a d'fhág sé í ar maidin, ina burla ag bun na leapa. Mar sin a bhíodh a leaba go minic anois ó dúirt

Marcas lá amháin nár chúram do Mháire feasta a chuid seisean agus í ag dul in aois mar a bhí. Socrú nár chuir isteach ar Lúcás ar chor ar bith.

Ansin thóg sé amach na lámhainní as an dá phóca agus d'fhág ar an bpluid iad agus sa deireadh thóg an mhiodóg agus a truaill amach agus d'fhág in aice leis an gclaíomh í.

Chuaigh sé chuig an bhfuinneog bheag ansin, d'oscail a sheaiceád agus thóg amach an litir.

Is éard a bhí scríofa uirthi 'O Neill Princeps Tironi Roma,' i bpeannaireacht dhubh néata. Bhreathnaigh sé ar a cúl. Séala cruinn dearg a bhí uirthi. Bhí fíor de dhuine i lár an tséala ar chosúil le heaspag é, mítéar ar a cheann, bachall i lámh amháin agus an lámh eile ardaithe i riocht beannachta. Timpeall ar imeall an tséala bhí sé in ann na focail seo a dhéanamh amach: Sig Florentii Dei Gratia Tuamensis. Céard eile a chiallaigh sé sin ach gurb é seo séala Fhlaithrí Thuama le toil Dé. Litir ó ionadaí an Ard-Easpaig Flaithrí Ó Maol Chonaire in Éirinn a bhí inti mar sin. Bhí an ceart ag Peadar Cléireach, ba chosúil.

Céard seo a thug sé ar Fhlaithrí Ó Maol Chonaire? Teanga na nGael i Maidrid agus sa Róimh. Duine sár-chumasach. Gael nua nó rud éigin. An t-aon duine a bhí in ann chuig Salisbury agus na Sasanaigh. Agus ar a ionadaí? Liam, nach ea? Liam Luínseach. Chaithfeadh sé smaoineamh ar na nithe seo. Bhí an litir agus a shaol féin fiú, ag brath orthu. Liam Leathnaofa, cibé brí a bhí ag Peadar leis sin. Chuimhnigh sé ar rud éigin eile nach bhféadfadh sé breith air. Ba chuma faoi. Istigh sa litir seo ina lámh a bhí an scéala mór, é i rúnscríbhinn chomh dócha lena mhalairt: cé acu a bhí na taoisigh Ghaelacha agus na taoisigh Ghallda agus na huachtaráin eaglasta chun tacú le hÓ Néill nó nach raibh.

Chuir Lúcás an litir ar ais i bpóca a bhrollaigh. Ansin chuaigh sé síos staighre chun an scéala a bhriseadh leis an tseanbheirt.

22

An Clóca Dearg

Bhreathnaigh Marcas suas nuair a tháinig Lúcás isteach sa chistin agus bhain an píopa as a bhéal. Thriomaigh Máire a lámha ina náprún bán. Chonaic Marcas an imní a bhí ar a haghaidh. Bhí imní air féin. Níor ghnách do Lúcás teacht isteach chomh déanach seo bíodh is nárbh annamh leis dul suas díreach go dtína sheomra nuair a thagadh. Anois is arís, bhíodh sé deacair plé leis an ógánach. Ach inniu, thar lá ar bith eile, agus fear gaoil nach bhfaca siad le scór bliain tarraingte amach as Léim Thaidhg agus an Báille tar éis a bheith sa teach ag iarraidh labhairt le Lúcás mar gheall air, ní raibh a fhios aige céard a bhí roimhe. Bhreathnaigh Lúcás níos fásta suas, níos airde, níos muiníní.

Shuigh sé ar an gcathaoir ar an taobh eile den tine. Ní dúirt sé aon rud. Shín sé a chosa amach os comhair na tine agus lig a cheann siar. Dhún sé a shúile. Bhreathnaigh Marcas ar an bhfear óg a bhí sínte siar sa chathaoir ar an taobh eile den tine uaidh, clannóg fhionn ag titim le taobh a chlár éadain. Thug sé an fhinne leis óna mháthair. Ach a aghaidh, an clár éadain ard, timpeall na súile, ba é pictiúr a athar é. Bá é mac a mhic go cinnte é, lán muiníne agus lán saontachta, agus an tóir chéanna aige ar eachtraíocht agus aclaíocht airm. Agus féach an toradh a bhí air sin. Bhí súil aige nach raibh aon bhaint ag Lúcás le Murchadh Shéamais. Theastaigh uaidh a fháil amach. Agus faoin mBáille, an raibh sé ag caint leis nó nach raibh. Ach chaithfeadh sé foighneamh go fóill.

Níor ghearán sé riamh an cúram clainne a leag an chinniúint air tar éis bhás a mhic. A mhalairt. B'ógánach soilbhir oibleagáideach é Lúcás an chuid is mó den am agus ba gheal leis aon ní a d'fhéadfadh sé a dhéanamh ar a shon. Ag breathnú anois air ar an taobh eile den tine, b'fhear óg fásta é, neamhspleách, a intinn agus a spriocanna féin aige. Ní fheilfeadh sé ceisteanna a bhrú air ar an bpointe.

Má ghearán Marcas rud ar bith ba é drochstaid na tíre é, éigiall na nGael agus ansmacht na Sasanach, agus thar aon rud eile an chogaíocht a bhain de a bheirt mhac. Ach le cúnamh Dé, i gcionn cúpla bliain, nuair a bheadh a scolaíocht déanta, thógfadh Lúcás an tsean-obair ar láimh agus chuirfeadh gnó na mBrianach ar a chosa arís i gCathair na Gaillimhe, bíodh is nach mórán spéise a léirigh sé sa taobh sin dá oidhreacht go dtí seo ach é tógtha i gcónaí le pionsóireacht agus le drámaí stáitse agus le heachtraí eile gan bhrí. Lámh thapa abú. Bhí súil aige nach raibh aon bhaint aige le marú na maidine. Ach bhí a chroí ina bhéal ag Marcas. Cé a chreidfeadh go dtiocfadh Murchadh Shéamais ar ais? An fear bocht, bhí an mí-ádh riamh ag roinnt leis.

Cad chuige nach raibh Lúcás ag labhairt? Murchadh Shéamais? An mála mór a tháinig dó ar maidin? Do Lúcás Ó Briain a dúirt an giolla a d'fhág aige é. Ón gColáiste. Céard a bhí ar bun taobh thiar de na súile dúnta sin?

Ba chosúil le mála taistil é. Ní raibh sé neamhchosúil leis an gceann a leag Toirealach ar an urlár os cionn cé méad bliain anois? Sé bliana déag ó shin, seacht mbliana déag, b'fhéidir. Ní ró-fhada ón áit a raibh spága Lúcáis sínte anois. Ag troid ar son Dé agus ar son a thíre — leagan cainte nár chuala Marcas roimhe sin agus nár theastaigh uaidh a chloisteáil go deo arís. Bhí súil le Dia aige nach rud éigin mar sin a bhí Lúcás chun a rá leo. Dul go Flóndras ag troid ar son na hEaglaise nó seafóid éigin mar sin. Bhí buachaillí óga eile sa bhaile tar éis é a dhéanamh. Ach den chuid is mó is faoi scáth na mBráithre ar bhealach éigin a bhí siad sin. Ar a laghad ar bith bhí Lúcás faoi scáth na nÍosánach.

Céard a bhí air nach raibh sé ag labhairt? Ní dúirt sé féin aon rud, ach é ag tarraingt ar a phíopa arís. Bhí Máire ag triomú na soitheach. De réir mar a lean an ciúnas, agus tost Lúcáis go háirithe, d'airigh Marcas, agus Máire freisin, seans, go raibh athrú saoil tar éis bualadh isteach sa teach acu i bhfoirm an té ab ansa leo ar domhan agus ní maith gur thaitin sé sin leo agus bhí a sáith imní orthu. Níor shiúil an sonas riamh le Murchadh Shéamais. Nuair a chuimhnigh Marcas ar Mhurchadh Shéamais theip an fhoighne air.

'Cén scéala agat?' ar seisean go grod. — abrupt

Tháinig Lúcás chuige féin. D'oscail sé a shúile. Go tobann, chonaic an scéal uile ó thaobh a sheanathar de. Bhreathnaigh sé sall ar an seanfhear — gruaig scáinte bhán a raibh lasair bhuí na tine ag imirt uirthi, aghaidh bheag dhólásach. Bhí sé lena fhágáil ina aonar. Anois ní bheadh duine ar bith aige. Ach Máire ag réiteach béilí dó agus ag cóiriú a leapa.

'Tá aiféala orm. Tá. Tá scéal le hinsint agam daoibh. Ní dóigh liom gur drochscéala é. D'fhéadfadh sé gur dea-scéala é.'

Agus d'inis sé dóibh faoi imeachtaí an lae ó thús deireadh, ón nóiméad a tháinig Murchadh Shéamais go dtí an seomra ranga go dtí an nóiméad a d'fhág sé slán le Séamas Ó Neachtain ag bun an bhóthair agus gur labhair sé le Michael. Ghearr sé anuas ar go leor agus mhaolaigh cuid eile: an droch-íde a tugadh dó sa chúirt, an troid leis na Neachtain. Cuid de níor luaigh sé ar chor ar bith, an litir, an Sionnach, caint Pheadair Cléireach faoi chomhairle na n-uasal. Bun agus barr an ruda ar fad mar a d'inis Lúcás dá sheanathair é agus do Mháire a bhí ina suí anois le taobh an bhoird, go raibh sé ag dul go dtí an Róimh ag déanamh léinn agus go raibh sé ag imeacht an chéad rud maidin amárach.

B'ionadh leis an chaoi ar ghlac Marcas leis an scéal — d'fháiltigh sé roimhe — roimh an léann — b'fhearrde a d'fhéadfadh sé dul i mbun gnó nuair a d'fhillfeadh sé abhaile, a dúirt sé. Bhí Máire trí chéile. Tháinig deora léi. Níorbh fhada deora ó shúile Lúcáis ach an oiread. Ach bhí meidhir ar a Dhaideo agus é ag déanamh scéil mhóir den mhála a tháinig an mhaidin sin. Bhí an gnáthchantal curtha de aige.

'Ón gColáiste a tháinig sé,' ar seisean. 'Nó sin a dúirt an giolla a d'fhág anseo é. Dúirt sé gur duitse é. Bhí oiread sin ar bun níos luaithe anseo ar maidin nár cheistigh mé i gceart é mar gheall air. Oscail é.'

Bhí Lúcás cheana féin á oscailt agus é curtha suas ar chathaoir aige. Thóg sé an clóca dearg amach. Chuir sé thar a ghuaillí é. Bhí sé fíoréadrom. Síoda ba chosúil a bhí ann.

'Cén saghas ball éadaigh é sin?' arsa Marcas ón tine.

Bhain Lúcás an clóca de agus chuir ar chúl na cathaoireach é. Thit sé go talamh.

Chrom sé síos, phioc suas é agus leag anuas ar chúl na cathaoireach é. Ansin sheas sé ina staic os comhair na beirte. Bhí Máire tar éis teacht timpeall agus lámh a leagan ar ghualainn an tseanfhir, ach amhail is gur comhartha trua é sin nár theastaigh uaidh, leag Marcas síos a phíopa arís agus d'éirigh ina sheasamh. Fear caol díreach a bhí ann tráth ach bhí cruit anois air. Bhí sé amhail is go raibh Lúcás tar éis é sin a thabhairt faoi deara den chéad uair, go raibh a sheanathair an-sean. Bhreathnaigh sé ar Mháire, beanín bheag déanta ar raibh cóitín dúghorm flainín uirthi agus naprún bán a bhí fliuch ó uisce an níocháin. Bhí aghaidh chruinn uirthi agus plucaí dearga. Chuir sí dlaíoigín liath siar óna haghaidh.

An duine a bhí ag tabhairt aghaidh ar an tseanbheirt anois níorbh é buachaill scoile na maidine sin é, ach duine níos fásta, níos tuisceanaí. Ba iad seo an bheirt a rinne iarracht é a chosaint go dtí seo ar achrann an tsaoil mhóir. Ach is fear óg cumasach a bhí ag tabhairt aghaidh ar an saol mór céanna sin anois. Bhreathnaigh sé orthu agus líon a chroí le huaigneas do-inste. Ba lag iad. Beirt sheandaoine a bhí iontu.

D'éirigh Marcas, tháinig go mall trasna an tseomra agus phioc suas an clóca san áit a raibh sé tite ar an urlár arís. Chuimil sé an t-ábhar idir a mhéar is a ordóg.

'Hea! Mar a shíl mé, níl ábhar ceart sa chlóca seo. Níl aon substaint ann.'

Ba chineál faoisimh Marcas a chloisteáil ag gearán arís. Thosaigh Máire ag triomú a súl i mbinn a náprúin. Ansin rug sí féin ar phíosa den chlóca.

'Tanaí,' ar sise. 'Ró-thanaí. Agus tú ar an bhfarraige. Ach is clóca faiseanta é. Sin é a theastaíonn sa Róimh. Cuirimse geall gur áit mhór faisin í an Róimh.'

'Agus an tEarrach againn i gcónaí,' arsa Marcas lena taobh. 'Bhí an ghrian go deas inniu ach bhí mise stromptha ag dul síos chuig an gceárta ag breathnú ar Mhurchadh Shéamais.'

Bhí iarracht den ghnáthchomhrá sa chaoi ar dhúirt sé é sa chaoi is gur bhuail sé Lúcás nach raibh aon aithne aige ar an bhfear ard go dtí an lá sin féin.

'Cérbh é Murchadh Shéamais?'

'Dhera, a Lúcáis, útamálaí gan dochar. Ba é a athair ba mheasa, go ndéana Dia trócaire ar an mbeirt acu. Mac le Dónall Caol ba ea Séamas. D'fhág Tadhg na gCaorach an gnó ag Toirealach, do shin-seanathair, mar ní raibh aon spéis ag Dónall Caol ann. Is é Toirealach a thug an gnó go Gaillimh. Ach bhuail rud éigin Séamas agus shíl sé go raibh an teideal ag a thaobh siúd agus rinne sé iarracht dul chun dlí agus Ceathrú na gCaorach a bhaint dínn. Ach níor éirigh leis. Ansin fuair sé bás agus d'imigh Murchadh go Sasana. Faoiseamh dúinn féin agus do na báillí ba ea é sin, an fear bocht. Bhíodh sé i gcónaí i dtrioblóid.'

'Go dtuga Dia suaimhneas dó,' arsa Máire, 'agus go dtuga Íosa Críost is an Mhaighdean Bheannaithe slán as gach uile ghátar muid is go ndéana sé trócaire ar na mairbh go léir.'

Rinne Lúcás gearradh anuas ar an duairceas. Chaith sé an clóca thar a ghuaillí arís.

'Seo é an stíl anois, a Dhaideo.'

'Futh! Ní thuigim an focal stíl, a mhac. Ná ní thuigim an sagart sin, pé ainm atá air, a chuir a leithéid chugat. Ní choinneodh clóca mar sin fuacht amach ná teas isteach. Tá sé chomh héadrom le síol caisearbháin. An bhfuil tada eile sa mhála?'

D'fháiltigh Lúcás roimh ghnáthchantal a Dhaideo agus thosaigh ag cuardach arís sa mhála canbháis.

'Sin a bhfuil ann,' ar seisean.

'Nár chuir siad aon leabhar sa mála? Cén chaoi a gceapann siad a ndéanfá staidéar gan leabhair a bheith agat?'

'Tá leabhair costasach, a Dhaideo. Beidh leabhair sa Choláiste ar aon chuma. Sa Róimh.'

Chonaic sé go raibh póca beag scaoilte taobh istigh den mhála. Thóg sé amach é. Bhí sé déanta as línéadach. Bhí litir istigh ann. Bhí an litir trom amhail is go raibh airgead inti. Ní raibh aon ainm uirthi ná séala.

'Bhuel, céard deir sí?'

Chroith Lúcás an pacáiste beag.

'Tá airgead istigh ann.'

D'fhill Lúcás taobh amháin den litir siar agus lig do na boinn airgid titim isteach ar bhois na láimhe eile. Bhí trí aingeal ann. Tháinig Marcas agus bhreathnaigh. Bhí iontas air nuair a chonaic sé a laghad a bhí ann.

'Trí aingeal. Ní thabharfaidh sé sin rófhada thú,' ar seisean le seanbhlas. 'Céard deir an litir?'

Chuir Lúcás an trí aingeal ina phóca, d'oscail amach an litir.

'Tá sí sa Laidin.'

Ghlac sé nóiméad ag breathnú air ag lorg an bhriathair, ansin an tuiseal ainmneach, agus ag faire amach don ochslaíoch, an casus ablativus. Ansin thug sé faoi.

'Deir sé gur Lucius Brianus an té a bhfuil an litir seo ar iompar aige agus gur scholarius é.'

Bhí air stopadh go tobann. Is éard a bhí ráite gur in Collegium Petri Montaigi i bPáras a bhí sé ag déanamh léinn agus go raibh sé ag fanacht ar an rue de Sèvres. Ach ní hé sin a bhí ráite aige féin tamall ó shin ach gur ag dul don Róimh a bhí sé. Bhí dearmad déanta aige.

'Sa choláiste sa Róimh.'

Bhí faitíos air go n-iarrfadh Marcas breathnú ar an litir. Ach bhí rudaí eile ar a intinn.

'Trí aingeal ar do phasáiste.'

'Tá mo phasáiste íoctha,' arsa Lúcás ag cuimhneamh dó ar an radharc a fuair sé ó fhuinneog Jacques ar an Athair Pléimeann agus an Captaen Ó Dubháin.

'Ní dhéanfaidh seo cúis,' arsa Marcas agus thosaigh ag fústráil leis mar seo is mar siúd. 'Clóca éadrom, litir Laidine, agus trí aingeal,' a bhí sé a rá faoina anáil.

Chuaigh sé chuig cófra mór, thóg sé brat mór dúdhonn as agus tháinig taobh thiar de Lúcás. Chaith thar a ghuaillí é. Bhí sé trom cluthar agus é clúdaithe ó ghuaillí go barraicíní aige.

'Cuirfidh mise fáithim níos fearr sa cheann seo freisin,' arsa Máire, ag suí síos ar chathaoir in aice an bhoird.

Sheas Marcas siar.

'Féach air, a Mháire. Féach air. Beidh Lúcás seo againne ina scoláire. Ag dul don Róimh ag déanamh léinn.'

Ansin chuimhnigh sé air féin.

'Dúirt tú go raibh tú Tigh Jacques tráthnóna? Ar inis tú dhó?'

Níor inis Lúcás dóibh faoin ráipéar ach bhí a Dhaideo ag glacadh chomh maith sin leis an scéal ar fad gur shíl sé nár mhiste sin a chur ina cheart.

'D'inis,' ar seisean. 'Fanaigí ansin.'

'Nílimid ag dul áit ar bith.'

Chuaigh Lúcás suas staighre agus thóg an ráipéar agus an crios anuas leis. Bhí straois go cluas air.

'Thug sé mo rogha dom de ráipéir uile an tí agus seo é an ceann a roghnaigh mé. La Guarda atá air.'

'Tá ainm air?' arsa Máire agus iontas uirthi.

'Jacques Brochard? Go dtuga Dia ciall dó. Taispeáin dom anseo é.'

B'fhaoiseamh éigin dóibh ainm Jacques a bheith á lua. Ainneoin an mhífhoighne a léiríodh Marcas i gcónaí faoin bpionsóireacht, bhí aithne acu ar Jacques Brochard mar cheannaí stuama gustalach de chuid na Gaillimhe. Ní raibh i múineadh na pionsóireachta ach caitheamh aimsire.

Shín Lúcás dornchla an ráipéir chuige. Chas Máire thart agus chuaigh ar ais chuig an taobh eile den bhord mór agus thosaigh ag triomú soitheach arís. Dar léi go raibh Lúcás millte ag a sheanathair agus anois bhí Jacques

Brochard á mhilleadh. Ach, is dócha, go raibh sí féin chomh ciontach le haon duine acu. Is éard a déarfadh Marcas faoi go gceartófaí é dá mba ghá é a cheartú.

Thóg Marcas dornchla an chlaímh ina lámh agus tharraing amach as an gcrios é. B'aduain an radharc é: seanduine i mbréidín glas gaelach agus ráipéar fíneálta de chuid Toledo ina ghlac aige. Ba léir nach raibh aon taithí aige ar a leithéid bíodh is go raibh siad feicthe aige uair nó dó, mar a bhí an uair fhánach a bhí Clann Riocaird sa chathair.

'Tá a leithéid ag teacht isteach, ceart go leor,' ar seisean.

Go tobann tháinig scáth trasna sheanaghaidh Mharcais. Bhreathnaigh sé go géar ar mhac a mhic.

'Ní claíomh cogaidh é seo?'

'Ní hea. Ní claíomh saighdiúra é, más é sin atá i gceist agat, a Dheaideo.'

D'fhill an dea-iúmar ar Mharcas ar an bpointe. Tháinig straois bheag ar a bhéal. Bhagair sé an ráipéar ó taobh go taobh.

'Hó,' ar seisean.

Bhreathnaigh Máire air agus í ag leagan bairín aráin ar an mbord.

'Go dtuga Dia ciall dhuitse, a sheanamadáin,' ar sise ag gáire.

'Is é fíorchomhartha an duine uasail é na laethanta seo, feictear dom,' arsa Marcas.

'Bíodh a cuid ag an uaisleacht,' arsa Máire. 'Agus cumraíocht cuid mhór di.'

Rinne sí gáire.

Thug sé an ráipéir ar ais do Lúcás le go gcuirfeadh sé sa chrios é.

'An ceart agat, a Mháire, mar a bhíonn go minic agat. Anois, a Lúcáis chroí, feictear dom gur mó ná feisteas an duine uasail, litir agus trí aingeal, a theastaíonn uait más ag dul don Róimh atá tú.'

Thug sé comhartha dá gharmhac teacht leis go dtína sheomra a raibh an doras go dtí é i gcuid íochtair na cistine. Lean Lúcás é isteach sa seomra.

23

An Comhra

Baile - Lón

Ní minic a bhí Lúcás i seomra codlata Mharcais. Seomra lom go maith ba ea é. Ar thaobh amháin, fuinneog ag tabhairt amach ar an ngarraí cúil, trasna uaidh, ar an taobh eile, almóir mór darach. Eatarthu bhí leaba mhór ard agus scaraoid uirthi de shról bróidnithe dúdhearg — iarsma de shaol pósta a sheanathar sularbh ann do Lúcás. Ar gach taobh de cheann na leapa bhí dhá chathaoir dhíreacha darach, páidrín agus coinneall agus ceannbheart bán síoda ar cheann amháin, tada ar an gceann eile. Ar an urlár ag bun na leapa bhí comhra mór.

Tráth dá raibh, b'aon seomra amháin an seomra seo agus an seomra tosaigh a bhí anois taobh thiar de bhalla an almóra. Ba é an seomra dinnéara é. Ní rófhada i ndiaidh bhás a chlann mhac, gur shocraigh Marcas, a bhí ina bhaintreach le tamall maith roimhe sin, nach raibh sé ag iarraidh an staighre a dhreapadh níos mó agus roinn sé an seomra mór. Rinneadh seomra codlata den chuid seo agus seomra stórais den chuid chun tosaigh.

Ach is beag nach ndreapfadh Marcas an staighre anois dá gcaithfeadh sé, bhí oiread fuinnimh ann. Dhún sé an doras ina ndiaidh. Ansin shuigh sé ar cholbha na leapa.

Bhreathnaigh suas ar Lúcás.

'An ndeir tú liom nach bhfuil aon bhaint ag an scéal seo faoi thú ag dul thar lear le tú dul isteach in aon arm nó troid ar son duine ar bith?'

'Níl, a Dhaideo,' arsa Lúcás agus é á rá leis féin gurb í an fhírinne í, nach raibh aon troid i gceist ach litir a thabhairt chuig Ó Néill.

'Fáiltím roimh do scéala mar sin, a Lúcáis.'

Thost sé nóiméad agus ansin chuir ceist.

'Ach d'fhéadfadh na saighdiúirí a bheith sa tóir ort?'

'D'fhéadfadh.'

'Go gcoinní Dia ón teach iad, mar sin, agus déanaimid guí gur mar sin a bheidh.'

Thost sé. Bhí Lúcás ag breathnú anuas air agus gan aon tuairim aige cén fáth ar thug sé isteach sa seomra é.

'Ceart, mar sin,' ar seisean sa deireadh agus d'éirigh sé.

Chuaigh sé go dtí leac na fuinneoige. Fós níor thuig Lúcás a raibh ar bun aige. Rug sé ar chorr na leice agus thosaigh á tarraingt chuige. Shíl Lúcás gur saobhadh intinne éigin a bhí tar éis é a bhualadh, tar éis a raibh cloiste aige.

'Cabhraigh liom léi seo, a Lúcáis, maith an fear.'

Bhí an dubhiontas ar Lúcás. Sheas sé in aice lena Dhaideo agus rug ar chorr na leice mar a chéile.

'Caithfidh tú í a ardú beagán agus ansin, anois, tarraing chugat í.'

Rinne sé sin agus tháinig an leac leo. Shleamhnaigh sí amach. Bhí sí trom.

'Leag ar an urlár í.'

Rug Lúcás ar an leac aolchloiche agus leag faoi bhun na fuinneoige í.

'Féach seo anois,' arsa Marcas leis.

Nocht sé clocha gearrtha na fuinneoige ar a raibh an leac ina luí. Bhrúigh Marcas síos ar an taobh amuigh de chloch amháin sa lár agus tháinig sí leis. Thóg sé amach í. Bhí spás folamh fúithi. Bhí pár fillte istigh ann agus peannaireacht Ghaeilge air. Thóg Marcas an pár amach. Chonaic Lúcás go raibh eochair throm faoi.

'Ceathrú na gCaorach,' arsa Marcas ag leagan an pháir i leataobh agus á bualadh go héadrom le barra a mhéar.

Bhí eochair mhór iarainn ina luí sa pholl gearrtha. Thóg Marcas an eochair idir a mhéara.

'An rud is mó a thugann sásamh dom nach bhfuil tú ag dul ag troid, a Lúcáis. Má tá tú ag dul ag staidéar tá sin go breá. Ach ná déan dearmad ar a ndeirim leat faoin ngnó: tá sé anseo duit i gcónaí. Is leatsa é. Thug mé ar lámh do na Máirtínigh é ar bhonn pro tem. Athair Risteaird atá sa scoil leat. Tá tuiscint shollúnta eadrainn agus é i scríbhinn — nuair a bheidh tusa in aois is leatsa é.'

Ní dúirt Lúcás tada. Bhreathnaigh Marcas suas air.

'Ceist amháin eile agam ort agus sin é mo chuidse. An bhfuil tú féin, i do chroí istigh, gan aon duine ag cur brú de shaghas ar bith ort, ag iarraidh dul ag staidéar sa Róimh?'

'Tá, a Dhaideo. Tá mé ag iarraidh dul ar an turas seo. An t-aon rud atá dom choinneáil siar a bheith ag cuimhneamh oraibhse.'

'Hea! Ná bac linne. Beimidne ceart go leor. Má tá tusa sásta, tá mise sásta. Anois, caithfimid breathnú i do dhiaidh.'

Chuaigh sé go dtí an comhra faoi bhun na leapa. Adhmad dubh a bhí ann agus strapaí iarainn air. Chuaigh sé síos ar a ghlúna os a chomhair, agus chuir an eochair sa ghlas trom iarainn. Rinne an glas gliogram toll miotalach agus scaoil. D'ardaigh Marcas an barr tiubh adhmaid agus chuir siar é.

Bhí Lúcás ag breathnú thar a ghualainn. Línéadach bán costasach a chonaic sé istigh.

'Má tá Brianach ag déanamh a bhealaigh féin san Eoraip,' a bhí Marcas a rá, 'is é a bhealach féin a dhéanfaidh sé. Ní bheidh sé ag brath ar aon duine, sagairt nó eile. Cuimhnigh air sin, a Lúcáis,' ar seisean ag breathnú aníos thar a ghualainn air. 'Sliocht ardríthe Éireann muidne. Bíonn daoine ag brath orainne. Ní bhímidne ag brath ar aon duine. Ó Briain in uachtar.'

Chabhraigh an nathán agus an mórtas cine a ghabh leis, le Lúcás breathnú ar bhealach difriúil ar a raibh tarlaithe ó mhaidin. Ba Bhrianach ar dtús é, duine a d'fhaigheadh an lámh in uachtar ar chúrsaí an tsaoil seachas cúrsaí an tsaoil ag fáil an lámh in uachtar airsean.

'Feictear dom,' a dúirt Marcas agus é ag tógáil an línéad- aigh amach agus á leagan ar an urlár in aice leis: línéadach boird, éadach bán, éadach dúghlas damascach, lása alençon, 'cibé ní a shíleamar d'Alasandar Luínseach agus a chuid modhanna nua múinte a thug sé leis ó na hÍsiltíortha, nach gceapfá go labhródh sé liomsa faoin scéal ar dtús?'

Bhí Marcas ag gearán arís. Ní dúirt Lúcás tada. Bhí sé ag stánadh thar ghualainn a Dhaideo isteach sa chomhra. Níor bhreathnaigh Lúcás sa chomhra seo riamh; ba é an rud ba speisialta agus ba thábhachtaí sa teach é a bhain lena Dhaideo. Chonaic Lúcás den chéad uair a raibh istigh ann: leabhair, plátaí airgid, coinnleoirí, criosanna, beartán litreacha agus seanpháipéar.

'Bhí sé de cheart ag Alasandar Ó Luínse labhairt liomsa. Ach labhróidh mé féin leisean amárach.'

Bhí sé ag cuardach i measc na rudaí sa chomhra.

'Duine atá ag iarraidh a bheith ina scoláire sa Róimh teastóidh níos mó ná trí aingeal d'airgead Shasana uaidh.'

Doiciméad fillte aonair a thóg Marcas amach as an gcomhra ansin agus a leag sé í sin freisin ar an urlár in aice leis an línéadach.

'An conradh leis na Mairtínigh. An-tábhachtach, freisin.'

Chonaic Lúcás gur i bpeannaireacht reatha an tSax-Bhéarla a bhí sé.

Lean Marcas air ag cuardach in íochtar an chomhra go bhfuair sé a raibh uaidh. Thóg sé amach é agus choinnigh ina lámh é. Chuir sé lámh ar thaobh an chomhra agus bhrúigh é féin suas go raibh sé ina sheasamh arís. Líon an sparán croí a dhearnan. Ba cheann bróidnithe é. Bhreathnaigh sé mór agus trom go maith.

'Anois, a Lúcáis. Cuid de shaibhreas Bhrianaigh Cheathrú na gCaorach agus Chathair na Gaillimhe. B'fhéidir gur ó thír isteach a thángamarna chuig an gcathair seo an chéad lá riamh agus gur lasmuigh di atá cónaí orainn, ach tá seasamh againne chomh maith le dream. Bhí tráth ann nuair a bhí do sheanmháthair beo, go ndéana Dia trócaire uirthi, go mbíodh go leor oícheanta breátha sa teach seo, coinnleoirí ar bord, lí néadach chomh geal le sneachta, scoth an fhíona ón Spáinn. Nuair b'aon seomra mór amháin é seo,' ar seisean ag déanamh comhartha i dtreo an almóra. 'Ach d'imigh sin agus tháinig seo. Ach nílimid go dona as.'

Chuaigh sé go dtí an leaba agus scaoil an téad ceangail ar bhéal an sparáin.

D'ardaigh sé taobh an mhála, chlaon é beagán agus lig do na boinn ilchineálacha dortadh amach ar an an bpluid dhorcha.

'Idir ducados agus doláeir Spáinneacha agus ducati Iodálacha, seacain, cláirseacha na hÉireann, nach fiú mórán anois iad, agus sabhrain Shasanacha, tá saibhreas nach beag anseo,' ar seisean ag cur a mhéar trí na píosaí ilghnéitheacha. 'Píosaí óir iad seo. Écus, doublones; agus tá roinnt Thaler ann. Cuid de seo ba le d'athair é, cuid dá thuarastal a d'fhág sé agam le tabhairt duitse dá dtarlódh aon rud dó. Cuid de is é spré do mháthar é ó na Flaitheartaigh. Cuid eile fós is é mo chuid féin é. Tá cuntas agam ar gach rud ach ní gá dúinn bacadh leis sin anois. Ba tú aon mhac d'athar is do mháthar. Is leor sin.'

Bhí cuma aduain ar na píosaí éagsúla d'ór scamallach donnbhuí a bhí ag iarraidh a bheith ag glioscarnach fós ar éadach dorcha na leapa in ainneoin teimheal na mblianta. Murab ionann agus na píosaí airgid a bhí dubh, geall leis, le haois. Thosaigh Marcas ag piocadh cinn áirithe amach agus á gcur i leataobh.

'Táim chun deich gcinn fhichead de ducati a thabhairt duit. Ionann é sin agus cúig phunt. Ba cheart go dtabharfadh sé sin slán sábháilte go dtí an Róimh thú agus níos faide. Dá mbeadh a fhios agam in am é, bheadh litir chreidmheasa déanta amach agam. Ach lábhróidh mé leis an Luínseach faoi sin amárach. '

Scuab sé an chuid eile de na boinn den leaba, chuir sé ar ais sa sparán iad, agus cheangail é. Chuaigh ar a ghlúna arís os comhair an chomhra. Chuir sé an sparán ar ais sa chomhra agus doiciméad na Máirtíneach agus chuir na héadaí agus an línéadach ar ais anuas orthu. Dhún sé an comhra agus chuir faoi ghlas é.

D'éirigh sé ina sheasamh arís agus chuaigh go dtí an fhuinneog. Thóg sé an pár Gaeilge agus chuir le hais na nducati ar an leaba é. Ba léir a aois ar gach uile chor dár chuir sé de anois.

'B'fhéidir, a Lúcáis chroí, go gcuirfeá Laidin air sin dom, nó níos fearr fós, Sax-Bhéarla, mar dá mhéid atá cloiste agam faoin gcúirt sin i Mainistir na mBráthar níl aon seans ag aon Ghaeilge ann ach oiread is atá ag sláimín sneachta ar leacracha ifrinn. Anois cabhraigh liom í seo a chur ar ais.'

D'fhág sé an eochair isteach sa pholl, chuir an chloch anuas uirthi. Chabhraigh Lúcás leis an leac a shleamhnú ar ais. Sin déanta, chuaigh sé timpeall na leapa chuig an almóir. D'oscail é agus thóg sé clóca dubh amach as. Chaith chuig Lúcás é. Bhí sé ag fústráil arís. Fuair sé buataisí do Lúcás freisin agus thaispeáin do Lúcás cén chaoi leis an airgead a chur i bhfolach sna sála iontu.

Chuir Lúcás an clóca thar a ghuaillí. Ba chompordaí go mór é ná an ceann dearg gan a bheith chomh bog cluthar leis an mbrat. Thriail sé na buataisí. Chuaigh siad air go breá.

'Ba le d'athair iad. Go ndéana Dia grásta air.'

Tháinig deoir lena shúil.

'Dá bhfeicfeadh sé thú! Trócaire le hanamnacha na marbh go léir.'

Shuigh Lúcás síos arís ar an leaba ach ní raibh sé chomh héasca na buataisí a bhaint is a bhí sé iad a chur air. Rinne an seanfhear gáire.

'Daoine uaisle muid, a Lúcáis, de shliocht ríthe agus ardríthe, mar a deirim, ach níl duine ar bith againn ag fónamh dúinn agus caithfimid ár mbuataisí a bhaint dínn muid féin.'

Ainneoin an tsearúis, ba gheall le duine óg é Marcas á rá sin. Rinne Lúcás gáire. Bhí sé ar a chompord faoi dheireadh. Bhí an scéal réitithe. Bhí imní agus achrann an lae glanta. Den chéad uair ó tháinig sé abhaile, bhí ocras air. Bhí boladh na cainninne ag éalú isteach chucu ón gcistin. Bhí Máire tar éis an béile a chur síos.

'Is maith liom an boladh sin,' arsa Lúcás.

'Is maith agus liomsa,' arsa Marcas amhail is nár éalaigh focal cantail riamh as a bhéal.

Thosaigh Lúcás ag baint an dara buatais de. Bhí a chroí lán. Bhí tábhacht an chomhrá speisialta seo i seomra codlata a Dhaideo ag dul i gcion air. Ba Bhrianach é agus bhí an t-airgead aige a chuirfeadh an uaisleacht agus ar ghabh léi ar a chumas, gan trácht ar phlé i gceart le freagracht na litreach. Anuas air sin bhí suaimhneas intinne air mar ba léir nach mbeadh aon ghanntanas ar Mharcas ná ar Mháire fad a bheadh sé imithe. Bhí sé ag leagan láimhe ar shál na buataise arís, agus Marcas ina sheasamh os a chomhair réidh lena tógáil uaidh, nuair a chuala siad cnagadh láidir tobann ar dhoras na sráide lasmuigh.

24

Táthar chugainn

'A Mhaighdean Bheannaithe, sin buille a dhúiseodh na deamhain as Ifreann,' arsa Marcas agus sceoin air. 'Abair paidir, a Lúcáis.'

Chuala siad Máire ag brostú thart amuigh sa chistin agus gach 'Cé atá chugainn' agus 'Fóill, fóill,' aici agus ansin sa deireadh í ag imeacht chun an doras a oscailt.

Cúpla soicind ina dhiaidh sin bhí sí ar ais sa chistin ag béicíl.

'Ó bhó bhó. Táthar chugainn. Táthar chugainn. Tá na saighdiúirí chugainn.'

'Dia idir sin agus geataí Ifrinn. Is iad atá ann,' arsa Marcas. 'Ag iarraidh stop a chur leatsa, cuirimis geall. Go beo. Cuir iad seo i bhfolach. Dia ár réiteach ní raibh saighdiúirí sa teach seo ó aimsir na mandáidí.'

D'imigh sé amach as an seomra ag rá go bhféachfadh sé le moill a chur leo. Ní raibh soiceand le cailleadh ag Lúcás.

Chaithfeadh sé smaoineamh, agus sin go tapa. Pionsóireacht aigne a bhí ag teastáil anois. Intinn aclaí in uachtar. Ní raibh aon éalú i gceist — d'fheicfí é ón gcistin. An príomhrud an litir a chur in áit shábháilte. Bhreathnaigh sé thart sa seomra. Luigh a shúil ar leac na fuinneoige. An mbeadh an t-am aige? Chuaigh go dtí an fhuinneog, an bhuatais fós ar a chos chlé, agus thosaigh ag tarraingt amach na leice. Níor tháinig sí leis. Bhí a chroí ina bhéal. Chuimhnigh sé go gcaithfí í a ardú chun tosaigh. Rinne sé sin agus tharraing. Tháinig sí leis. Shleamhnaigh sé amach í agus leag ar an urlár í. D'ardaigh sé an chloch láir. Bhí cluas le héisteacht air an t-am ar fad. Chuala sé monúr cainte amuigh.

Chuir sé lámh ina phóca istigh agus thóg amach an litir. Bhreathnaigh sé go sciobtha uirthi. 'O Neill, Princeps Tironi, Roma.' Leag sé anuas ar an eochair í sa pholl folaigh, an séala in airde. Shuigh sí sa pholl go deas néata. Chuir sé an chloch ar ais agus shleamhnaigh an leac ar ais ina háit. Ach ní dheachaigh an leac isteach i gceart. Bhí bac éigin ann. Thosaigh an scaoll ag bagairt arís air. Bhí an monúr cainte le cloisteáil i gcónaí. B'éigean dó an leac a thógáil amach arís agus a leagan ar an urlár. Ní raibh an chloch luite síos i gceart. Shocraigh sé í. Bhí an monúr cainte ag éirí níos mó lasmuigh, shíl sé. Ansin shíothlaigh sé arís. D'ardaigh sé an leac arís agus shleamhnaigh isteach arís í. Chuaigh sí abhaile an uair seo.

Shuigh sé síos ar an leaba. Faoiseamh air. Chonaic sé an t-airgead. Scuab sé na boinn ar fad suas ón gcuilt agus chaith go sciobtha isteach sa bhuatais iad. Chuir sé an bhuatais faoin leaba. Thosaigh sé ag baint na buataise eile de. Go tobann osclaíodh an doras. Chas Lúcás thart de gheit. Chonaic sé cloigeann a Dheaideo.

'Tá an Captaen Watts ag iarraidh thú a fheiceáil, a Lúcáis.'

Sheas sé isteach sa seomra agus leathdhún an doras taobh thiar de. Labhair i nglór ciúin.

'Tá sé do d'iarraidhsa go speisialta ach dúirt mé leis nach raibh tú ar fónamh. Ach ní éisteodh sé. B'fhearr duit teacht amach. Bain díot an treabhsar agus an seaicéad. Cuir cuma thinn ort féin. Tá sé ag caint ar Mhurchadh Shéamais ach ní cosúil gurb in é an fáth a bhfuil sé anseo. Níl a fhios agam cén fáth a bhfuil sé anseo mura bhfuair sé amach faoin gcoláiste.'

D'imigh Marcas amach arís.

Dhírigh Lúcás a intinn ar a raibh le déanamh. Má bhí cluiche le himirt, bhí sé chomh maith dó an iarracht ab fhearr a dhéanamh. Bhain sé de a sheaicéad agus a bhríste agus chuir trasna na leapa iad anuas ar phár Mharcais. Tharraing a léine síos go dtí barr a ghlúine. Chuir sé pluid na leapa siar ansin agus luigh siar ar an leaba. Lig a chloigeann siar ar an bpiliúr. Ansin d'éirigh sé arís. Chuir sé a mhéara trína chuid gruaige, lig meánfach.

Chonaic sé an páidrín. Phioc suas é agus chuir faoin bpiliúr é. B'fhearr mura mbeadh aon popish mummery le feiceáil dá dtiocfaidís isteach sa seomra. Ansin chuimhnigh sé ar an mála agus ar an gclóca dearg amuigh sa chistineach, an brat caite thar an gcathaoir, an ráipéar ar crochadh ar chúl cathaoireach eile, an mhiodóg thuas staighre. Is beag nár bhuail scaoll ceart é. Os comhair a dhá shúil, chonaic sé corp Mhurchadh Shéamais á iompar suas ar bhruach Shruthán na mBráithre, an paiste dearg ar a bhrollach. D'airigh sé lag ann féin. Bhí sé amhail is go raibh poll mór tar éis oscailt in íochtar a bhoilg. Bhí sé tinn. Níor ghá dó aon chur i gcéill a dhéanamh. Dráma fírinneach ba ea é seo. Agus chuaigh amach as an seomra amhail is go raibh sé tar éis an tráthnóna uile a chaitheamh ina chodladh. Ní raibh sé in ann chuig an bpionsóireacht intinne.

Ba rí-aisteach an comhluadar a bhí ag fanacht air sa chistin nuair a tháinig sé amach as an seomra, gan air ach stocaí agus léine, a ghruaig in aimhréidh, dreach dhuairc air. An chéad duine a thug sé faoi deara Máire ina seasamh le hais an bhoird, a gruaig ina slaoda, a colainn ar fad reoite le faitíos. Bhreathnaigh sé sna súile uirthi. Ainneoin go raibh sé ag dul ó sholas ba léir go raibh a haghaidh bán, go raibh an sceoin ina suí sna súile aici.

Bhí Marcas ina shuí ar a chathaoir cois na tine, corcán an bhéile curtha siar ón tine aige, a phíopa ina bhéal aige agus gan é lasta, é ag ligean air féin gurb é an rud ba ghnáthaí amuigh é go mbeadh saighdiúirí ar cuairt aige. Ar an gcathaoir eile os comhair na tine, bhí an brat caite, agus ó nach bhfaca Lúcás in aon áit eile iad, ghlac sé leis go raibh an mála, agus an clóca dearg agus an ráipéar, i bhfolach faoi, sin nó curtha i gceann de na halmóirí ag Máire.

Ina seasamh leis an doras thall bhí beirt shaighdiúirí nach bhfaca sé riamh cheana, duine acu agus muscaed á choinneáil suas díreach os comhair a bhrollaigh aige. Halbard ina lámh ag an bhfear eile. Ach an rud ba shuntasaí — ní raibh sé in ann aird cheart a thabhairt air bhí oiread sin imní air — ina sheasamh i lár an urláir, amhail is gur leis an áit, barra a mhéar ina luí go héadrom ar bharr an bhoird, bhí an Captaen Watts, an captaen ceannann céanna, an seaicéad donn leathair céanna air, agus clóca gearr dubh curtha siar taobh thiar dá dhroim, díreach mar a bhí nuair a bhí sé ag caint le Lúcás níos luaithe ar maidin i bhforsheamra na hEaglaise,.

'Mister Brianus. Or should I say Mister Owbreen. You Irish have such confusion in your names. Mo bheannacht chugat.'

Bhreathnaigh Lúcás air agus dar leis go raibh a chraiceann níos dorcha ná mar ba chuimhin leis, gur chraiceann donn an tsaighdiúra phroifisiúnta é. Bhí an fhéasóigín ar a smig níos duibhe. Bhreathnaigh sé níos óige fiú, níos géire agus níos cruálaí. Ansin chaith sé súil sciobtha thar ghualainn an Chaptaein i dtreo an dorais a thug amach ar cúl. Bheadh air an Captaen a chur dá bhonna dá dtiocfadh an crú ar an tairne.

'But a young man bearing the name Lucius with fair hair and excellent English is easily traced to his bed.'

Bhreathnaigh Lúcás ar an mbeirt saighdiúirí sa doras. Bhreathnaigh sé ar fhear an mhuscaeid. Ba léir ar an gcaoi a raibh sé á iompar agus a mhéar in aice leis an meaitse, go raibh an muscaed lochtaithe agus nach dtógfadh sé ach deich soiceand air an meaitse a lasadh agus an piléar a scaoileadh.

'Tá tú tinn, deirtear liom,' arsa an Captaen.

'Tá,' arsa Lúcás ag féachaint síos ar an urlár agus iontas air go raibh méid áirithe Gaeilge ag an gCaptaen.

'Bhí an chuma ort níos luaithe inniu go riabh tú, eim, i mbarr na sláinte. Ar bharr an tsaoil, nach ea?'

Bhí ar Lúcás rud éigin a rá ach níor fhéad sé cuimhneamh ar aon rud nach ndéanfadh an cás níos measa, sa Sax-Bhéarla nó i nGaeilge. Bhí Gaeilge bheag chruinn an Chaptaein ag cur as dó. Rinne sé cúlú tosta.

'Tá sé ar intinn agam tú a thabhairt liom,' arsa an Captaen agus bhagair sé a cheann ar na saighdiúirí.

Sheas Máire in aice le Lúcás. Thóg na saighdiúirí coiscéim amháin chun tosaigh. Ar feinte é seo? Labhair Máire.

'Is boy ill, good sir. Fevers on him.'

Chuir an Captaen a lámh amach ag comharthú do na saighdiúirí fanacht siar go fóill. Bhreathnaigh sé ar Mháire.

'A good question, goodwife Owbreen. Is the boy ill?' Bhreathnaigh sé ar Lúcás agus rinne magadh leamh. 'Is you ill?'

'Perhaps, sir, I am not the better for meeting your sergeant this morning,' arsa Lúcás, ag breathnú suas, agus é idir dhá chomhairle cé acu Béarla nó Gaeilge ba cheart dó labhairt leis an gCaptaen.

'Sergeant indeed,' arsa an Captaen. 'I don't doubt it.'

Thost sé. Bhí bagairt ghránna sa tost. Bhreathnaigh an Captaen ar na saighdiúirí. Ansin bhreathnaigh sé arís ar Lúcás.

'Mister Owbreen, Mister Brianus, Lúcás, Tá rud agat atá uainn. How beautifully brief you language is. How neat its rhetoric. Ná bac leis sin. Shabháilfeadh sé am agus trioblóid dá dtabharfá dúinn é. Lúcás.'

Bhreathnaigh Lúcás air, a chroí reoite. Bhí lámh an Chaptaein sínte amach aige amhail is go raibh sé ag iarraidh go dtabharfadh Lúcás an litir dó. Ní raibh aon amhras ann anois, cibé cén chaoi a ndearna siad é, bhí siad ar an eolas fúithi. Ach amháin nach é an Captaen Watts a mharaigh Murchadh. Níor fhéad sé. Ó thaobh ama de.

'An miste libh má shuím síos?' arsa an Captaen, ag ligean osna as agus ag ísliú a láimhe.

Bhí Gaeilge a dhóthain aige fiú má bhí an blas beagán coimhthíoch. Bhreathnaigh sé i dtreo na cathaoireach a raibh an brat uirthi. Ach níor luaithe ráite aige gur theast-aigh uaidh suí ná bhí cathaoir eile tarraingte suas ag Máire dó ón taobh eile den bhord. Chuir sí taobh thiar de í agus shuigh an Captaen uirthi ag ardú a lámh de bheagán mar chomhartha buíochais.

Leag an Captaen uilleann ar an mbord agus le méara na láimhe eile scaoil cnaipe bairr a sheaicéid leathair. Bhí sé beag beann ar an gcomhluadar agus a fhios aige go raibh fáilte roimhe agus beirt fhear armtha ina seasamh sa doras agus slua maith eile díobh amuigh ar an tsráid. Thosaigh méara a láimhe ag bualadh ar adhmad an bhoird.

'Now, Lucius, Lúcás. Céard atá le rá agat?'

'Táim sásta, sir,' arsa Lúcás ag socrú Gaeilge a labhairt leis.

Theastaigh am uaidh. Chuimhnigh sé ar phár a Dhaideo ina luí ar an leaba istigh. An bhféadfadh sé ligean air féin gurb in í an litir a tugadh dó má chuaigh siad crua air? Ach céard a dhéanfadh sé leis an litir féin? A rá le Marcas í a thabhairt don Dualtach?

'Yes?' arsa an Captaen.

'Teacht ar réiteach,' arsa Lúcás mar a bheadh sé ag bacadh fogha leis an iarracht is lú, parade de seconde, san am céanna is a bhí sé á rá leis féin go raibh Ceathrú na gCaorach imithe dá dtógfaidís an pár sin.

'Yes?' arsa an Captaen Watts arís ag breathnú ar a bhuataisí snasta ina luí ar leacracha an urláir.

'To come to terms, sir. Réiteach.'

'Terms? Réiteach?' arsa an Captaen de scread ard. 'I don't doubt it, sir. But surely it is we who settle terms, Mister Owbreen.'

Chaith an Captaen súil i dtreo na saighdiúirí. Bhí sé amhail is go raibh sé ag rá leo a bheith réidh. Bhreathnaigh sé ar ais ar Lúcás. Bhí cluiche gránna cat agus luchóig á imirt aige.

'Is cosúil go gcaithfidh mé an scéal a mhíniú. Where shall I begin?'

Bhí bagairt ina ghlór. Sax-Bhéarla bagarthach a bhí aige. Bíonn an Sax-Bhéarla i gcónaí bagarthach. Ach bhraith Lúcás nach raibh ann ach feinte eile nach raibh ag dul áit ar bith, passade nó ballestra. Bhí an t-ionsaí ceart fós le teacht. Rinne Lúcás suas a intinn: fanadh an pár sin slán. Déarfadh sé leis an gCaptaen nach bhfuair sé aon litir, nach bhfaca sé aon sagart, nach raibh aon eolas aige faoi thada. Ach ní sa chistin aige féin a bheadh ar na freagraí sin a thabhairt. Is sa cheathrú acu féin, i seomra fuar dorcha i nDún Agaistín a chuirfí na ceisteanna air. Ní bheadh aon rogha aige ach dul leo.

'Suigh síos Lúcás, Lucius. Is leatsa an teach seo.'

Tharraing Máire cathaoir amach do Lúcás chun go suífeadh sé ag ceann eile an bhoird ón gCaptaein. Thosaigh Marcas ag séideadh ag iarraidh a phíopa a lasadh. Ba í an fhuaim ba mhó is ba shuntasaí í i gciúnas na cistine. B'aisteach agus ba ghránna an bealach a bhí ag na Sasanaigh le daoine a ghabháil. B'aisteach an bealach a bhí ag na Gaeil le plé leis an ngabháil chéanna.

'Tiocfaidh mé chuig an bpointe,' arsa an Captaen.

Shéid Marcas isteach ina phíopa. Lean an Captaen air.

'Bhí mé an-tógtha leat inniu. An ghreim a bhí agat ar an teanga seo againne. The language of Shakespeare. Have you seen any of his plays, Lucius? I think not. You do not seem to like the theatre in Galway. Is trua.'

Lig sé a chloiginn siar agus shocraigh a uilleann ar an mbord.

'Bhí mé i Londain. The West End. Hamlet. Iontach, a Lúcáis, Iontach. The greatness of the ghost. The plight of hapless Hamlet. Distraught. Agus na truáin bhochta sin Rosenkrantz and Guildenstern, gafa in eachtraí móra nár thuig siad. Má bhíonn tú riamh i Londain, caithfidh tú cluichí Shakespeare a fheiceáil. And Ben Johnson indeed. Doesn't think much of you Irish, Ben.' Rinne sé gáire beag leamh. 'Nor does Shakespeare come to that. Ní maith leis na Giúdaigh ach an oiread. If only you had theatre in Ireland. Is trua, tis a pity, nach bhfuil na cluichí agaibh. "Ah dear Arlo through Dianae's spights, made the most vnpleasant, and most ill. Meanwhile, o Clio, lend Calliope thy quill." Spencer. Duine eile de na fir mhóra. The Faerie Queene. How blessed we are. Don't you agree, Lucius? Nach bhfuilimid beannaithe?'

Ní dúirt Lúcás tada. Dá fheabhas a chuid Béarla, ní gach focal de sin a raibh sé in ann a thabhairt leis. Rith sé leis arís gur gránna an bealach é le fear a bhí ar tí litir a iompar go dtí Ó Néill a ghabháil. Bhí greim ag an gcat ar eireaball na luchóige le crúb amháin; bhí Lúcás ag fanacht go ngearrfadh an chrúb eile a scornach. Ach dhá thrian na cosanta faire ghéar.

'Ach ná bac leis sin. Fillimis ar an ábhar. Your own performance to day. Excellent. You were wonderful.'

Bhreathaigh Lúcás trasna ar Mharcas. Bhí aghaidh Mharcais lasta ag solas buí na tine ach ní raibh mothúchán dá laghad le léamh uirthi. Bhí éirithe le Marcas a phíopa a chur ag obair sa deireadh. Bhí sé ag tarraingt air, amhail is nach raibh aon ní faoin domhan ag cur as dó agus bhí boladh an tobac le haireachtáil ag gach duine acu. Níor lig an Captaen tada air. Bhí Marcas ag éisteacht.

'You see, Lúcás, tá fadhb againn.'

Thosaigh an Captaen ag bualadh an bhoird go rithim-iúil le barra a mhéar arís.

'Seo í an fhadhb. Mister Davies, the Solicitor General, an excellent gentleman and a fine poet himself to boot, Mister Davies, ba mhaith leis go gcuirfí dlí na ríochta i bhfeidhm. Fairly and without favour. He is very concerned that the poor people of this kingdom have been sorely placed under the tyranny of their chiefs and their tanists. Nach bhfuil an focal ceart agam a Lúcáis. Sin é an focal ceart?'

'Is ea,' arsa Lúcás nó shíl sé gurb é an chuid ab fhearr den chiall é aontú leis. B'fhíor go raibh cos ar bolg á himirt ar an daoine; ní ag na taoisigh ná ag a gcuid tánaistí amháin, a raibh idir mhaith is olc ina measc, ach ag

247

leithéidí an Chaptaein a bhí ina shuí ag aon bhord leis. Ach bhí an focal 'tanist' cloiste aige. Bhí an méid sin cruinn ceart.

'Good. Seo í an fhadhb. Níl sé ag obair. Fair enforcement of the law requires that those you come before the courts are given a fair hearing and that all matters in every case are taken into account. Nach fíor sin, Lúcás?'

'Is fíor.'

Ba iad lasracha buí na tine amháin a bhí ag cur solais ar fáil sa seomra anois. Bhí sé amhail is gur thit dorchadas na hoíche orthu le spalpadh Sax-Bhéarla an Chaptaein agus lena chuid cainte ar Shakespeare. Níor chorraigh duine ar bith le coinneal a lasadh.

'Ach feiceann tú céard atá ag tarlú. Bhí tú sa chúirt. Chonaic tú é. In fact you mentioned one of the most blatant features of the matter to me yourself. Ní chloistear na daoine.'

Bhí sé ar bharr a theanga ag Lúcás a rá go gcloisfí iad dá mbeadh Gaeilge ag lucht na cúirte. Ach choinnigh sé a bhéal dúnta.

'Ní rachaidh mé chun fad scéil leis seo, a Lucius.'

D'ísligh an Captaen a ghlór. Ní raibh Lúcás cinnte a raibh sé ag iarraidh nach gcloisfeadh Marcas é nó an raibh imní air go gcloisfeadh na saighdiúirí é, rud a bhí an-aisteach go deo, má b'fhíor é.

'Tá na fir teanga cam. Most of them don't interpret but say what they think the court wants to hear. Others are in pay to one or other of the conflicting parties. Tá an rud ar fad go dona. Tá sé an-dona, Lúcás, an-dona ar fad ar fad.'

Go tobann d'éirigh an Captaen ina sheasamh. Sheas sé os comhair Lúcáis, rug ar a dhá ghualainn agus tharraing suas ar a chosa é. D'airigh Lúcás níos mó ná riamh nach raibh air ach a léine i gcomhluadar daoine a bhí lán-fheistithe. D'airigh sé míchompordach.

'Agus sin é an áit a dtagann tusa isteach, a Lúcáis mhaith,' arsa an Captaen go hard agus go gealgháireach. 'Fear maith thú Lúcás. A fair man. Tá a fhios agam sin. Fair and wise. Tá Sax-Bhéarla den scoth agat agus is í an Ghaeilge do mháthairtheanga. Agus is scoláire maith tú. Terence no less.'

Thosaigh an Captaen Watts ag siúl suas síos an urláir, amhail is go raibh sé féin os comhair na cúirte.

'Seo é an scéal. Tagann tú ag obair dúinn mar fhear teanga. Íocann an Stát tú. Déanann tú aistriúchán dúinn. Dúinne, a Lúcáis. Don chúirt. Ní d'aon duine eile. For Justice. For the King. Ar son an Rí, a Lúcáis. Agus ar son na ndaoine. Proper titles to land and tenure are retained. The cheaters, scoundrels, landgrabbers, speculators, are exposed. Ar son na síochána agus na córa. Nach maith an rud é sin? Nach uasal?'

'Is ea, go cinnte,' arsa Lúcás agus gan aon amhras air ach gurb ea, go raibh moladh an Chaptaein cothrom agus cóir, gurb é a theastaigh.

'Cuir ort do bhróga, mar sin, agus imeoimid. Bual-faimid bóthar.'

Bhreathnaigh Lúcás sna súile ar an gCaptaen. Súile dorcha soghonta. Chuir sé iontas air an mhacántacht, an t-ionraiceas neamhcheistitheach a chonaic sé iontu.

Dhéanfadh an Sasanach é sin dúinne? An bhféadfadh sé gurb éard a bhí sa Chaptaen Watts seo, aithghin Uí Dhorchaigh ar scoil, ach ar bhealach níos údarásaí, níos fásta. Bhreathnaigh an Captaen ar ais ar Lúcás agus rinne gáire.

'Ah, Lucius, what fires do I see smoldering in the dark sapphires of your eyes. It makes one's heart to tickle in one's breast.'

'Sir, begging your pardon, tá mé tinn. Dáiríre. Tá mé an-tinn,' arsa Lúcás.

Bhí an chuma air go raibh sé chun titim i laige. Lúb sé a ghlúna. Ba chiúta é a bhí cleachta aige go maith is go minic aige mar Andromeda.

Chuaigh an Captaen go dtí é agus rug greim ar a ghuaillí. Bhrúigh síos sa chathaoir arís é.

'Good God, man. Suigh síos.'

Ar an bpointe bhí Marcas ina sheasamh. Bhí sé amhail is go raibh sé ag fanacht ar an nóiméad seo leis an gceann is fearr a fháil ar an gCaptaen.

'Tá an t-ógánach tinn, a dhuine uasail. Sa leaba ba cheart dó a bheith.'

Sheas an Captaen Watts siar. Bhreathnaigh sé ó dhuine go duine acu.

'Ach aontaíonn sibh leis na rudaí atá ráite agam. Nach bhfuil an ceart agam?' ar seisean ag breathnú ar Lúcás arís.

'Aontaíonn. Cinnte.'

Ní raibh aon amhras ar Lúcás ach go raibh bealach eile oscailte amach roimhe ag an gCaptaen Watts. Bealach síochánta, bealach a rachadh chun leas gach uile dhuine.

Bealach a chuirfeadh deireadh le troid agus le haighneas, le caimiléireacht agus le calaois.

'Well then?'

Sula raibh deis ag Lúcás aon rud a rá, chualathas torann ag doras na sráide: an doras á bhualadh agus duine ar an tsráid ag argóint go hard. Bhagair an Captaen Watts a cheann agus chuaigh saighdiúir an halbaird amach.

An chéad rud eile bhí an t-argónaí mór lasmuigh ag brú a bhealach isteach. Tomás Báille a bhí ann, a thoirt mhór ina sheasamh i mbéal dhoras na cistine. Bhí sé réidh le pléascadh. Baineadh stad ansin as.

'Captain Watts,' arsa an Báille sa Sax-Bhéarla 'Níor shíl mé go bhfeicfinn tusa anseo.'

'Ah! Mister Bailiff. Tá súil agam nár chuir mo chuid fear as duit.'

'Níor chuir. Níor chuir. Tá obair le déanamh acu.'

Ansin chuimhnigh an Báille ar a bhéasa Gaelacha.

'Dia sa teach seo,' ar seisean, ag seasamh isteach sa chistin agus ag beannú do gach duine faoi seach. 'A Mháire. A Mharcais. A Lúcáis.'

'Tá súil agam, Bailiff,' arsa an Captaen i mBéarla i gcónaí, 'Nach bhfuil tú chun a bheith drochbhéasach agus Gaeilge a labhairt agus lucht labhartha an tSax-Bhéarla i láthair.'

'Ní dhéanfainn a leithéid a Chaptein. Mo leithscéal.'

Rinne an Captaen gáire.

'Ná bac leis. Tá beagán Gaeilge agam. Anois, abair, cén fáth a bhfuil tú anseo?'

Shuigh an Captaen Watts ar ais ina chathaoir agus cuma na mífhoighne air.

'An dúnmharú gránna a tharla ar maidin, Captain.'

'Ah yes. The mysterious murder by rapier. Ar rug sibh ar aon duine fós, Bailiff?'

'No, Captain. Bhí mé chun labhairt le Lúcás anseo faoin scéal.'

'I don't doubt it. Ar aghaidh leat.'

Shiúil an Báille níos gaire do Lúcás agus sheas os a chomhair ag breathnú anuas air. Bhreathnaigh Lúcás suas ar thoirt an Bháille.

'A Lúcáis, chonacthas tusa agus Murchadh Shéamais Ó Briain le chéile….'

'Anois a Thomáis, níl sin ceart ná cóir,' arsa Marcas ag éirí ina sheasamh arís.

'Fan,' arsa an Captaen ag cur a láimhe in airde.

Shuigh Marcas ar ais.

'A Lúcáis,' arsa an Báille arís. 'Tá mo chuid fear ag fanacht lasmuigh. Ní mór dúinn thú a ghabháil as dúnmharú Mhurchadh Shéamais Uí Bhriain níos luaithe inniu.'

'Lucius?' arsa an Captaen Watts ag breathnú ar Lúcás ag an taobh eile den bhord.

Bhí Lúcás sáinnithe. Bhí imeachtaí uile an lae ag teacht sa mhullach air ag an aon am amháin. Theastaigh aclaíocht intinne. Ba phionsóireacht í ach arís, mar a bhí leis na Neachtain níos luaithe, bhí beirt os a chomhair. Bhreathnaigh sé ar an gCaptaen.

'An dtig liom ceist a chur?'

'Cinnte,' arsa an Captaen.

Bhreathnaigh Lúcás suas ar aghaidh bhog agus ar cholainn toirtiúil an Bháille. Bhí trua aige dó agus é fáiscthe mar a bhí idir dhá shaol, mar a bheadh úll mór súmhar i bhfaisceán ceirtlise.

'Cén t-am a tharla an dúnmharú?'

'Méan lae inniu, a Lúcáis.'

'Más ea, a Bháille, ní fhéadfadh sé go raibh aon bhaint agamsa leis. Bhí mise sa chúirt ag labhairt leis an gCaptaen Watts ag an am sin go díreach.'

'Exactly, Mister Bailiff. Now this play-acting has gone on long enough. Roimh meán lae inniu bhí an fear óg seo sa chúirt. Ón meán lae ar aghaidh bhí sé faoi gharda againne. Níorbh fhéidir leis go raibh aon bhaint aige leis an dúnmharú.'

'Más mar sin é,' arsa an Báille agus an chuma air go raibh sé i ndeireadh an feide. 'Cé a rinne é?'

Bhí Lúcás ar bís le freagra an Chaptaein a chloisteáil.

'Rinne mé fiosrúcháin de mo chuid féin, Mister Bailiff, agus is éard a chuala mé gur chomhrac aonair a bhí ann. Ní fios cérbh é an dara duine. Ach tá áthas orm a rá nach ormsa a thiteann sé a fháil amach. Mar sin níl tuairim agam cé a rinne é.'

Labhair an Captaen go húdarásach agus, bhraith Lúcás, go macánta.

'Go raibh maith agat, a Chaptaein. Go mífhortúnach, is ormsa a thiteann sé a fháil amach,' arsa an Báille go dólásach.

Bhreathnaigh sé ar Lúcás agus ansin ar Mháire agus ar Mharcas.

'Tá an-aiféala orm cur isteach oraibh. Fágfaidh mé slán

agaibh. Bhí dul amú orm. Agus mo mhíle leithscéal,' agus ansin go sciobtha sula bhféadfadh an Captaen spraic eile a chur air, dúirt sé, 'Thank you for your assistance, Captain. It is much appreciated.'

'No problem, Bailiff. Agus mar eolas duit, beidh Lúcás anseo ag déanamh fear teanga dúinn feasta sa chúirt. Beidh an chéad lá aige amárach.'

Ansin d'ardaigh an Captaen a lámh mar chomhartha don Bháille go bhféadfadh sé imeacht agus a sciobtha a dhéanfadh is ea ab fhearr. Ach chonaic an Báille a dheis sa deireadh a bhua a bhreith ar an gCaptaen. Sméid sé ar Lúcás mar chomhartha go raibh gach rud ceart agus nach raibh tada pearsanta aige ina aghaidh agus go raibh a nuacht maidir leis an gcúirt nótáilte aige; agus ansin labhair sé leis an gCaptaen Watts.

'In that case, Captain, perhaps you should issue the young man with a pass. Nílimid ag iarraidh a bheith ag cur as dó arís faoi rud nach ndearna sé.'

'Thank you, Bailiff. But I will leave that to the civil authorities.'

'Thank you, Captain,' arsa an Báille go sásta agus chas sé chuig Marcas. 'Peann agus páipéar b'fhéidir, a Mharcais?'

Ba í Máire a chuaigh chuig an gcófra agus a fuair an peann agus an páipéar. Leag sí ar an mbord iad idir Lúcás agus an Captaen agus scríobh an Báille an pas. D'fhill é nuair a bhí an dúch triomaithe agus le geáitse mór láimhe agus oiread údaráis a d'fhéadfadh sé a chur leis an ngníomh, thug do Lúcás é. Thóg Lúcás uaidh é.

'Go raibh maith agat,' ar seisean.

'Oíche mhaith agaibh mar sin agus go soirbhí Dia sibh,' arsa Tomás Báille, á dhíriú féin is ag cur a ghuaillí siar. 'Good night, Captain.'

Chas sé thart agus lig na saighdiúirí amach tharastu é.

Níor luaithe imithe é ná sheas an Captaen suas.

'Tá go maith. Bhí súil agam tú a theagasc anocht. Proper court conduct agus mar sin de, a iarraidh ort conradh a shíneadh. Ach caithfidh sé sin fanacht.'

Bhí tuin bheag mhíshástachta ina ghlór. Bhí súil ag Lúcás nach raibh ann ach sin. Bhí sé amhail is go raibh sé tar éis an rogha a bhí aige a mheá: Lúcás a thabhairt leis ar an bpointe agus Gael tinn fiabhrasach a bheith ar a lámha aige; nó fanacht go maidin le súil breith ar dhuine ina shláinte.

'Naoi a chlog maidin amárach. Bí sa chúirt. We'll have you sworn in.'

Chas sé ar a sháil agus thug comhartha do na saighdiúirí. D'oscail duine acu an doras agus lig siad amach tharastu é.

Chas sé thart sa doras.

'By the way, an fear a fuarthas ar maidin. Bhí gaol aige libh?'

'Gaol i bhfad amach a bhí ann,' arsa Marcas, a bhí tar éis éirí ina sheasamh.

'Peculiar business. Níl a fhios ag duine ar bith mar gheall air. A rapier wound to the heart. An-aisteach. Anyway, my condolences. Tá brón orm.'

'Go raibh maith agat,' arsa Marcas.

Bhreathnaigh an Captaen ar Lúcás. Rinne sé gáire beag.

'I will have you, you know. Ego istam, invitis omnibus,' ar seisean agus bhí féachaint fhíochmhar ina shúile.

Chas sé i dtreo an dorais.

'Naoi a chlog maidin amárach,' ar seisean thar a ghualainn agus lean na saighdiúirí amach é.

Bhí beirt saighdiúirí eile le tóirsí lasta ag fanacht lasmuigh ar an tsráid. Bhí ar Mháire dul agus na doirse a dhúnadh ina ndiaidh. Chuir sí an bolta trasna.

Is sciobtha mar a d'imigh an chuid eile den oíche. Lasadh na coinnle agus leag Máire an béile amach, arán caiscín, agus cainneann. Ba spleodrach an comhluadar iad, idir an faoiseamh mór a bhí orthu gur imigh na saighdiúirí agus an Báille agus an réiteach a bhí le déanamh i gcomhair imeacht Lúcáis an mhaidin dar gcionn.

Chríochnaigh Máire an fhuáil ar an gclóca dearg agus rinne Lúcás aistriú ar an doiciméad a bhain le Ceathrú na gCaorach. Seanchuntas ginealaigh a bhí ann a chuaigh siar deich nglúin agus a raibh píosa ann cúig ghlúin siar a luaigh talamh Cheathrú na gCaorach le Muircheartach Ó Briain éigin arbh é sin-sin-sin-seanathair Lúcáis féin é agus ar de chraobh éigin de Bhrianaigh Inse Chuinn é. Bhí nóta eile in íochtar ann á rá gur le Toirealach agus lena mhac Marcas an gabháltas. Chonaic mé féin an cháipéis agus ba phíosa breá oibre é go cinnte. Ní dheachaigh ranganna Uí Mhaol Chonaire amú ar Lúcás nó ba phíosa casta a bhí sa phár le duine de mhuintir Mhic Craith. Níor spáráil siad na nodanna, ar aon chuma. Ba scoláire níos fearr é Lúcás ná mar a thugadh sé le fios sa scoil. Ní gan chúis go rabhthas

á chur chun na Róimhe, a dúirt Marcas leis nuair a bhreath-
naigh sé ar a chuid oibre, agus go raibh na Sasanaigh á
iarraidh sa chúirt. D'úsáid mé cuid den ghinealach ina
dhiaidh sin agus sliocht Uí Bhriain á chur le chéile agam.

Nuair a fuair sé an deis agus Marcas ag caitheamh a
phíopa cois tine thug sé coinneal leis isteach sa seomra
codlata agus thóg an litir amach as a háit folaigh agus chuir
ar ais ina phóca í. Thug leis na buataisí, is an t-airgead, an
clóca dubh agus a chuid éadaigh, agus chuir suas ina
sheomra iad.

Nuair a tháinig sé anuas arís bhí a cuid oibre déanta ag
Máire agus í bailithe léi a chodladh.

'Tá sé in am soip,' arsa Marcas, a dhroim le Lúcás agus
é ina sheasamh ag breathnú isteach ar smól dearg deiridh
na tine. Chuaigh sé síos ar a ghlúine agus thosaigh á coigilt.
Chonaic Lúcás guaillí an tseanfhir ag éirí agus ag ísliú. Ní
raibh aon amhras ach go raibh sé ag caoineadh.

'Oíche mhaith mar sin,' arsa Lúcás ag leagan láimhe ar
ghuaillí a Dhaideo. 'Agus míle buíochas as gach uile rud.'

'Oíche mhaith agus go dtuga Dia codladh sámh duit,'
arsa Marcas ag leagan a láimhe féin anuas ar lámh Lúcáis.

'Beidh mé ceart, a Dhaideo.'

'I don't doubt it,' arsa Marcas ag gáire.

D'éirigh sé go mall ón tine agus dhírigh é féin le dua.
Thóg a choinneal agus chuaigh síos go dtína sheomra féin
a chodladh.

D'fhan Lúcás tamall ansin ag breathnú isteach ar mheall
liath de thine choigilte. Bhí a intinn socraithe aige. Ní raibh

aon argóint in éadan na mbuntáistí a bhain le tarisicint an Chaptaein. Bhí a fhios aige ina chroí istigh gurb é an bealach ab fhearr uile é. Ainneoin a údarásaí a bhí sé, agus a thioránta, thaitin macántacht an Chaptaein Watts leis agus an bealach díreach a bhí aige á chur féin in iúl. An moladh a bhí aige, ba é bealach na síochána agus na córa é. Ba é an réiteach é ar fhadhb Uí Dhorchaigh: na daoine a bhí gan tacaíocht gan treoir, go mbeadh cosaint dlí na cúirte feasta acu. Nárbh aoibhinn Dia dá bhféadfadh seisean a bheith páirteach i gcur chun cinn na córa ar an gcaoi sin.

Ach thuig sé nach raibh aon seans ag moladh sin an Chaptaein. Bhí an Captaen é féin tar éis é sin a léiriú. Ní raibh aige ach beagán Gaeilge. Ní raibh aon spás i saol an tSax-Bhéarla ach don Sax-Bhéarla amháin. Ná ní raibh na daoine a mharaigh an tEaspag Ó Duibheannaigh agus an tAthair Ó Luchráin chun éisteacht le réasúnaíocht gheal shibhialta an Chaptaein dea-mhéiniúil seo, gan trácht ar na daoine a raibh saint na talún imithe isteach sa chnámh iontu. Dá nglacfadh Lúcás le tairiscint an Chaptaein, d'fháiscfí é ar an gcaoi chéanna a bhí Tomás Báille á fháisceadh. Ní mhairfeadh sé féin ná a chumas aistriúcháin níos faide ná, mar a dúirt Marcas, sláimín sneachta ar leacracha Ifrinn. Chuimhnigh sé ar dhílseacht an Chonstábla, ar éigse Ghaeilge an Fhile, agus ar iarrachtaí aclaí leithéidí Pheadair Cléireach agus Alasandair Luínseach réasún a chur i bhfeidhm ar an saol Gaelach. Bhí a intinn socair. Ó Néill an t-aon rogha. Ó Néill agus an litir.

Níor le Lúcás ab fhaillí é. An rud deireanach a rinne sé sular thóg sé an staighre air féin sa deireadh, a pheann a thógáil agus litir bheag a scríobh domsa. Ba bheag a bhí ann ach a rá liom go raibh sé ag dul don Fhrainc ag staidéar agus go raibh aiféala air nach raibh deis aige slán a fhágáil agam. D'iarr sé orm a bheannacht a thabhairt, mar a chéile, dá chomrádaithe ar fad agus go raibh súil aige go bhfaighfidís Andromeda a ndiongabhála.

Chuaigh sé suas staighre ansin. Is é a bhí buíoch nuair a leag sé a cheann ar an bpiliúr, nuair a shín sé a chosa faoi na bráillíní, agus nuair a tharraing sé an tseanphluid aníos air féin. Ach sular thit a chodladh ar fad air, tháinig focail an Chaptaein Watts ar ais chuige, 'A rapier wound to the heart,' agus chonaic sé arís an Sionnach ag breathnú amach an fhuinneog ornáideach ar Shráid na Mainistreach.

25

An Spéir os cionn Túr an Leoin

Bhí goimh in aer clapshoilseach na maidine agus Lúcás agus Marcas ag siúl síos an tsráid. Bhí an dúibléad dubh ar Lúcás a chaitheadh sé ag ócáidí speisialta sa Choláiste agus triús gearr go glúna. Bhí stocaí tiubha bána air agus na buataisí, an t-uachtar ard fillte síos. Bhí an clóca dearg thar a ghuaillí, an brat thar a ghualainn chlé, a raibh pian bheag ann i gcónaí, agus an hata ar a cheann. Bhí litir Uí Néill anois taobh istigh dá léine sa phóca líneadaigh a bhí sa mhála a fuair sé ó na sagairt agus é ceangailte thar a chliabhrach aige; bonn Isabelle ag sileadh síos taobh istigh idir an póca rúnda agus a chraiceann. Bhí la Fiorentina i bhfolach faoi chaol a dhroma, idir a léine bhán agus a chrios. Bhí an t-airgead ar fad — ach amháin ducato amháin agus an trí aingeal — fillte i bpíosa línéadaigh agus i bhfolach i sála na mbuataisí. Bhí na héadaí eile ar iompar aige ina mhála. Bhí a bhrat féin á chaitheamh ag Marcas.

Chuir fuacht na maidine beocht i Lúcás agus chuir leis an scleondar a bhí air. Ach choinnigh sé súil amach i rith an ama. An namhaid a bhí aige bhí sé dofheicthe. Ba namhaid é a bhí ag obair gan fhios do na saighdiúirí, gan fhios do na captaein airm, gan fhios do bhairdéirí na cathrach, agus gan fhios do na Gaeil féin, má ba aon fhianaise comhrá an Chonstábla agus a chairde. Ní haon ionadh gur tugadh an Sionnach air. Mharaigh sé Murchadh Shéamais agus rinne é sin, geall leis, gan fhios. Murach na Neachtain, is é is dócha go mbeadh sé tar éis breith air féin an tráthnóna roimhe sin. Bhí a fhios ag Lúcás ina chroí istigh nach stopfadh sé go mbeadh an litir ina sheilbh aige.

Bhí Marcas ag brath an fhuachta, ainneoin an bhrait a bhí fáiscthe air. Bhí sé ag siúl go mall agus gan de chomhrá aige ach an aimsir. Labhair sé go ciúin mar a labhraíonn daoine sa dorchadas nuair a bhíonn daoine fós ina gcodladh. Ach ní raibh Lúcás ag tabhairt aon chluas dó. Goin ráipéir go croí, b'in a mharaigh Murchadh. D'aithin sé an comhartha. Ionsaí ar an gcroí ó seconda. An coup is éasca agus is éifeachtaí ar dhuine nach bhfuil aon choinne aige leis. Soiceand amháin a thógfadh sé ar fhear maith ráipéir duine a mharú ar an gcaoi sin. Gníomh neamhscrupallach, a deireadh Jacques, ach ag teastáil in amanta. Níor tugadh aon deis do Mhurchadh aon rud a rá.

Bhí Marcas ag caint anois faoi na seanchaptaein loinge a raibh aithne aige féin orthu sular thug sé an gnó ar láimh do na Máirtínigh, ar na báid Shasanacha, na cinn Spáinneacha a bhíodh ann fadó, na cinn Fhrancacha, na cinn a d'aithníodh sé an chorruair a théadh sé síos ag breathnú orthu, an Catherine, an St John. Bhí na seanchaptaein imithe anois, a dúirt sé, ach b'in iad na leathanta, a dúirt sé, nuair a bhí gnó an fhíona faoi lán tseoil leis an Spáinn sular fhéach na Sasanaigh le stop a chur leis lena gcuid cánacha, an aimsir roimh chogadh Uí Néill. Bhí a sheanathair ag iarraidh labhairt faoi rud ar bith ach an turas a bhí le déanamh ag Lúcás.

Lean Lúcás dá smaointe féin. Dar leis nach mbeadh fadhb ar bith ag an Sionnach a bhonn a chur. Má bhí na Neachtain in ann a dhéanamh níor stró d'fhear ráipéir proifisiúnta é. Cad chuige nár tháinig sé chuig an teach aréir? Mar nár fhéad sé. Bhí na saighdiúirí ann. Is bhí an bolta ar an doras.

Chuir Lúcás ceist ar Mharcas a raibh aithne aige ar an gCaptaen Ó Dubháin. Dúirt sé go raibh ach nár mhórán é. Fear maith báid ba ea é, shíl sé, ach crua. Bhí a mhála ar iompar ag Lúcás, é trom go maith agus a raibh d'éadaí ann. Thug Lúcás faoi deara gur choinnigh Marcas ar an taobh clé de i gcónaí agus beagán chun tosaigh air amhail is go raibh sé ag iarraidh an ráipéar a cheilt ar aon duine a bhí ag dul thar bráid, go háirithe nuair a shiúil siad suas i dtreo an Gheata Bhig agus gur thosaigh siad ag bualadh le daoine eile ar a mbealach isteach faoin gcathair. Cúpla céad slata ón ngeata stop Marcas.

'Seo,' ar seisean i gcogar. 'Cuir an brat sin ort i gceart.'

Ainneoin nach raibh fonn dá laghad air stop Lúcás. Leag síos an mála agus chuir an brat thar a ghuaillí gan an clóca dearg a bhaint de. Ansin féachaint dár thug sé i dtreo an Gheata, chonaic sé ceithre cinn nó cúig cinn de shaighdiúirí ina seasamh os a chomhair. Ach bhí an pas aige. Bhí an spéir ag gealadh os cionn Túr an Leoin. Dhéanfadh sé lá breá. Ba ghearr go raibh siad i lár bhrú agus ghleo an tslua os comhair an Gheata Bhig.

Ghrinnigh Lúcás gach duine a tháinig faoi raon a shúl,

Range

na carraeirí agus a gcartanna lán d'earraí de gach cinéal, adhmad anoir as an Achréidh agus aniar as Maigh Cuillinn, uallaí tuí do na stáblaí, seithí ainmhithe de gach saghas, coiníní, sionnach, caorach, gabhar, beithígh. Rinne Lúcás staidéar dlúth ar gach uile cheann acu, an fear díola, an carraeir, an fear gnó. D'fhéadfadh an Sionnach cuma ar bith a chur air féin. Ní raibh sé chun é féin a fhógairt ina fhear ráipéir. D'fhair sé na carranna, go léir, na cinn le héanlaith chlóis i gcliabháin acu, nó ranganna sicíní marbha lomtha bána crochta as sparra. Ach ní fhaca sé aon duine ag plé le haon cheann acu nach bhfaca sé a leithéid go minic cheana. Bhí daoine ar a gcosa freisin, mná agus fir ag iompar gach uile shaghas ciseán: oinniúin, iasc úr, pilséir, sean-úlla, uibheacha, im agus cáis, maothal, gruth. An raibh duine ar bith ina measc a raibh miodóg ar iompair aige? Bhí na beithígh ann agus fir ghroda á dtiomáint, gach uile 'fág an bealach, a leidhb,' acu agus 'corraigh leat a smaoiseacháin mura bhfuil tú ag iarraidh barr mo bhróige suas poll do thóna,' agus ina measc sin uile corrdhuine agus muc ceangailte ar iall aige. Ansin bhí na madraí ag dul gach uile áit ag cur leis an ngleo agus le fústar an tslua a bhí ag brú suas leis na geataí, na giollaí óga chun tosaigh ar gach duine. An iarracht is lú ag aon duine acu ina threo agus bhí sé réidh leis an miodóg a tharraingt amach. Ach is é ba dhóchá, má bhí an Sionnach le breith air níorbh é seo an áit ab fhearr. Bhí an Sionnach istigh sa chathair.

Bhí Marcas ag rá gur fada ón lá a sheas sé lasmuigh de na geataí go n-osclófaí iad. Ansin amhail is go raibh ciall dá chuid féin aige nach ciall aon duine faoi leith é, thosaigh an slua ag brú ar aghaidh. Ar an bpointe chualathas trost trom na maidí darach á gcur trasna agus gíoscán íseal na gcomhlaí agus iad á gcur siar. Thosaigh an slua ag brú, na cailíní freastail agus na giollaí ag dul rompu mar ní raibh aon ní ar iompar acu, agus lucht ceirde ansin agus na carraeirí mar a bheadh longa i lár taoide an tslua. Bhreathnaigh Lúcás timpeall air féin.

Bhí Marcas ar thaobh amháin, fear le ceathrú mairteola ar a ghualainn ar an taobh eile, beirt sheanbhan taobh thiar de ag cabaireacht faoi phraghas uibheacha agus an díol ar dócha a bheadh orthu teacht an Charghais. Tháinig siad faoi shúile na ndoirseoirí. Choinnigh Lúcás a shúile roimhe agus an brat fáiscthe timpeall air. Chuaigh siad faoin áirse in éineacht leis an gcuid eile. Ach díreach agus iad ar an taobh istigh glaodh amach orthu. Chuaigh siad beirt i leataobh ón slua agus thug aghaidh ar an saighdiúir. Gan focal a rá thóg Lúcás an pas amach as a phóca agus thaispeáin don saighdiúir é. Thóg sé a chuid ama á léamh. Ansin ghlaoigh sé anall ar chomrádaí leis agus thaispeáin dó siúd é. Chaith an saighdiúir eile oiread céanna ama ag breathnú ar an doiciméad. Agus ansin gan focal as ceachtar acu thug siad ar ais do Lúcás é agus lig isteach sa chathair é féin agus Marcas.

Sheachain siad an Bóthar Ard ach chuaigh síos an Bóthar Thuaidh agus Sráid na Lombardach, iad ag siúl i lár an bhóthair, mar gur bhraith Lúcás níos sábháilte ansin agus radharc aige ar gach uile thaobh de. Bhí siad ag casadh isteach ar Shráid na Céibhe nuair a labhair Marcas arís. Labhair sé faoin turas den chéad uair.

'Tabhair aire duit féin ar an mbád. Níl a fhios agam an mbeidh taistealaithe eile air. Seans nach mbeidh ann ach tú féin. Cuma faoi sin, is iad lucht an bháid féin is measa. B'fhéidir gur de shliocht uasal thú ach ní haon chosaint é sin amuigh ar an bhfarraige mhór. Ná bíodh leisce ar bith ort an claíomh sin a úsáid má chaitheann tú. Tarraing fuil má chaithfidh tú agus ná bíodh an dara smaoineamh ort faoi.'

Rug sé ar uachtar lámh Lúcáis agus d'fháisc í.

Bhí boladh na farraige go tréan ar aer úr na maidine anois. Bhí an lá ag gealadh go deas. Ba ghearr go mbeadh an ghrian ina suí.

Gheal croí Lúcáis nuair a chonaic sé Póirse na Céibhe roimhe. Ní raibh aon amharc ar an Sionnach. Cúpla coiscéim eile. Ba ghearr go raibh siad faoin bPóirse i measc na ndaoine a bhí ag dul síos chuig na báid. Cheana féin bhí daoine eile ag teacht aníos ó na báid agus ciseáin éisc á n-iompar acu. D'fhan Lúcás ar a airdeall i gcónaí. Tháinig siad faoin bpóirse agus leathnaigh an radharc breá os a gcomhair: na longa á bhfeistiú le balla, ceann amháin go háirithe a bhí feistithe le caladh cheana féin, ceann nó dó eile agus a seolta stríoctha ag fanacht le teacht le balla. Ina sheasamh ar an gcé ag fanacht orthu, bhí fear na féasóige móire, a ghruaig ceangailte siar ar chúl a chinn.

Ba é an duine ba mhífhoighní ar an gcé é, ag siúl de choiscéimeanna gearra suas síos. Bhí báid eile á luchtú agus á réiteach ag na céibheanna ach bhí bád Uí Dhubháin luchtaithe cheana féin agus réidh le seoladh. Bhí beirt ullamh leis an seol tosaigh a ardú a thabharfadh amach as an gcuan í. Bhí fear ar an halmadóir agus duine eile ag seasamh réidh ar an gcé leis an téad a scaoileadh.

Ní raibh aon ghá ag Lúcás é féin a chur in aithne don Chaptaen. Bhí a fhios ag Ó Dubháin cé a bhí chuige. Shín sé lámh amach chuig Lúcás ar an bpointe. Leag Lúcás an mála ar an gcé agus a bhrat anuas air agus thóg an lámh dhonn a bhí chomh crua le haon cheann de na seithí a chonaic sé ar na cartanna cúpla nóiméad roimhe sin agus a raibh craicne eile cosúil leo leagtha ar an gcé in aice leis.

'Tá tú díreach in am.'

Bhagair an Captaen a chloigeann i dtreo an bháid.

'Lá breá seoltóireachta' ar seisean gan gáire.

Ansin bhreathnaigh sé ar Mharcas. Bhreathnaigh a shúile geal bán, bhí a chraiceann chomh donnaithe sin ag an aimsir.

'Tá brón orm faoi d'fhear gaoil,' ar seisean ag croitheadh láimhe le Marcas. 'Ní maith liom an chaoi ar bhásaigh sé.'

'Ní maith ná linne, go raibh maith agat,' arsa Marcas. 'Ná ní maith linn nach bhfuil a fhios ag aon duine cé a rinne é.'

'Níl agus ní bheidh.'

'Cén chaoi?' arsa Lúcás.

'An fear a rinne é sin tá sé ar an taobh thall den tSion-ainn anois nó sa Chlár nó in íochtar Mumhan. Cá bhfios.'

'Tá a fhios cé a rinne é mar sin?' arsa Marcas.

'Ba é an chaint uile sa mBroc Ard aréir é. An marcach dubh a chonacthas ag imeacht amach an Geata Mór tráthnóna inné. Clóca dubh air á shéideadh sa ghaoth, ráipéar lena thaobh, capall dubh faoi agus é ag imeacht ar luas lasrach amach as an gcathair.'

Rinne sé gáire mór magaidh.

'Hea! Bíonn siad go maith sa mBroc Ard ag cumadh scéalta.'

Bhreathnaigh sé ar Lúcás.

'Téanam ort. Tá dóthain ama caillte cheana againn.'

Bhreathnaigh go hamhrasach ar Mharcas.

'Níl tusa ag teacht?'

'Níl. Fágfaidh mise slán leis seo anseo.'

'Déan deifear mar sin.'

Rug Marcas barróg ar Lúcás agus d'fhan siad gream-aithe dá chéile achar beag. Bhí Lúcás cinnte go raibh a sheanathair ag caoineadh. Ansin chuir Marcas uaidh é.

'Go gcumhdaí Dia is a Mháthair Bheannaithe thú, cibé ní atá amach romhat.'

Ansin d'iompaigh sé go tobann ar a shála agus d'imigh sé leis suas ón gcé.

Líon croí Lúcáis le mothú nár chuimhin leis a bheith air riamh cheana nuair a chonaic droim chromtha a Dhaideo ag dul suas uaidh ón gcé. Nuair a dúirt Marcas leis nach mbeadh a athair ag filleadh abhaile, bhí brón air, ach ba bhrón teibí é, brón ar mó d'easpa ginearálta é a líon a chroí de réir a chéile, de réir mar a thuig sé nach bhfeicfeadh a athair go deo arís. Ach anois, ar an gcé fhuar seo, seo, anois, mothú géar uaignis a bhuail é chomh tobann sin agus a d'airigh sé ag brúchtaíl aníos ina chliabhrach chomh láidir sin gur ar éigean a d'aithin sé é féin. Sheas Marcas faoi Phóirse na Céibhe agus chas thart. D'ardaigh sé a lámh.

D'ardaigh Lúcás a lámh seisean. Ansin chas Marcas thart agus d'imigh sé. Bhí sé cosúil le buinne fíochmhar farraige ag briseadh amach as a chliabhrach, tonn mhór millteach ar tí a bháidín beag neamhsocair féin a bhá. Ach bheadh sé ar ais.

D'fhan sé air ag breathnú ar an bpóirse ar feadh soicind, ansin chuaigh á fhéachaint uaidh sin go dtí fuinneoga uachtair an tí a bhí le feiceáil os cionn chíor an bhalla, Le Brocard. Agus ceart go leor, chonaic sé cruth san fhuinneog b'fhaide suas ar clé. Ba í Isabelle a bhí ann, bhí sé cinnte. D'ardaigh sé a lámh. D'ardaigh sise a lámh. Ansin chuir sé lámh isteach ina léine agus thóg amach an bonn. D'ardaigh sé é, ansin thug póg dó, agus d'ardaigh arís é. Chraith Isabelle lámh leis arís go fuinniúil.

Bhí aird Lúcáis go hiomlán ar an bhfuinneog uachtarach sin sa chaoi is nach bhfaca sé an fear a léim aníos ón taobh eile den ché.

'A Lúcáis,' arsa an Sionnach agus é ina sheasamh ina steille bheatha trí shlat uaidh.

Chas Lúcás thart agus ar an bpointe tharraing a ráipéar amach. An soiceand céanna tharraing an Sionnach a ráipéar amach.

Bhí sé gléasta mar a bhí Lúcás in éadaí dubha, clóca gearr dubha thar a ghuaillí, a ghruaig shlíoctha rua go guaillí, straois go cluas ar a aghaidh bhláfar bhricíneach. D'airigh Lúcás an casadh boilg céanna istigh ann a d'airigh sé nuair a chéad chuala sé ainm an tSionnaigh á lua.

'Ná himigh, a Lúcáis,' arsa an Sionnach. 'Cuir uait an claíomh.'

Bhí fórsa iomlán an namhad os a chomhair. Thosaigh a chosa ag lúbadh faoi. I gcomparáid leis an bhfear seo, ní raibh ann ach scoláire, gasúr scoile.

Ansin chuimhnigh sé go raibh Isabelle san fhuinneog thuas ag breathnú anuas air. Chroith sé é féin, agus má ba lag féin é, rinne sé an en garde. Ansin, chomh tobann céanna, thug fogha faoin bhfear rua en quatre. Bhac an Sionnach an t-ionsaí gan stró dá laghad. Baineadh geit as Lúcás. Bhí an fear dochreidte láidir. Murab ionann agus Jacques ba gheall le gallán cloiche é an Sionnach. Níor bhain ionsaí Lúcáis feacadh as.

Bhí straois go cluas ar aghaidh an tSionnaigh. Nocht sé a dhéad buí.

'Hea,' ar seisean go nimhneach, 'ag iarraidh tú féin a thriail liom.'

Ach níor chorraigh sé.

'Goitse, a stócaigh,' ar seisean ag gáire agus ag déanamh invite leathan os comhair Lúcáis.

Ghlac Lúcás leis an invite agus d'ionsaigh é, terza, ach arís bhac an Sionnach é gan stró dá laghad. Ba gheall le ráipéar a leagan suas le balla na cé féin é lann a leagan ar ráipéar an fhir seo.

Thriail Lúcás passade circulaire ach ní dhearna an Sionnach ach gáire leis. Rinne Lúcás invite é féin ach níor chorraigh an fear eile orlach.

Go sciobtha chuaigh Lúcás ar an ionsaí arís agus thug fogha sa septime dírithe anuas ar ghualainn dheis an fhir rua. B'éigean dó seo corraí anois. D'ardaigh sé a lámh go quarto agus thug liement chun cinn. Is ansin arís a d'airigh

Lúcás an neart dochreidte a bhí ag an bhfear rua. Bhí sé in ann Lúcás a bhrú uaidh amhail is nach raibh ann ach cleiteog a bhí an ghaoth tar éis a shéideadh ina threo.

Bhí slua beag daoine ag bailiú thart orthu anois agus an dúspéis acu sa troid a tharla chomh tobann sin agus ar léir gur dhianchoimhlint chlaíomh í idir beirt phionsóirí den scoth. Ba dhíol suntais an fear óg sa chlóca dearg, an duine ba laige acu, agus an fear rua sa chlóca dubh a raibh an scór go leith bliain aige, ba chosúil, nó os a chionn. Bhí onóir na claimhteoireachta á roinnt acu lena chéile gan trócaire ar ché na Gaillimhe ach ní raibh aon amhras cé aige a bheadh an bua agus níorbh é óganach an chlóca dheirg é.

Rinne Lúcás marche ach arís tháinig an Sionnach roimhe. Bhí an chosaint aige dobhogtha. Thosaigh cuid den slua ag gáire a mhíchothroime a bhí an troid.

Mar bharr ar an donas, thosaigh an Captaen Ó Dubháin ag fógairt ón mbád.

'Haigh, haigh. Táimid ag seoladh.'

Chuala Lúcás téad á chaitheamh isteach ar dheic an bháid taobh thiar de. Bhí sé tomhaiste go maith ag an Sionnach. Seo é a bhí uaidh. Stop a chur le Lúcás ag dul ar bord. Ansin é a shá agus an litir a thógáil uaidh.

Rinne an Sionnach invite eile. Ba léir go raibh sé ag socrú síos le haghaidh conversation agus a fhios aige nach bhfanfadh Ó Dubháin.

'Ar bord,' a bhí an Captaen ag béicíl air ó dheic na loinge.

Bhí Lúcás i gcruachás. Nóiméad eile agus bheadh an bád bainte den ché. Chuala sé an seol á ardú taobh thiar de. Bhí air rud éigin a dhéanamh go sciobtha.

Bhí an Sionnach ag fanacht go téiglí os a chomhair agus a chlaíomh in terza. Straois ghránna gháire ar a bhéal i gcónaí, an coup céanna go croí ó seconda a mharaigh Murchadh Shéamais á bheartú aige

'Níl tú ag imeacht, a Lúcáis. Lig t'intinn air.'

'Tosaigí ag baint,' arsa Ó Dubháin leis an gcriú.

Shín Lúcás a ráipéar chomh fada agus ab fhéidir agus thug léim. Ní dhearna an Sionnach ach claonadh i leataobh, a ráipéar a chur trasna faoi ráipéar Lúcáis agus é a bhrú uaidh arís.

'A spriosáinín,' ar seisean faoina anáil go tarcaisneach.

Bhí Lúcás i bponc. Bhí an Sionnach chomh daingean le ballard iarainn ar imeall na cé. Ní fhéadfaí é a bhogadh.

'Caith uait an claíomh a shlibire,' ar seisean. 'Níl tú in ann a úsáid.'

Is ansin a thuig Lúcás a raibh ar bun aige. Ag iarraidh é a shaighdeadh a bhí sé. Díreach mar a rinne Jacques nuair a mhaslaigh sé Ó Néill. Chruinnigh Lúcás a chiall mar a chomhairligh an Máistir dó a dhéanamh. Chonaic sé nach raibh ach cúpla slat idir sála an tSionnaigh agus imeall na cé. Bhí oiread sotail ag baint leis an bhfear nárbh aon ní leis an chontúirt sin. Ní raibh sé tar éis é a chur san áireamh, fiú amháin. Go toban thug Lúcás fogha láidir in seconda dírithe ar chliabhraigh an fhir eile. B'éigean don Sionnach léim siar. Is ansin a thuig sé an chontúirt ina raibh sé. Níor mhórán de chúlú é agus d'úsáid a neart arís le hionsaí Lúcáis a bhac. Thug sin deis do Lúcás cúlú agus sa tempo céanna leanúint air le fogha eile. D'éirigh leis an Sionnach an dara fogha sin a bhac freisin. Ach is ar éigean má bhí dhá throigh anois idir sála an tSionnaigh agus imeall na cé. Is air sin a bhí Lúcás ag brath.

Ach ní thabharfadh an Sionnach an dara seans dó: an chéad iarracht eile ó Lúcás agus bheadh sé tar éis léim i leataobh agus tosú ar conversation eile. Faoin am sin bheadh bád Uí Dhubháin glanta léi. Mar sin ní raibh ach aon seans amháin ag Lúcás.

'An gcaithfimid do mhála ar ais ar an gcé?' a bhéic an Captaen Ó Dubháin taobh thiar de.

'Ná caith,' arsa Lúcás.

Rinne Lúcás circulaire gan choinne fad a bhí sé á rá agus é ag iarraidh smaoineamh ar an gceacht deireanach a mhúin Jacques dó an lá roimhe. Ní raibh de fhreagra ón Sionnach ach gáire magaidh.

'Ó nach maith muid,' ar seisean.

B'in é an neamhaird a theastaigh ó Lúcás. Chrom sé go tobann agus súil aige go raibh an ceacht deireanach tugtha leis i gceart aige. Bhí. Bhí cosaint an tSionnaigh oscailte ar fad ón taobh thíos. Thug Lúcás fogha fíochmhar in airde — passato sotto.

Ní raibh aon súil ag an bhfear rua lena leithéid. Ní raibh de rogha aige ach léim siar. Sin nó bheadh sé sáite. Chonaic Lúcás an t-iontas ar an aghaidh bhricíneach bhláfar nuair a caitheadh an Sionnach siar i ndiaidh a chúl isteach san uisce.

Lig an slua béic astu, iad uile ag moladh Lúcáis agus gach 'Dia go deo leat,' acu. Ach ar éigean má chuala Lúcás iad. Chas sé ar an bpointe, rith go dtí an taobh eile den ché agus thug léim san aer as iomlán a nirt.

26

Ribín

Bhí an bád bainte agus ní raibh a fhios ag Lúcás go baileach cé méid uisce a bhí idir bád agus balla. Níor bhaol dó. Thit sé anuas ar an deic agus an ráipéar fós ina ghlaic. Tháinig an Captaen suas chuige, chuir lámh faoina ascaill agus chabhraigh leis éirí.

'B'in taispeántas nach bhfaca mé a mhacasamhail riamh i mo shaol,' ar seisean. 'Cé hé mo dhuine?'

'Níl a fhios agam tada faoi,' arsa Lúcás. 'Ach ní cosúil gur maith leis mé.'

Bhí sé ar bord. Bhí sé slán. Bhí an seol crochta. Bhí siad ag seoladh

'Níl a fhios agam faoi sin,' arsa an Captaen. 'Shíl mé gur ar mhaithe leat a bhí sé, ar dtús ar aon chuma. Bhí sé ansin ar na céimeanna thíos ar an taobh eile den ché ag fanacht go dtiocfá.'

Dhírigh Lúcás é féin agus ghabh buíochas leis an gCaptaen, a d'imigh uaidh ansin chun ordú a thabhairt faoin seol mór. D'fhéach Lúcás suas arís i dtreo na fuinneoige. Bhí Isabelle fós ann. D'ardaigh sé an claíomh uirthi agus rinne gáire. Chraith Isabelle lámh air go fuadrach.

Níor bhain Lúcás a shúile den fhuinneog uachtair sin fad a bhí an bád ag seoladh amach sa chuan. Bhí an ghrian anois ag dalladh a shúl ach ba chuma leis. Chuir sé an ráipéar ina chrios agus rinne sé scáth dá shúile lena lámh agus lean air ag breathnú agus ag croitheadh na láimhe eile. Ainneoin an chumha a bhí air, bhí sé ar bharr an tsaoil. Cé nach mbeadh? An spiaire gránna curtha san uisce — chonaic sé cuid den slua ar na céimeanna ag cabhrú leis teacht as — agus duine de na cailíní óga ba sciamhaí i gCathair na Gaillimhe ag séideadh póg chuige ó fhuinneog uachtar a tí.

Thosaigh an gíoscán de réir mar a bhí siad ag ardú an tseoil mhóir. Bhí na seolta ar fad anois á líonadh le gaoth úr na maidine. Níor fhéad Lúcás gan smaoineamh ar sheolta bocóideacha na scéalta fiannaíochta a d'insíodh a Dhaideo dó nuair a bhí sé níos óige. Dar leis anois gur ar eachtra fiannaíochta a bhí sé féin. Bhreathnaigh ar an uisce olúil dorcha. B'ionadh leis luas an bháid ag gearradh go ciúin tríd i dtreo bhéal an chuain.

Ansin chonaic sé an Dualtach, a chomrádaí scoile, ag rásaíocht síos an ché agus ag croitheadh láimhe leis. Bhí oiread áthais air gur tháinig mé chun slán a chur leis. Ba é an comhartha é a theastaigh uaidh, le taispeáint dó go raibh gach rud i gceart sa scoil, go raibh an scéala ag an Luínseach. Is go gliondrach ríméadach mar sin a chroith sé lámh ar ais liom. Go dtí go mb'éigean don bheirt againn éirí as.

Sheol an bád go hathluath thar Chloch na bPréachán, an chuid de Ghaillimh is faide amach san fharraige. D'fhéach Lúcás thar deireadh na loinge siar. Bhí tithe glasa an chalafoirt agus spuaiceanna agus túranna na cathrach taobh thiar díobh ag dul i laghad agus i laghad. Shamhlaigh sé Marcas agus Máire sa teach leo féin nó ina suí ar gach aon taobh de bhord na cistine ag caint faoi imeachtaí an lae nó i mbun cúraimí an tí. Shamhlaigh sé mise ag dul ar scoil. Shamhlaigh sé Isabelle ag filleadh ar a leaba leath-theolaí. Ansin dúirt sé leis féin nach raibh ansin ach seafóid. Chas sé thart agus bhreathnaigh sé ar an gcarraig agus an long ag gearradh thairisti, aon phréachán mór amháin ina shuí in airde uirthi. A luaithe a ghrinnigh Lúcás é d'éirigh an préachán dubh san aer agus d'imigh leis soir ó dheas i dtreo loime ghlas Shliabh Boirne, a sciatháin dubha ag glioscarnach mar airgead geal.

Tháinig an Captaen Ó Dubháin suas chuige. Thug sé litir dó.

'Dúradh liom é seo a thabhairt duit,' ar seisean. 'Fear na gruaige finne, a dúirt sí,' arsa an Captaen ag gáire leis féin agus ag casadh uaidh arís.

Thóg Lúcás an litir bheag uaidh. Ní raibh aon ainm air ná séala. Chuaigh sé i leataobh agus chuir a thóin le gunail agus d'oscail amach í. Ní raibh tada ann ach ribín. Ribín caol dearg chomh fada lena bhois. Dar leis go raibh boladh deas air. Chuir sé lena shrón é. Cumhra musc a bhí air ceart go leor. Bhris a ghean gáire air. Thuig sé an comhartha. Bhí Nábla, freisin, ag faire amach dó.

Bhreathnaigh sé ar aghaidh stóinsithe an phíolóta, chuir sé an ribín ina phóca, agus bhain sé a shúile den phaiste íseal liath ba bhaile dúchais agus láthair chaoin chónaithe dó go dtí sin. Chas sé a aghaidh i dtreo na farraige móire. Ní mar ionad beag gan aird ar theastaigh uaidh cuimhneamh ar chathair na Gaillimhe. Bhreathnaigh sé chun tosaigh. Fuar aineoil a bhreathnaigh an fharraige idir an dá réidhleán tíre, an Bhoirinn ó dheas, agus i bhfad i gcéin ó thuaidh, na Beanna Beola á soilsiú anois go diamhair ag chéad ghrian na maidine.

Bhí sé féin anois, mar a bhí an bád, dealaithe ó thír agus ó thalamh. Amach roimhe bhí an mhuir mhór gan aon teorainn lena fairsingeacht. Bhí an ghaoth ag séideadh ina ghruaig agus ag ardú ciumhais an chlóca éadroim dheirg. Bhí blas an tsáile ar a bheola. Bhí sé tar éis teacht tríd an uile dheacracht, éalú ón uile bhac, ón namhaid folasach agus ón Sionnach folaithe, agus rinne sé sin le stuaim agus le misneach, le haclaíocht a láimhe agus le géire a intinne. Thar aon ní eile, thug sé an litir slán.

An chéad chuid sin,
le dúthracht chugat,
An Dualtach Mac Firbhisigh,
8 Juni, an Leacán, 1663

AN DOCHTÚIR ÁTHAS
le Liam Mac Cóil
0-898332-01-0, €8.40

Ba é mo dhochtúir féin a chuir chuige mé.
'Tá galar ort,' a deir sé an lá seo, 'nach bhfuil aon
ainm air. Tá an Dochtúir Áthas an-sciliúil ina
leithéid,' ar seisean. 'Tá mé chun thú a chur
chuige. Is síocanailíseoir é.'
 Is mar sin a thosaíonn an scéal seo, más scéal é.

"Scéal soifisticiúil, nua-aimseartha." —*Caoimhe Nic Cába, The Irish Press*

"A challenging work which incorporates elements of the best detective
writing, large chunks of anaysis concerning Freud and psychoanalysis
… some hilarious and delightfully sharp literary and other references as
well as plain good fun." —*Seosamh Ó Murchú, The Irish Times*

"Ceann desna húrscealta is dea-scríofa, is difriúla, is spéisiúla — in aon
fhocal amháin, is fearr — a foilsíodh in Éirinn le fada an lá. Coinnítear
ar bís thú ó leathanach go leathanach." —*Pearse Hutchinson, RTÉ Guide*

"Seo é an saothar is fearr a foilsíodh i nGaeilge le fada an lá."
—*Gearailt Mac Eoin, Lá*

AN CLAÍOMH SOLAIS
le Liam Mac Cóil
0-898332-02-8, €8.40

Ba ansin a tharla sé. Ag stróiceadh aníos an bóthar
chuige mar a bheadh splanc dhubh thintrí ann.
Le linn dó féin agus do Reiner a bheith ag cur
deireadh le radharc cathréimeach an chlaímh go
croíúil glórach, chonaic sé ag déanamh air é mar
a bheadh neach dorcha éigin as ríocht na gréine....

NÓTAÍ ÓN LÁR
le Liam Mac Cóil
1-898332-15-0, €8.40

Baintear úsáid máistriúil as an dialannaíocht le dul i ngleic le cuid de na fadhbanna is práinní atá os ár comhair san aonú haois is fiche. Is beag rud a éalaíonn ón dialannaí — ó fhilíocht Chearúlláin go Street Parade Zurich, ó Bhinsí Fiosrúcháin go lomadh an fhéir sa ghairdín cúil. Is iontach mar a thagann an saol príobháideach agus na ceisteanna móra poiblí le chéile sa leabhar seo chun ábhar machnaimh agus mothúcháin a chur ar fáil do gach duine dínn.

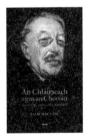

AN CHLÁIRSEACH AGUS AN CHORÓIN:
Seacht gCeolsiansa Stanford
le Liam Mac Cóil
978-0-898332-45-2, €20.00 (bog), 420 lch

Cumadóir mór ceoil ba ea Charles Villiers Stanford, b'fhéidir gurb é an cumadóir ba mhó é a tháinig as Éirinn riamh. Sa leabhar breá sómasach seo déantar iniúchadh, ní hamháin ar cheol Stanford agus ar cheol na nGael, ach ar chúlra cultúir an chumadóra chlúitigh seo. Go deimhin, ní minic leabhair Ghaeilge ag scrúdú an tSasanachais, mar atá déanta sa leabhar seo a théann i ngleic le ceist an Éireannachais agus le ceist an tSasanachais, agus lena bhfuil i gceist le bheith i d'Éireannach anglafónach, agus i do Ghael.

Cúram Rúnda
Secret charge.

Foclóir gaeilge
Bearla
O Donaill 1977